Aconteceu em INDIGO RIDGE

Devney Perry

Aconteceu em INDIGO RIDGE

Tradução de
Bruna Miranda

Rocco

Título original
INDIGO RIDGE

Primeira publicação por Devney Perry LLC.
Edição brasileira publicada mediante acordo com
The Seymour Agency e Sandra Bruna Agencia.

Direitos para a língua portuguesa reservados
com exclusividade para o Brasil à
EDITORA ROCCO LTDA.
Rua Evaristo da Veiga, 65 – 11º andar
Passeio Corporate – Torre 1
20031-040 – Rio de Janeiro – RJ
Tel.: (21) 3525-2000 – Fax: (21) 3525-2001
rocco@rocco.com.br|www.rocco.com.br

Printed in Brazil/Impresso no Brasil

Preparação de originais
CARLA BETTELLI

CIP-BRASIL. CATALOGAÇÃO NA PUBLICAÇÃO
SINDICATO NACIONAL DOS EDITORES DE LIVROS, RJ

P547a

Perry, Devney
Aconteceu em Indigo Ridge / Devney Perry ; tradução Bruna Miranda. - 1. ed. - Rio de Janeiro : Rocco, 2024.

Tradução de: Indigo ridge
ISBN 978-65-5532-415-0
ISBN 978-65-5595-244-5 (recurso eletrônico)

1. Ficção americana. I. Miranda, Bruna. II. Título.

24-88065 CDD: 813
CDU: 82-3(73)

Gabriela Faray Ferreira Lopes - Bibliotecária - CRB-7/6643

O texto deste livro obedece às normas do Acordo Ortográfico da Língua Portuguesa.

Esta é uma obra de ficção. Nomes, personagens, lugares e incidentes são produtos da imaginação da autora. Qualquer semelhança com acontecimentos reais, locais e pessoas, vivas ou não, é mera coincidência.

Para Elizabeth Nover.
Por todos os livros que vieram.
E todos os que ainda virão.

PRÓLOGO

— Acha que vai voar, passarinha?

Uma voz, um pesadelo sussurrado ao vento.

As rochas na base do penhasco brilhavam em tons prateados, banhadas pelo luar. Uma escuridão intensa e infinita começou a tomar conta de mim, subindo por meus tornozelos, assim que dei o primeiro passo na direção da beirada.

Será que voar ia doer?

— Vamos descobrir.

CAPÍTULO UM

WINSLOW

— Pode me dar mais uma...

O barman nem desacelerou ao passar por mim.

— ... bebida? — resmunguei, inclinando-me para a frente.

O vô disse que aquele era um bar muito frequentado pelos moradores da cidade. Além de ser perto o bastante da minha nova casa para eu não precisar dirigir se não quisesse, eu já era uma moradora também. A partir daquele dia, eu morava em Quincy, Montana.

Contei aquilo para o barman quando pedi a carta de vinhos. Ele ergueu uma das sobrancelhas brancas e grossas enquanto me encarava. Deixei de lado meu desejo de tomar um cabernet e pedi uma vodca com água tônica. Usei toda a minha força de vontade para não pedir limão espremido no copo.

Os cubos de gelo em meu copo fizeram barulho quando mexi meu canudo rosa de plástico. O barman ignorou isso também.

A Main Street tinha dois bares, e ambos eram armadilhas para turistas nessa época do ano, de acordo com o vô. Mas eu me arrependi de não ter escolhido um deles para comemorar minha primeira noite em Quincy. A julgar pela atitude do barman, que parecia pensar que eu era uma turista perdida, ele também não aprovava minha decisão.

O Willie's era um boteco. Não era bem o tipo de lugar que eu frequento.

Os barmen no centro provavelmente não ignorariam seus clientes, e os preços estariam escritos no cardápio em vez de serem comunicados erguendo-se dedos enrugados.

O homem parecia tão velho quanto aquele local escuro e malcuidado. Como a maioria dos bares de cidadezinhas de Montana, as paredes estavam cobertas de pôsteres de cerveja e letreiros neon. As prateleiras na parede espalhada à minha frente estavam cheias de garrafas de bebida. O ambiente estava lotado de mesas, mas todas as cadeiras estavam vazias.

O Willie's estava praticamente deserto às nove horas daquela noite de domingo.

A população local devia conhecer um lugar melhor para relaxar.

O único outro cliente era um homem sentado na ponta do bar, no último banco. Ele havia entrado dez minutos depois de mim e escolhido o assento mais longe possível. Ele e o barman eram praticamente idênticos, com os mesmos cabelos brancos e barbas falhadas.

Seriam gêmeos? Eles pareciam velhos o bastante para serem donos do bar. Talvez um deles fosse o próprio Willie.

O barman me viu encarando os dois.

Eu sorri e balancei o gelo no copo.

Ele apertou os lábios, parecendo irritado, mas me serviu outro drinque. E, assim como tinha feito com o primeiro, entregou sem dizer uma palavra e mostrou de novo três dedos.

Me virei para mexer na bolsa e peguei outra nota de cinco, porque ficou claro que abrir uma conta naquele bar estava fora de questão. Mas, antes que eu pudesse tirar o dinheiro da carteira, uma voz grossa e rouca preencheu o ambiente.

— Oi, Willie.

— Griffin — respondeu o barman.

Então ele era o Willie. E falava.

— O de sempre? — perguntou Willie.

— Isso. — Griffin, o homem com a voz inacreditável, se sentou a dois bancos de distância.

Quando ele acomodou o corpo grande e alto no banco, uma lufada de seu cheiro chegou até mim. Um aroma de couro e vento e ardência tomou conta do meu olfato, dispersando o odor de mofo do bar. Era inebriante e tentador.

Ele era o tipo de homem que fazia uma mulher se virar para olhar.

Com uma olhada de relance para ele, a bebida na minha frente já não era mais necessária. O que vi me deixou embriagada.

As mangas da camiseta preta se esticavam pelos bíceps definidos enquanto ele apoiava os cotovelos no balcão. Os cabelos castanhos estavam despenteados, formando cachos na nuca. Os braços bronzeados estavam cobertos por pelos escuros e uma veia aparecia sobre os músculos torneados.

Mesmo sentado, dava para ver que as pernas dele eram compridas, as coxas grossas como os troncos das árvores das florestas ao redor da cidade. As barras gastas da calça jeans tocavam suas botas pretas de caubói. Quando ele se mexeu, vi um brilho prateado e dourado em sua cintura — era a fivela do cinto.

Se a voz, o cheiro e o queixo definido não tivessem sido o bastante para me deixar com a boca seca, aquela fivela seria a gota d'água.

Um dos filmes favoritos da minha mãe era *Lendas da paixão*. Ela havia me deixado assistir quando eu tinha dezesseis anos e choramos juntas. Sempre que sentia saudade dela, eu revia o filme. O DVD já estava arranhado e a trava da caixa estava quebrada de tantas vezes que eu o tinha visto, simplesmente porque era dela.

Ela sempre adorou ver Brad Pitt como um caubói sexy.

Se ela visse Griffin, também ficaria babando. Mesmo sem chapéu ou cavalo, o cara era a personificação do caubói dos sonhos.

Levei meu copo à boca, bebi o drinque gelado e desviei o olhar do belo estranho. A vodca queimou minha garganta e o álcool subiu à minha cabeça. O velho Willie fazia drinques fortes.

Eu o estava encarando de verdade. Estava sendo grosseira e óbvia, mas, quando pousei o copo no balcão, meu olhar se voltou para Griffin.

Seus olhos azuis estavam me esperando.

Prendi a respiração.

Willie colocou um copo alto cheio de gelo e de um líquido caramelo na frente de Griffin e depois, sem mostrar a ele um número com os dedos, se afastou.

Griffin bebeu um gole do drinque e seu pomo de adão se moveu. Ele voltou a atenção para mim.

A intensidade do seu olhar era tão inebriante quanto meu drinque.

Ele me encarou sem hesitação. Me encarou com puro desejo. Seu olhar desceu pela minha regata preta até a calça jeans rasgada que eu vestira pela manhã antes de sair do meu hotel em Bozeman.

Eu havia dirigido por quatro horas e meia até Quincy com um trailer de mudança preso no meu Dodge Durango. Ao chegar, já havia começado a descarregar tudo imediatamente, parando apenas para encontrar o vô para jantar.

Me sentia exausta depois de passar o dia arrastando caixas. Meu cabelo estava preso e a maquiagem que eu tinha passado naquela manhã provavelmente já tinha sumido. Mas o interesse no olhar de Griffin me fez sentir uma onda de desejo.

— Oi — deixei escapar. *Quanta sutileza, Winn.*

Seus olhos brilhavam como safiras perfeitas sob os cílios longos e escuros.

— Oi.

— Meu nome é Winn. — Estiquei minha mão no espaço entre nós.

— Griffin.

Assim que sua mão quente e calejada tocou a minha, arrepios se espalharam pelo meu corpo como fogos de artifício. Senti um calafrio na espinha.

Nossa. Havia tanta eletricidade circulando entre nós que poderíamos fazer a jukebox no canto do bar começar a tocar.

Eu me concentrei na minha bebida e tomei grandes goles. O gelo não me ajudou a esfriar a cabeça. Quando fora a última vez que eu tinha me sentido tão atraída por um homem? Anos. Fazia anos. E, mesmo assim, nada se comparava a esses cinco minutos ao lado do Griffin.

— De onde você é? — perguntou. Como o Willie, também devia ter achado que eu era turista.

— Bozeman.

Ele assentiu.

— Estudei na universidade estadual de Montana.

— Vai, Bobcats! — Levantei meu drinque para saudá-lo.

Griffin fez o mesmo e levou o copo à boca.

Encarei de novo, sem pudor. Talvez fossem as maçãs do rosto que definiam tão bem suas feições. Ou o nariz reto com uma leve protuberância. Ou as sobrancelhas escuras. Ele não era apenas um homem atraente. Griffin era absurdamente lindo.

E se estava no Willie's... morava ali.

Moradores eram proibidos. *Droga.*

Engoli minha decepção junto a mais um gole de vodca.

O som de um banco sendo arrastado ressoou pelo bar quando ele veio para o assento ao meu lado. Ele voltou a pousar os braços no balcão, com o drinque à sua frente, enquanto se ajeitava. Sentado tão perto de mim, com o corpo tão grande, dava para sentir o calor da sua pele na minha.

— Winn. Gostei desse nome.

— Obrigada. — Meu nome completo era Winslow, mas poucas pessoas me chamavam assim; era sempre Winn ou Winnie.

Willie passou por nós e olhou o curto espaço que me separava de Griffin. Depois, se juntou ao seu sósia.

— Eles são parentes? — perguntei, abaixando a voz.

— Willie Pai está do nosso lado do balcão. O filho dele está fazendo os drinques.

— Pai e filho. Ah. Achei que eram gêmeos. O Willie Pai tem a mesma personalidade cativante do Willie Filho?

— É pior ainda. — Griffin deu risada. — Toda vez que venho à cidade, ele está ainda mais rabugento.

Espera. Aquilo queria dizer que...

— Você não mora na cidade?

— Não. — Ele balançou a cabeça enquanto pegava o drinque.

Fiz o mesmo e escondi meu sorriso com o copo. Então ele não era morador. Ou seja, eu podia flertar sem problemas. *Muito obrigada, Quincy.*

Pensei em milhares de perguntas pessoais para fazer, mas imediatamente descartei todas. Skyler costumava me criticar por entrar no modo interrogatório assim que conhecia alguém novo. Essa era uma de suas várias críticas. Ele usava o trabalho de coach como desculpa para me dizer tudo o que eu estava fazendo de errado no nosso relacionamento. E na vida.

Só que, ao mesmo tempo em que fazia aquilo, ele me traía. Então eu não pretendia mais dar ouvidos à sua voz em minha cabeça.

Mesmo assim, resolvi que não ia bombardear o homem com perguntas. Ele não morava ali, então era melhor guardar minhas perguntas para quem morava na cidade: ou seja, todos a quem eu serviria em meu novo cargo.

Griffin olhou para o canto do bar, onde havia uma mesa de shuffleboard.

— Quer jogar uma partida?

— Hum... pode ser? Nunca joguei.

— É fácil. — Ele se levantou, movendo-se com uma elegância incomum para um homem do tamanho dele.

Eu o segui com os olhos fixos na bunda mais linda que já tinha visto na vida. E ele não morava ali. Um coral imaginário empoleirado nas vigas do bar soltou um "Uhul!".

Griffin foi para um lado da mesa e eu fui para o outro.

— Ok, Winn. Quem perder paga os próximos drinques.

Que bom que eu tinha dinheiro em espécie.

— Combinado.

Griffin passou dez minutos explicando as regras e mostrando como empurrar os discos pela pista amarelada até a zona de pontuação. Jogamos várias partidas seguidas. Depois da última, paramos de beber, mas nenhum dos dois parecia querer ir embora.

Ganhei algumas partidas. Perdi a maioria. Era uma da manhã quando Willie anunciou que estava fechando e saímos andando pelo estacionamento escuro.

Uma caminhonete preta estava estacionada ao lado do meu Durango.

— Foi divertido — disse Griffin.

— Foi mesmo.

Sorri para Griffin e senti minhas bochechas ficarem vermelhas. A última vez que eu tinha me divertido tanto flertando com um homem fora... bom, nunca. Desacelerei o passo, já que a última coisa que eu queria era ir para casa sozinha.

Ele deve ter pensado a mesma coisa, porque suas botas pararam. Ele se aproximou.

Winslow Covington não transava sem compromisso. Afinal, eu passara anos ocupada desperdiçando seu tempo com o homem errado. Griffin também não era o homem certo, mas minha experiência como policial me ensinara que às vezes a questão não era escolher entre certo e errado, e sim escolher os errados *certos*.

Griffin. Naquela noite, eu escolheria Griffin.

Então me aproximei, fiquei na ponta dos pés e deixei minhas mãos subirem pelo seu abdômen reto e firme.

Ele era alto, cerca de um metro e noventa. Como eu tinha um metro e setenta e cinco, era bom encontrar um homem mais alto que eu, para variar. Levei minhas mãos ao pescoço dele e o puxei para perto até sua boca ficar perto da minha.

— Aquela caminhonete é sua?

— Merda.

Ao ver a hora, xinguei o relógio, arranquei as cobertas do meu corpo nu e corri para o banheiro.

Não queria chegar atrasada logo no meu primeiro dia no novo trabalho.

Liguei o chuveiro, minha cabeça pulsando ao entrar debaixo da água fria, e soltei um gritinho — não tinha tempo para esperar a água esquentar. Passei xampu no cabelo e deixei o condicionador agir enquanto me esfregava, tirando o cheiro da pele de Griffin da minha. Deixaria para lamentar a perda desse cheiro depois.

Também deixaria para pensar depois na dor que eu sentia entre as pernas. A noite anterior tinha sido...

Impressionante. De arrepiar. A melhor noite que eu já havia passado com um homem. Griffin sabia exatamente como usar aquele corpo poderoso e eu tinha sido a feliz ganhadora de três — ou quatro? — orgasmos.

Estremeci e percebi que a água tinha esquentado.

— Droga.

Parei de pensar em Griffin e saí correndo do chuveiro. Passei rapidinho uma maquiagem no rosto e torci mentalmente para o secador agir mais rápido. Sem tempo para cachear ou alisar o cabelo, eu o prendi em um coque baixo e segui para o quarto para me vestir.

O colchão ficava direto no chão, e havia lençóis e cobertores amarrotados e jogados por toda parte. Ainda bem que, antes de ir para o bar no dia anterior, eu tinha procurado roupa de cama nas caixas de mudança e as estendido no colchão. Ao chegar em casa depois de horas no banco detrás da caminhonete do Griffin, eu havia me jogado nos travesseiros e me esquecido de programar o alarme.

Eu me recusava a me arrepender de Griffin. Começar minha nova vida em Quincy com uma noite selvagem e ardente parecia um pouco uma obra do destino.

Ou um feliz acaso.

Talvez nos encontrássemos na próxima vez que ele viesse para a cidade. Mas senão, bom... Eu não tinha tempo para me distrair com um homem.

Principalmente naquele dia.

— Ah, meu Deus. Por favor, que eu não chegue atrasada. — Mexi em uma mala e encontrei uma calça jeans escura.

O vô havia me dito com todas as letras para não aparecer na delegacia muito arrumada.

A calça jeans estava levemente amassada, mas eu não tinha tempo para encontrar meu ferro de passar em meio às caixas. Além do mais, roupa passada é arrumada demais. A camiseta branca básica que peguei em seguida também estava amassada, por isso procurei meu blazer preto favorito para vestir por cima e disfarçar. Por fim, calcei minhas botas preferidas de saltos grossos e peguei minha bolsa do chão da sala, onde a tinha jogado na noite anterior, enquanto saía porta afora.

O sol estava brilhando. O ar, limpo. O céu, azul. E eu não tinha nem um minuto para aproveitar minha primeira manhã em Quincy, Montana, ao entrar no Durango estacionado na entrada da minha casa.

Me sentei ao volante, liguei o carro e xinguei ao ver o relógio no painel. Oito horas e dois minutos.

— Estou atrasada.

Ainda bem que Quincy não era Bozeman, então a viagem do meu bairro até a delegacia do outro lado da cidade levou exatamente seis minutos. Entrei no estacionamento, parei ao lado de um Bronco azul familiar e me dei um minuto para respirar fundo.

Eu dou conta deste trabalho.

Saí do carro e caminhei até a porta da delegacia, torcendo a cada passo para ter acertado na roupa.

Notei um olhar de reprovação de um policial na recepção e na hora soube que tinha errado. *Merda.*

O cabelo grisalho dele tinha um corte curto, alto e estreito, estilo militar. Ele me olhou de cima a baixo, e as rugas em seu rosto se aprofundaram em uma careta. Aquele olhar provavelmente não tinha nada a ver com minhas roupas.

Tinha a ver com meu sobrenome.

— Bom dia. — Abri um sorriso largo e cruzei o saguão até sua mesa. — Meu nome é Winslow Covington.

— A nova chefe. Eu sei — resmungou ele.

Meu sorriso continuou firme.

Eu iria conquistá-los. Só precisava de tempo. Foi o que falei para o vô na noite anterior, no nosso jantar, depois de devolver o trailer da mudança. Eu iria conquistá-los, um a um.

A maioria das pessoas estava inclinada a pensar que o único motivo por eu ter conseguido aquele trabalho como chefe de polícia de Quincy era o fato de o vô ser o prefeito. Sim, ele seria meu chefe. Mas não havia uma cláusula proibindo nepotismo em cargos públicos da cidade. Possivelmente porque, em uma cidade pequena como aquela, era provável que todo mundo fosse parente, de um jeito ou de outro. Se você colocasse regras demais, ninguém teria emprego.

Além disso, o vô não tinha me contratado. Ele poderia ter feito aquilo, mas preferiu criar um comitê para ter outras opiniões na hora de decidir. Walter Covington era o homem mais justo e honesto que eu já conhecera.

Independentemente de ser neta dele ou não, o que importava no fim das contas era meu trabalho. O vô ouviria a comunidade e, apesar de me amar muito, não hesitaria em me demitir se eu vacilasse.

Inclusive, ele havia me dito isso ao me contratar. E me lembrara na noite anterior.

— O prefeito está aguardando no seu escritório — disse o policial ao apertar um botão para liberar minha entrada na porta ao lado.

— Prazer em conhecê-lo... — olhei para a placa prateada em seu uniforme preto — ... policial Smith.

A resposta dele foi me ignorar completamente e voltar a atenção para a tela do computador. Conquistar aquele cara teria que ficar para outro dia. Ou talvez ele gostasse da ideia de se aposentar cedo.

Abri a porta que dava para o centro da delegacia. Já estivera ali duas vezes, ambas durante o processo de entrevistas. Mas era diferente naquele momento, pois eu já não era uma convidada. Aquela era a minha delegacia. Os policiais que me olhavam de suas mesas eram minha responsabilidade.

Senti um aperto no estômago.

Talvez passar a noite inteira transando com um estranho não tivesse sido o melhor jeito de me preparar para meu primeiro dia.

— Winnie.

O vô me chamou do que seria meu escritório, com a mão estendida para mim. Ele parecia mais alto naquele dia, provavelmente porque estava vestindo uma calça jeans reta e uma camisa passada em vez da camiseta velha, calça jeans folgada e suspensórios do dia anterior.

O vô estava bem para alguém de setenta e um anos. Apesar do cabelo estar completamente grisalho, seu corpo de um metro e noventa de altura era forte. Ele tinha um físico melhor do que a maioria dos homens da minha idade, que dirá da dele.

Eu o cumprimentei, feliz por ele não ter tentado me abraçar.

— Bom dia. Desculpe pelo atraso.

— Eu acabei de chegar também. — Ele se aproximou e baixou a voz. — Você está bem?

— Estou nervosa — sussurrei.

Ele me deu um sorriso de canto de boca.

— Vai se dar bem.

Eu dava conta daquele trabalho.

Estava com trinta anos. Duas décadas a menos do que a idade média de uma pessoa naquele cargo. Quatro décadas a menos do que a última pessoa que ocupara aquela vaga, antes de se aposentar.

O último chefe de polícia havia trabalhado em Quincy a vida inteira, fora promovido aos poucos e já era chefe quando nasci. Mas foi por isso que o vô quis me contratar para aquele cargo. Ele dissera que Quincy precisava de uma nova perspectiva e de gente nova. A cidade estava crescendo e, consequentemente, seus problemas também. O jeito de sempre não estava mais dando certo.

O departamento precisava se modernizar e adotar novos procedimentos. Quando o último chefe anunciara sua aposentadoria, o vô havia me encorajado a me candidatar. E, por um milagre, o comitê havia me escolhido.

Sim, eu era jovem, mas tinha as qualificações necessárias. Havia trabalhado no Departamento de Polícia de Bozeman por dez anos. Enquanto isso, tinha me formado na universidade e conquistado uma posição de detetive no departamento. Meu histórico era impecável e eu nunca tinha deixado um caso sem solução.

Se eu fosse um homem, talvez minhas boas-vindas tivessem sido melhores, mas aquilo não havia me intimidado antes e naquele momento não seria diferente.

Eu dou conta deste trabalho.

Eu daria conta.

— Quero te apresentar a Janice. — O vô fez sinal para que eu o seguisse para dentro do escritório onde passaríamos a manhã com Janice, minha nova assistente.

Ela havia trabalhado para o ex-chefe por quinze anos. Quanto mais falava, mais eu me apaixonava por ela. Janice tinha um cabelo grisalho brilhante e os óculos de armação vermelha mais lindos que já vi. Ela sabia tudo sobre a delegacia, as agendas e os pormenores.

Quando terminamos nossa reunião inicial, fiz um lembrete mental de comprar flores para Janice, porque sem ela eu não saberia nem por onde começar. Fizemos um tour pelo prédio para conhecer os policiais que não estavam patrulhando.

O policial Smith, que raramente trabalhava fora do escritório porque preferia ficar atrás da mesa, tinha sido um dos candidatos à vaga de chefe, e Janice me disse que ele estava agindo feito um babaca rabugento desde que tinha sido rejeitado.

Tirando ele, todos os policiais foram educados e profissionais, mas quietos. Sem dúvida eles não sabiam como reagir à minha chegada, mas naquele dia eu tinha conquistado Janice — ou talvez ela tivesse me conquistado. Para mim, era uma vitória.

— Você vai conhecer a maior parte da equipe esta tarde, durante a troca de turno — contou ela quando voltamos pro meu escritório.

— Pensei em ficar até tarde algum dia esta semana para conhecer a equipe da noite também.

Não era um departamento muito grande porque Quincy não era uma cidade grande, mas ao total tínhamos quinze policiais, quatro despachantes, dois administradores e Janice.

— Amanhã, o xerife do distrito vem encontrar com você — disse Janice, lendo um caderno que manteve em mãos a manhã inteira. — Às dez da manhã. A equipe dele é o dobro da nossa, mas ele tem mais área para cobrir. Na maior parte do tempo, essa equipe não interfere na nossa, mas ele está sempre disposto a ajudar, se precisar.

— Bom saber. — Eu não via problema em ter alguém com quem trocar ideias às vezes.

— Como está a cabeça? — perguntou o vô.

Coloquei minhas mãos nas orelhas e fiz o som de uma bomba explodindo.

Ele riu.

— Vai se acostumar.

— Vai, sim — disse Janice.

— Obrigada por tudo — respondi para ela. — Estou muito animada para trabalhar com você.

Ela arrumou a postura antes de responder:

— Igualmente.

— Certo, então, Winnie. — O vô bateu as mãos nos joelhos e se levantou. — Vamos almoçar. Depois tenho que voltar pro meu escritório e vou deixar você se acomodar na delegacia.

— Estarei aqui quando voltar. — Janice deu um aperto amigável no meu braço quando saímos.

O vô apenas assentiu e manteve distância. À noite, quando eu não fosse a Chefe Covington e ele não fosse o Prefeito Covington, eu iria à sua casa e ganharia um dos seus abraços de urso.

— Que tal comermos no Eloise? — sugeriu ele quando saímos do prédio.

— O hotel?

Ele assentiu.

— Seria bom se você passasse um tempo lá. Para conhecer melhor os Eden.

Os Eden. A família fundadora de Quincy.

O vô me garantiu que o jeito mais fácil de ganhar o respeito da comunidade seria conquistando os Eden. Um dos antepassados deles havia fundado a cidade e, desde então, a família era um dos pilares da comunidade.

— Eles são donos do hotel, lembra? — disse ele.

— Lembro sim. Eu só não sabia que tinha um restaurante no hotel. — Provavelmente porque ainda não havia passado muito tempo em Quincy.

As seis viagens que eu fizera para as entrevistas tinham sido minhas últimas visitas à Quincy em anos. Cinco anos, para ser exata.

Mas quando Skyler e eu terminamos e o vô me falara sobre a vaga, eu havia decidido que era hora de mudar. E Quincy, bom... Sempre tive um carinho especial pela cidade.

— Os Eden inauguraram o restaurante do hotel há cerca de quatro anos — explicou. — É o melhor da cidade, na minha opinião.

— Então vamos comer. — Destranquei meu carro. — Encontro você lá.

Segui o Bronco do vô da delegacia até o centro e observei a infinidade de carros com placas de fora da cidade estacionados. Era o auge da alta temporada de turismo e praticamente todos os lugares estavam lotados.

O vô estacionou em uma ruazinha a dois quarteirões da Main Street, então caminhamos lado a lado até o Eloise Inn.

O icônico hotel era o prédio mais alto de Quincy, orgulhosamente posicionado à frente do horizonte montanhoso. Eu sempre quis passar uma noite no Eloise. Talvez um dia reserve um quarto para mim, só por diversão.

O saguão cheirava a limão e alecrim. A recepção era uma ilha no meio de um amplo espaço aberto e, atrás do balcão, uma jovem com um sorriso gentil no rosto fazia o check-in de um hóspede. Quando ela avistou o vô, deu uma piscadela para ele.

— Quem é ela? — perguntei.

— Eloise Eden. Ela assumiu a gerência no inverno passado.

O vô acenou para ela, depois cruzou a recepção em direção a um corredor largo. O som dos talheres e das conversas sussurradas me atingiu assim que entramos no restaurante do hotel.

O salão era espaçoso e o teto era tão alto quanto o do saguão principal. Era um lugar perfeito para um evento. Quase um salão de bailes cheio de mesas de vários tamanhos, que também funcionava bem como restaurante.

— Eles acabaram de instalar essas janelas. — O vô apontou para a parede de tijolos vermelhos dos fundos, na qual havia janelas de molduras pretas. — Da última vez que falei com Harrison, ele disse que neste outono vão reformar tudo.

Harrison Eden. O patriarca da família. Ele estava no meu comitê de contratação e eu queria acreditar que havia causado uma boa primeira impressão. De acordo com o vô, se não houvesse, não teria chance alguma de ter conseguido aquele trabalho.

Uma hostess nos cumprimentou com um largo sorriso e nos levou até uma mesa quadrada no meio do salão.

— Qual dos Eden administra o restaurante? — perguntei enquanto olhávamos o cardápio.

— Knox. Ele é o segundo filho mais velho de Harrison e Anne. Eloise é a filha mais nova deles.

Harrison e Anne, os pais. Knox, um filho. Eloise, uma filha. Era provável que ainda houvesse muito mais gente da família Eden para conhecer.

Ao longo da Main Street, o nome dos Eden aparecia em várias fachadas de negócios, incluindo um café no qual eu queria ter tido tempo de parar naquela manhã. As aventuras da noite anterior estavam pesando em mim, e escondi um bocejo com o cardápio.

— São boas pessoas — disse o vô. — Você conheceu o Harrison. A Anne é um amor. A opinião deles é muito relevante por aqui. Assim como a do Griffin.

Griffin. *Ele disse Griffin?*

Senti um aperto no estômago.

Não. Não podia ser. Devia ser um engano. Tinha que existir outro Griffin, um que não morava em Quincy. Eu tinha perguntado especificamente se ele morava na cidade e ele respondera que não. Certo?

— Ei, Covie.

Estava tão ocupada surtando pelo fato de não apenas ter ficado com um morador, mas com um que eu precisava muito que me visse como uma profissional, não como uma transa no banco detrás da caminhonete, que não percebi os dois homens em pé ao lado da nossa mesa. E então era tarde demais.

Harrison Eden sorriu.

Griffin, que estava tão bonito quanto na noite anterior, não.

Será que ele sabia quem eu era na noite anterior? Será que aquilo tinha sido uma espécie de teste? Duvidei disso. Ele parecia tão surpreso quanto eu.

— Oi, Harrison. — O vô se levantou para apertar a mão do homem, depois gesticulou para mim. — Você deve se lembrar da minha neta, Winslow.

— Claro. — Harrison apertou firme minha mão quando me levantei. — Bem-vinda. Estamos felizes de tê-la como nossa nova chefe de polícia.

— Obrigada. — Minha voz soava surpreendentemente segura, considerando que meu coração estava tentando pular fora do meu peito e se esconder debaixo da mesa. — Estou feliz de estar aqui.

— Gostariam de se juntar a nós? — o vô convidou, indicando as cadeiras vazias em nossa mesa.

— Não — disse Griffin ao mesmo tempo que seu pai respondeu "Seria um prazer".

Nem Harrison nem o vô perceberam a tensão no corpo de Griffin quando se sentaram e deixaram que nós dois nos apresentássemos.

Engoli em seco e estendi minha mão.

— Olá.

Aquela mandíbula definida que eu havia contornado com a língua na noite anterior estava tão tensa que eu podia ouvir seus molares trincando. Ele olhou minha mão antes de segurá-la.

— Griffin.

Griffin Eden.

Minha transa casual.

Aquele era um acaso bem infeliz.

CAPÍTULO DOIS

GRIFFIN

Winn. Ela me dissera que seu nome era Winn.

Winn, a mulher sexy com cabelos longos e sedosos, olhos azuis profundos e pernas compridas. Winn, a mulher com a placa do carro de Bozeman. Winn, a turista com sardas no nariz.

Acontecia às vezes de uma turista ir parar no Willie's para beber algo. Willie Pai e Filho ficavam putos da vida, porque nenhum deles gostava de turistas no bar. Eu achei que era o cara mais sortudo do mundo por ter parado lá de última hora para beber e ter me sentado perto da Winn.

Mas ela não era *Winn*.

Era Winslow Covington, um nome que eu deveria ter reconhecido muito bem. Meu pai falava dela havia semanas, desde quando o comitê a contratou para ser a nova chefe da polícia local.

Não era uma turista. Definitivamente não.

Era para ela ser uma porcaria de turista.

— Merda — murmurei enquanto a caminhonete rolava sobre a estrada de pedra que levava à casa dos meus pais.

— Está tudo bem, Griff? — perguntou Conor do banco do carona.

Grunhi em resposta.

— Então, tá — disse ele em uma voz arrastada, voltando a atenção para o pasto verde lá fora.

Que merda. Tinham se passado dois dias desde o almoço no Eloise e eu ainda estava puto comigo mesmo.

Winslow Covington.

Não era uma pessoa com quem eu deveria ter transado no banco detrás da minha caminhonete.

Talvez eu devesse ter ligado os pontos. Talvez devesse ter pensado que Winn poderia ser Winslow. Mas meu pai tinha falado tão bem dela e de sua experiência que eu imaginara uma mulher completamente diferente. Alguém mais velha. Mais rígida. Mais dura.

Winn era delicada e cheia de um desejo inigualável.

Dois dias depois, e eu ainda estava tentando conectar Winn a Winslow.

A imagem que eu tinha feito dela antes era difícil de ignorar.

Meu pai levara o trabalho no comitê de contratação tão a sério quanto qualquer outro, incluindo tocar a fazenda Eden. Ele era o tipo de homem que encarava com dedicação as responsabilidades, não importava quais fossem. Era algo que eu tinha herdado dele.

E ele tinha aceitado aquele trabalho no comitê com um entusiasmo surpreendente. Minha mãe culpava o tédio por essa empolgação com um trabalho não remunerado. Ele parecia estar enlouquecendo desde que se aposentara e me passara as rédeas da fazenda, três anos antes.

Outros negócios da família ainda demandavam sua atenção, como o hotel, mas a maioria já funcionava praticamente no piloto automático. O tempo dedicado àquilo era ínfimo comparado ao da fazenda, que tinha sido a prioridade da vida dele por décadas, vindo depois somente da família. Nós, os filhos, tínhamos crescido. E naquele momento a fazenda era minha.

Ele precisava daquele comitê tanto quanto eles precisavam dele.

Eu tinha que admitir que meu pai tinha sido corajoso. A maioria dos fazendeiros e rancheiros tinha dificuldade de passar as rédeas para a geração seguinte. Eu tinha amigos da faculdade que abandonaram os negócios da família para assumir empregos corporativos só porque os pais se recusavam a abrir mão.

Meu pai não era assim. Depois da aposentadoria, ele não tinha oferecido nenhum conselho não solicitado. Se algum funcionário pedia sua ajuda, ele dizia para falarem comigo. Ele ajudava sempre que eu pedia, mas, com exceção de algumas ocasiões no primeiro ano, ele tinha parado de dar ordens em todo mundo, inclusive em mim. Não havia críticas quando eu trazia uma ideia nova. Nem censuras quando eu cometia um erro. Tampouco julgamento quando eu parava de fazer algo do jeito dele.

Eu amava meu pai. Eu o respeitava mais do que qualquer outra pessoa. Mas, porra, ele não poderia ter mencionado pelo menos uma vez que Winslow Covington era uma mulher linda e impressionante que ia fazer muita gente, não só eu, virar a cabeça para olhá-la?

Em vez disso, ele elogiara a energia dela. Dissera duas vezes que ela havia *eclipsado* os outros candidatos. Que ela era *sagaz*. Que ela possuía a *tenacidade* necessária para conduzir o departamento de polícia na direção do futuro.

Na minha mente, eu tinha imaginado uma mulher musculosa com um corte de cabelo masculino e o nariz fino como o do avô dela. Nada parecida com a mulher impressionante que eu tinha encontrado no Willie's.

Eu tinha sido cegado pela beleza da Winn, pelo seu sorriso e seu humor. Tinha parado no bar para um drinque, mas depois pensei: que mal faria? Quando foi a última vez que vi uma mulher tão bonita assim?

Prefiro ficar com turistas porque elas estão em Quincy temporariamente. Se Winn tivesse me ignorado ou não demonstrado interesse, eu teria me afastado. Mas o desejo em seu olhar encaixou com o meu e... precisei tê-la.

Tinha sido a minha noite mais erótica em anos. Talvez na vida.

Travei minha mandíbula e apertei o volante com força para não ceder ao impulso de olhar para o banco detrás. O cheiro de Winn tinha se dissipado, mas no dia anterior seu perfume doce e cítrico ainda estava lá.

Naquele momento, o carro fedia a Conor.

Ainda bem que aquele menino existia, com todas aquelas glândulas de suor.

Ele começara a trabalhar para nós quando estava no ensino médio, empilhando blocos de feno e fazendo algumas tarefas na fazenda. Tinha tentado estudar em uma faculdade em Missoula por um ano, mas, depois de reprovar, voltou para Quincy. Conor era o funcionário em tempo integral mais jovem da fazenda, e o menino não parava nunca.

Não havia muitos homens que conseguiam acompanhar o ritmo dele. Com trinta e um anos, eu me sentia tão em forma quanto aos vinte. Mas a diferença de dez anos entre Conor e eu, somada à sua ética de trabalho, fazia com que ele disparasse na frente.

Ele tinha passado a manhã limpando o celeiro do lado da minha casa. Eu costumo demorar três horas nessa tarefa; ele fez em metade do tempo. Sua camisa quadriculada estava banhada de suor, assim como a borda do boné de beisebol. O sol havia desbotado o tecido preto do boné dele, que, assim como o meu, tinha se tornado marrom. O logo do rancho Eden — um E com uma curva imitando o pé de uma cadeira de balanço — tinha sido bordado em branco, mas já estava sujo e cinza.

Conor era um bom rapaz. Mas, caramba, como ele fedia.

Eu odiava sentir falta do perfume de Winn.

— O dia está bonito — disse ele.

— Uhum. — Concordei com a cabeça.

Raios de luz preenchiam o céu azul e limpo. O calor já havia derretido o orvalho matinal e, enquanto dirigíamos, quase dava para ver a grama crescendo. Em dias de verão como aquele, quando era adolescente, eu costumava procurar um campo aberto para me deitar e cochilar.

Eu queria poder tirar um cochilo desses, ainda mais depois de ter acordado às quatro da manhã, excitado e desejando a mulher que invadira meus sonhos. Era arriscado voltar a dormir, então eu tinha decidido tomar um banho gelado e usar minhas mãos antes de ir para meu home office. Lidar com burocracia era uma distração razoável. Assim como o trabalho no celeiro. Mas havia momentos como aquele, quando o mundo estava em completo silêncio, em que ela voltava a mim.

Por mais que eu tentasse, não conseguia parar de pensar em Winn.

Seu corpo firme. Seus lábios doces. Seu cabelo longo e escuro que roçou no meu peito quando ela montou em mim e se afundou no meu pau.

Merda. Eu estava ficando duro de novo.

Um relacionamento com ela ou com qualquer outra mulher estava fora de cogitação, por isso eu tinha ficado com tantas pessoas sem compromisso no último ano. Meu foco era minha família e a fazenda. Quando eu encerrava meu dia de trabalho, mal tinha tempo de tomar banho antes de me deitar. Essa vida de solteiro servia bem para mim. Eu não devia nada a ninguém. Se precisasse de companhia, tinha cinco irmãos e irmãs para conversar. Uma mulher me demandaria uma energia que eu simplesmente não tinha para dar.

Turistas não queriam compromisso.

Só que ela não era uma turista.

Será que ela sabia quem eu era quando nos conhecemos no Willie's? *Impossível*. Ela parecera tão chocada quanto eu quando nos encontramos no almoço no dia seguinte. Tanto faz. Não importa. Eu não tinha intenção alguma de repetir o que havia rolado no domingo à noite.

Winslow vinha de fora e, por mais tentadora que fosse, eu iria manter distância.

Havia trabalho a fazer.

— Vou te deixar na loja — falei para Conor. — Você pode pegar a caminhonete e ir para o campo ao longo da estrada que vai até Indigo Ridge. Vamos levar gado para aquele pasto nas próximas semanas e, quando passei por lá outro dia, percebi que tem alguns pontos que precisam de reparos.

— Pode deixar. — Conor assentiu, o cotovelo apoiado na janela aberta. — Até onde devo ir?

— O máximo que conseguir. Gostaria que tudo estivesse pronto até sexta-feira.

O centro de comando da fazenda ainda era na casa dos meus pais. Apesar de haver cada vez mais coisas acontecendo na minha casa a cada ano que passava, eu acreditava que a loja principal e os estábulos sempre ficariam ali, onde meu pai os construíra.

— Me liga se precisar de algo — falei, estacionando ao lado do Cadillac da minha mãe.

— Combinado. — Conor saiu do carro e correu pelo campo aberto que separava a casa onde cresci dos prédios da fazenda.

Assim que pisei no cascalho, minha mãe apareceu na porta da frente.

— Olá, Conor.

Ele desacelerou e se virou para tocar no chapéu, cumprimentando-a.

— Senhora.

— Esse menino é um amor. Desde que era bebê.

Ela sorriu para mim quando subi as escadas da varanda.

— Oi, mãe.

— Olá, meu filho. Tem tempo para tomar um café ou já está de saída?

— Preciso ir, mas eu não recusaria um copo para a viagem.

— Acabei de passar o café. — Ela me chamou para dentro e foi direto à cozinha.

Meu pai estava na ilha da cozinha com o jornal aberto em cima da bancada de granito.

A *Gazeta de Quincy* era publicada toda quarta-feira. Quando eu era criança, esses jornais semanais eram ignorados, porque nem meu pai nem minha mãe tinham tempo para lê-los. Geralmente os usávamos para acender o fogão à lenha. Mas, depois de se aposentar, meu pai passava horas lendo cada palavra.

— Oi, pai.

— Olá — cumprimentou ele, ajustando a postura e tirando os óculos. — E aí, o que vai fazer hoje?

Havia um tom de empolgação em sua voz, como se esperasse que eu o convidasse para algum projeto. Por mais que eu gostasse da companhia do meu pai, naquele dia eu precisava de um tempo sozinho. Tempo para esquecer uma certa mulher.

Mas talvez ele pudesse me economizar uma ida à cidade. Chegar perto da cidade naquele dia parecia perigoso.

— Estava pensando se você poderia ir até a cidade para pegar algumas estacas de ferro na Farm & Feed — falei.

— Claro — concordou ele. — Vou assim que terminar de ler o jornal.

— Ele só leu duas vezes até agora. — Minha mãe revirou os olhos ao pegar o bule de café.

— Apenas o artigo sobre Winslow — retrucou ele. — Os Nelsen fizeram um péssimo trabalho.

Eu me aproximei da ilha da cozinha e me inclinei para ler o jornal sobre o ombro do meu pai. Meu olhar pousou no belo rosto dela. A foto tomava conta de metade da primeira página. Winn vestia uma camisa preta de uniforme, o último botão tocando seu pescoço fino. Seu cabelo estava preso em um coque apertado. Sua expressão era a definição de neutralidade.

A foto parecia ser de dez anos atrás. Talvez tivesse sido tirada quando ela estava na academia de polícia.

— Eles praticamente a chamaram de criança. — Meu pai bufou e empurrou o jornal para mim.

Como se a foto não fosse ruim o bastante, o artigo também não ajudava. Abaixo da manchete em que se lia "CHEFE DE POLÍCIA DE QUINCY", havia um artigo que parecia mais uma denúncia sobre políticas de cidades pequenas e favoritismo.

Não fiquei surpreso ao ver que a jornalista responsável era Emily Nelsen.

Ela adorava causar alvoroço. E era a líder do grupo de mulheres da cidade que tinham por objetivo me perseguir. Ainda bem que ela não sabia que eu tinha ficado com a Winn. O artigo já era terrível o bastante.

Os pais de Emily eram donos do jornal e o desgosto que tinham por Walter Covington estava presente em cada palavra.

— Está mesmo surpreso? — perguntei ao meu pai. — Você sabe que os Nelsen sempre odiaram Covie. Desde aquela briga a respeito das cornetas no jogo de basquete.

— Isso foi sete anos atrás.

— E daí? Se tivesse sido há setenta anos, eles ainda estariam irritados.

Os Nelsen tinham levado duas cornetas para um jogo de basquete do ensino médio. Meu irmão mais novo, Mateo, estava no segundo ano e jogava no time titular, assim como o filho dos Nelsen. Eles ficaram tocando aquelas malditas cornetas no estádio por uma hora sem parar. Até que Walter pediu para que parassem.

Nosso prefeito tinha pagado o preço por todos nas arquibancadas, que também estavam irritados com as cornetas. Desde então, os artigos do jornal não tinham sido muito bons para Covie. Acho que os Nelsen também não pretendiam tratar Winn diferente.

O artigo não dizia quase nada sobre a experiência dela, apesar de ter mencionado sua idade três vezes. Assim como a palavra "privilégio".

Trinta anos era realmente pouca idade para uma chefe de polícia. Se meu pai não tivesse feito parte do comitê, eu também teria dito que foi favoritismo.

Que tipo de experiência profissional Winn poderia ter com trinta anos? Se algo terrível acontecesse, eu não iria querer que a chefe abandonasse o navio quando mais precisássemos. Talvez a opinião de Emily Nelsen tivesse algum mérito, apesar de eu não concordar com a forma como a expressou.

Mas, como não estava a fim de discutir com meu pai, peguei a xícara de café com minha mãe e lhe dei um beijo na bochecha.

— Obrigado pelo café.

— Por nada. — Ela apertou minha mão. — Vem jantar hoje? Knox não está trabalhando no restaurante e Mateo não está escalado para trabalhar no hotel. Lyla e Talia disseram que podem vir por volta das seis.

— E a Eloise?

— Ela vem depois que o recepcionista da noite chegar no hotel, provavelmente por volta das sete.

Era cada vez mais difícil juntar todos nós sob o mesmo teto e ao redor da mesa. Minha mãe vivia pelos raros momentos em que podia alimentar os seis filhos.

— Vou tentar. — Era uma época muito atribulada no rancho, e eu me sentia cansado só de pensar em um jantar em família. Mas não queria decepcionar minha mãe. — Te vejo mais tarde. Obrigado de novo por ir buscar as estacas, pai.

Ele ergueu a xícara de café no ar, me cumprimentando, com a atenção fixa no jornal e uma careta no rosto.

Uma gata tricolor passou correndo pela varanda quando saí da casa, escondendo-se no último degrau da escada. Quando terminei de descer, me abaixei e a vi escondida, cuidando de uma sinfonia de miados baixinhos.

Filhotes. Eu teria que levar alguns para o meu celeiro depois de desmamarem. Minha mãe já devia ter uns dez gatos. Porém, como eles se livravam dos ratos, ninguém reclamava de comprar um pouco de ração para gato às vezes.

Segui pelo cascalho em direção à loja. O gigantesco prédio de metal era a maior estrutura do rancho. O celeiro e o estábulo ficavam em um canto do terreno, a casa dos meus pais em outro, e a loja no terceiro canto do triângulo.

Nossos funcionários iam até ali para bater ponto no início e no fim do expediente. E havia as mesas do gerente geral e do contador, apesar de ambos preferirem trabalhar em um escritório que temos na cidade.

Meus passos ecoavam no chão de concreto enquanto eu caminhava pelo lugar cavernoso. Uma das colheitadeiras estava estacionada ao lado das portas de correr.

— E aí, Griff? — Meu primo, que trabalhava como mecânico e estava debaixo do veículo, botou a cabeça para fora da máquina.

— Oi. Tudo certo por aí?

— Ah, vou dar um jeito.

— Bom saber.

Eu já havia comprado dois novos tratores naquela primavera. Gostaria muito de não ter que fazer outra grande compra de equipamentos até o inverno.

Continuei andando e ele voltou a trabalhar na máquina. Havia uma montanha de burocracias que eu precisava resolver, fosse no escritório ou em casa. Tínhamos um homem a menos para o verão, e eu devia ter feito um anúncio de emprego no jornal uma semana atrás. O motivo do atraso era evitar Emily, mas não dava mais para adiar. Porém, bastou uma olhada no meu escritório escuro para que eu desse a volta em direção à porta.

No total, o rancho consistia em noventa mil acres. Na maior parte do tempo, eu era mais gerente do que rancheiro. Ainda assim, eu usava minhas botas e fivela de cinto que ganhara por cavalgar sem cela no rodeio do ensino médio. Mas meu diploma em Administração era mais útil para o rancho do que minhas ferramentas.

Só que não naquele dia.

Junho era um belo mês em Montana e o céu azul brilhava. Uma brisa suave soprava das montanhas, trazendo o aroma de pinho e derretendo a neve do vale.

O sol e o suor me fariam bem. Eu precisava de um dia de trabalho manual pesado. Se ficasse exausto, talvez conseguisse dormir sem sonhar com Winn.

Assim que cheguei ao armazém de ferramentas, pronto para pegar um rolo de arame farpado e grampos, meu celular tocou em meu bolso.

— Oi, Conor — falei ao atender.

— Griffin.

Meu coração parou ao ouvir o medo na voz dele, mas meus pés se moveram, correndo em direção à porta.

— O que aconteceu? Você se machucou?

— Eu...

— Você o quê? Me fala.

— Eu comecei em Indigo Ridge. No canto.

— E? — Ao chegar no cascalho, eu já estava correndo. Conor podia ser jovem, mas ele não se exaltava assim. — Conor, me diz o que aconteceu?

Ele deixou escapar um soluço.

— Estou a caminho — falei, mas não encerrei a ligação. Entrei na caminhonete e conectei meu celular via Bluetooth ao rádio do carro, deixando Conor na linha enquanto dirigia. — Respira, Conor.

Uma respiração trêmula saiu dos pulmões dele. Pisei fundo no acelerador ao dar a volta.

— Estou pegando a estrada de cascalho — falei ao entrar na estrada dupla ao longo da cerca.

Ele não respondeu nada além daqueles soluços abafados de partir o coração.

A caminhonete balançava tanto que parecia que meus ossos estavam se soltando. Aquelas estradas não eram pavimentadas ou lisas, eram gastas de tanto dirigirmos pelos campos. O caminho era cheio de buracos, pedras e valas. Não era feito para se dirigir mais rápido do que dez quilômetros por hora. Eu estava por volta de trinta por hora.

Meu estômago embrulhava mais a cada minuto. Meu Deus, por favor, que ele não esteja ferido. Se ele tivesse cortado a mão, o braço ou a perna e estivesse sangrando, levaríamos um bom tempo para chegar ao hospital. Tempo demais. E eu tinha mandado Conor para o canto mais distante do rancho.

Finalmente, depois de vinte minutos, eu vi o caminhão. As montanhas cobriam o horizonte.

— Estou aqui — falei e encerrei a ligação. Meus pneus deslizaram até parar. Uma nuvem de poeira cobriu a estrada quando saí da caminhonete e corri em direção a Conor.

Ele estava sentado encostado no pneu, os joelhos no peito e a cabeça apoiada neles. Um braço segurando o celular e o outro solto.

— Conor.

Coloquei minha mão em seu ombro e o examinei rapidamente. Sem sangue. Não parecia ter nada quebrado. Todos os dez dedos estavam ali. As duas orelhas e os dois pés nas botas também.

Ele olhou para mim e deixou o celular cair na grama. Lágrimas manchavam seu rosto bronzeado.

— É a Lily.

— Lily...

— G-green. — Ele soluçou de novo. — Lily Green.

Green. Uma das enfermeiras da casa de repouso onde minha avó tinha morado antes de falecer se chamava Green.

— O que aconteceu com a Lily Green?

Outra lágrima escorreu pelo rosto de Conor.

— Ali.

— Ali... — Parei de falar e senti meu estômago revirar.

Não. De novo não.

Engoli em seco e me levantei, já ciente do que ia encontrar.

Andei lentamente pela grama alta até o canto e subi na cerca. Minhas botas seguiram pelo mesmo caminho gasto que Conor devia ter percorrido.

Acima, a torre de Indigo Ridge cortava o céu azul. Sua fachada de pedra bloqueava o sol. Aquele lugar era tão intimidante quanto bonito. Tinha uma parede de rochas que se estendia pelos campos de uma forma tão precisa que parecia cortar a montanha ao meio. As rochas na base eram escuras e pontudas como o penhasco.

Escalei em direção às rochas que estava evitando havia muito tempo. Fazia anos que não ia para aquele lado da cerca. Desde que encontrara o corpo.

O último corpo.

Meu olhar pousou em uma mecha de cabelos loiros. Em um vestido branco. Em membros quebrados. Em um rio de sangue.

Em Lily Green.

CAPÍTULO TRÊS

WINSLOW

— Vou correr para casa e pegar outra blusa — falei para Janice, franzindo a testa para a bagunça que eu tinha feito em minha blusa branca.

A manga estava um caos, manchada de café, assim como minha mesa. Pastas, relatórios e post-its cobriam a mesa marrom. Ou era cinza? Fazia dois dias que não via o que estava por baixo.

Eu estava oficialmente enterrada ali.

Quando Janice tinha entrado para me avisar que estava na hora da reunião semanal com a equipe administrativa — uma reunião não oficial que não estava na minha agenda —, eu havia ficado tão agitada que, ao pegar minha xícara de café, uma boa parte havia voado da caneca.

— Me liga se acontecer algo? — pedi.

— Claro. — Ela sorriu e foi em direção à porta, parando no batente. — Você está indo muito bem, Winslow.

— Estou? Porque sinto o oposto.

Isso era algo que eu admitia apenas para Janice. Ela era minha primeira e única aliada na delegacia. Conquistar as pessoas estava sendo um processo mais lento do que eu esperava. Bem mais lento.

Era a minha idade. Ninguém iria admitir em voz alta que me achava jovem demais, pelo menos não na minha cara. Mas os olhares de canto de olho carregavam essas palavras. Essas descrenças.

Eu dou conta deste trabalho.

Talvez os outros duvidassem de mim, mas eu não iria fazer o mesmo. Talvez só um pouquinho.

— Você está lidando com muita coisa agora, mas vai ficar mais fácil — prometeu Janice. — E o pessoal aqui vai dar o braço a torcer. Espere e verá.

Suspirei.

— Obrigada.

Ela assentiu e foi em direção à sua mesa perfeitamente organizada.

Pegando minha bolsa na última gaveta, examinei as pilhas de relatórios a revisar e os currículos de policiais para ler. Levaria alguns para ler em casa, assim como tinha feito no dia anterior. Eu estava no modo aprendizado, tentando me familiarizar com a equipe. Também havia pedido para Janice reunir todos os arquivos dos casos dos últimos três meses para eu entender que tipo de crime acontecia em Quincy.

Até aquele momento, não tinha encontrado nada além de quatro motoristas bêbados, uma festa de adolescentes regada a álcool, uma briga no bar local e uma ocorrência de perturbação do sossego. Janice me avisou que havia um caso de prisão por uso de metanfetamina no meio, mas eu ainda não tinha chegado nesse documento.

No geral, os arquivos eram finos — finos demais. E os relatórios eram curtos — curtos demais. E eram todos formulários preenchidos à mão.

O vô não estava brincando quando disse que o Departamento de Polícia de Quincy precisava de uma mãozinha para se modernizar. Acho que ele estava sendo otimista. Precisávamos era de um braço e uma perna.

Meu corpo inteiro, no caso.

Ao cruzar a delegacia, acenei para Allen, um dos policiais do turno do dia.

Ele acenou com a cabeça e seus olhos foram direto para a manga da minha camisa. O canto da sua boca se levantou.

Dei de ombros.

— O café me atacou.

— Por isso que prefiro nossas camisas e calças pretas. Escondem as manchas.

— Meu pedido de uniforme deve chegar hoje. Então vou optar sempre por camisas pretas. — Sorri e fui em direção à porta.

Ok, aquilo tinha sido simpático. Allen não tinha evitado contato visual. Era um sinal de progresso, não era?

Acenei para o policial Smith quando passei por ele no saguão, na esperança de receber um cumprimento.

— Vou dar um pulo em casa. Me ligue se acontecer algo?

Ele me ignorou, como vinha fazendo nos últimos dois dias. Mesmo quando tínhamos nos encontrado no refeitório no dia anterior, ele agira como se eu não estivesse ali. Senti o calor do seu olhar nas minhas costas ao sair do prédio.

Aposentadoria antecipada. Certamente teríamos que conversar sobre aposentadoria antecipada se ele não melhorasse aquele comportamento.

Peguei meus óculos de sol da bolsa e os coloquei para proteger meus olhos da luz e esconder minhas olheiras — não estava sendo fácil dormir essa semana. Meu Durango estava estacionado ao lado da viatura de Allen. Os assentos de couro estavam quentes e o ar, úmido. Abri minha janela, atraindo o aroma do sol de verão.

Quincy ficava no coração do oeste de Montana, a uma hora de distância do Parque Nacional Glacier. A cidade era situada em um vale rodeado de montanhas com neve nos picos e as laterais cobertas por florestas verdes. O rio Clark Fork cortava caminho pelas árvores e marcava uma fronteira natural nos limites da cidade.

O vô nos levava para acampar perto do rio quando eu era criança. Minha família passara fins de semana maravilhosos nos lugares favoritos do vô, onde pescávamos, fazíamos trilhas e assávamos marshmallows.

Quincy guardava memórias em cada canto.

Visitar o vô era sempre uma aventura. Meu pai tinha crescido ali e, para ele, Quincy era seu lar. O pai e a mãe teriam amado me ver morando ali. Eles provavelmente teriam ido junto.

Se eles não tivessem morrido, muitas coisas seriam diferentes.

Quincy guardava memórias em cada canto.

Eu só não tinha decidido se aquilo era bom ou ruim.

Deixando o passado de lado, observei os turistas passeando pelas calçadas da Main Street. Por causa da proximidade com o parque Glacier, a cidade ficaria cheia de visitantes até o outono.

Como prefeito, o vô adorava dinheiro que entrava em sua pequena cidade. Como morador, os turistas o irritavam. A quantidade de pessoas era o motivo de ele adorar nos levar para acampar nas montanhas no verão.

Era durante as visitas no outono e inverno que explorávamos Quincy. A cidade não tinha mudado muito desde minha infância. Era reconfortante.

Como na maioria das cidadezinhas de Montana, a Main Street era parte da rodovia que cortava a cidade. Tudo se conectava ao centro de Quincy, como artérias ligadas a um coração pulsante. Mas a maior parte dos comércios estava ali, amontoada no centro da cidade.

Os visitantes eram atraídos principalmente pelos restaurantes, bares e lojas. Entre eles, havia escritórios e bancos. O lugar favorito da mãe era a loja de antiguidades. O do pai era a loja de ferramentas. O supermercado e dois postos de gasolina ficavam em uma extremidade da cidade. A loja Farm & Feed ficava na outra.

A comunidade tinha orgulho daquela rua. As vitrines eram artísticas e charmosas. Havia cestas de flores penduradas nos postes de luz no verão, e, no inverno, guirlandas e luzinhas de Natal.

Eu amava aquela cidade.

Minha cidade.

Ainda não havia caído a ficha de que Quincy era minha.

Talvez porque eu ainda me sentisse mais turista do que moradora.

Desacelerei ao me aproximar da faixa de pedestre, esperando um casal cruzar a rua. Entre eles estava uma menininha vestindo um macacão amarelo e exibindo um lindo sorriso. Seus pais a balançavam pelos braços toda vez que contavam *um-dois-três-uiiiii*.

Um dia, eu tinha sido essa menina.

— O que tá acontecendo comigo hoje? — Balancei a cabeça, espantando a nostalgia, e virei na rua lateral seguinte, a caminho de casa.

O pai e a mãe não saíam da minha cabeça havia dois dias. Provavelmente porque eu estava em Quincy. Provavelmente porque tanta coisa tinha mudado em apenas uma semana.

Casa nova. Trabalho novo.

Me mudar tinha sido a coisa certa a fazer, mas isso não queria dizer que era fácil. Eu sentia falta dos meus amigos de Bozeman. Sentia falta do meu antigo departamento e dos meus colegas de trabalho.

Claro, eu tinha o vô, e era maravilhoso vê-lo todo dia. Com o tempo, iria me encaixar ali. Mas, até aquele momento, a sensação de novidade se parecia muito com solidão.

Tinha sido por isso que eu dormira com Griffin no domingo?

Estremeci pela milésima vez só de pensar na expressão dele no restaurante.

O vô e Harrison Eden tinham falado durante o almoço inteiro, conduzindo a conversa. Griffin mal abrira a boca. Só ficara ali, parado, encarando o próprio prato, enquanto eu forçava um sorriso e fingia jogar conversa fora com o pai dele.

A tensão que irradiava dos ombros de Griffin crescera exponencialmente ao longo do almoço. O arrependimento estava tão estampado em seu belo rosto que eu quase fingira uma dor de estômago para escapar dali.

Ainda bem que ele tinha fugido primeiro. Assim que terminara de comer seu sanduíche, pedira licença e saíra.

Eu ainda estava irritada comigo mesma por olhar para a bunda dele quando foi embora.

Com sorte, levaria alguns meses até nos vermos de novo. Talvez, quando aquele momento chegasse, eu já teria parado de pensar em seu corpo nu no banco detrás da caminhonete.

Griffin Eden fora um erro isolado e, com sorte, ninguém em Quincy iria saber que eu tinha transado com ele na minha primeira noite na cidade.

Minha casa era uma construção térrea ao estilo American Craftsman, com paredes cinza e janelas brancas. Estacionei na entrada e subi os degraus de tijolo da varanda até a porta vermelha.

A porta era o motivo de eu ter comprado aquela casa — ela e o fato de que só havia três opções no mercado imobiliário.

A casa de dois quartos e um banheiro tinha o tamanho perfeito para a minha vida simples. Eu não precisava de um quintal grande. O quarto extra seria meu escritório porque eu não precisava de um quarto de visitas, que raramente recebia.

Entrei e ignorei a zona da sala de estar. O sofá estava cercado por caixas. Não tinha tocado nelas desde domingo porque havia passado todas as noites lendo arquivos.

Meu quarto estava tão ruim quanto a sala, talvez pior.

De um lado havia três malas abertas, e o conteúdo delas espalhava-se pelo chão. Em algum lugar da casa havia cabides, eu só tinha que achá-los. Procurei na pilha de roupas mais próxima, encontrei uma camisa limpa, tirei a camisa manchada e a joguei na pilha crescente de roupas sujas.

Minha nova máquina de lavar e secar chegaria na sexta-feira. O restante dos móveis que encomendei estavam atrasados, então, por enquanto, meu colchão estava no chão, assim como minhas roupas.

Talvez naquela noite eu procurasse pelos cabides. Talvez não.

Vestida e livre do cheiro de café velho, corri para fora, entrei no Durango e engatei a ré. Depois, fiz o caminho de volta até a Main Street.

Estava desacelerando no cruzamento quando vi um brilho vermelho e azul e escutei uma sirene.

Era a viatura de Allen passando.

Peguei meu celular e não vi nada na tela. Naquele dia, ele deveria estar resolvendo papeladas, não patrulhando, então para onde estava indo? Tinha acontecido alguma coisa. Por que ninguém havia me ligado?

Em vez de virar à esquerda rumo à delegacia, virei à direita e segui Allen. Quando ele chegou nos limites da cidade, pisou no acelerador e disparou pela rodovia.

Meu coração acelerou enquanto eu tentava acompanhá-lo, dirigindo e ligando para a delegacia ao mesmo tempo.

— Departamento de Polícia de Quincy — atendeu o policial Smith.

— Oi, é a Winslow.

Ele resmungou em resposta.

— Estou seguindo Allen para fora da cidade. Pode me falar para onde ele está indo?

— Chegou uma chamada de fora da cidade. Uma emergência nas montanhas.

— Ok. — Esperei pelas explicações. Ele não falou mais nada. — Que emergência?

— Alguém encontrou um corpo na base de Indigo Ridge.

Exasperei em choque.

— O quê? Por que não me ligou?

— Esqueci.

Babaca.

— Policial Smith, nós vamos ter uma conversa quando eu voltar à delegacia.

Encerrei a ligação e larguei meu celular para me concentrar em alcançar Allen.

As luzes de freio dele acenderam quando ele se preparou para fazer uma curva. Não havia placas na rodovia, mas eu segui a trilha de poeira na estrada de terra, as montanhas se aproximando cada vez mais. Um penhasco se destacava dos outros, sua frente vertical intimidadora sobre as árvores e clareiras.

Três caminhonetes estavam estacionadas logo à frente, na grama, do outro lado da cerca. Allen desacelerou quando chegou perto e parou a viatura perto da vala.

Estacionei ao seu lado, peguei meu celular e o enfiei no bolso. Depois, procurei na bolsa por um bloco de notas antes de sair do carro.

— Chefe. — Allen ficou parado à beira da estrada, me esperando.

— O que está acontecendo? — O resumo do policial Smith não havia esclarecido nada.

— Um dos funcionários do rancho dos Eden encontrou um corpo hoje de manhã.

— Este é o rancho dos Eden?

Era uma pergunta idiota. Assim que segui o olhar de Allen para os homens ao lado das caminhonetes, avistei Griffin.

Ele firmava-se ao chão com as pernas afastadas, parado ao lado da caminhonete preta que eu já conhecia. Suas mãos estavam fechadas em punhos, apoiadas nos quadris. As palavras "vá embora" estavam praticamente estampadas no chapéu preto desbotado.

Eu me preparei.

— Vá na frente, Allen.

— Sim, senhora.

Ele cruzou a grama alta em direção à cerca de arame farpado do outro lado da vala. Com a mão puxando um arame e a bota abaixando o outro, ele abriu espaço para eu passar.

Fiz o mesmo para ele, depois tomei a frente e andei na direção de Griffin.

— Winslow. — A voz dele estava neutra. Indecifrável.

— Griffin. — Minha voz soou do mesmo jeito. Eu tinha um trabalho a fazer. — Pode nos mostrar onde está o corpo?

Ele indicou que o seguíssemos para depois das caminhonetes.

Um homem mais jovem estava sentado encostado no pneu da última caminhonete. Outro homem, mais velho, com um bigode grande e um chapéu de caubói, estava agachado ao seu lado.

O jovem no chão estava pálido. Lágrimas manchavam seu rosto. Devia ter sido ele quem encontrara o corpo. Eu já havia visto expressões assim vezes o bastante para saber quem tinha sido o primeiro no local.

— Foi o Conor que achou a garota — disse Griffin em um tom baixo ao nos aproximarmos da cerca. Mais adiante, havia pedras na base do penhasco.

— Vou ter que interrogá-lo depois.

— Claro. — Ele assentiu. — Ele trabalha para mim. Pedi que viesse aqui para consertar a cerca.

— Que horas isso aconteceu?

— Por volta das dez da manhã. Ele tinha passado umas horas trabalhando no celeiro antes disso.

— Ele tocou o corpo?

— Provavelmente. — Griffin suspirou, e então nos guiou para depois da cerca.

Os postes ali eram de madeira, e os arames estavam apertados demais para serem esticados, então firmei minha bota na escora da cerca e pulei para o outro lado. Depois fui em direção ao penhasco, lentamente, para absorver a cena completa.

Havia marcas de passos na grama, provavelmente de Conor e Griffin. Fora aquilo, a cena parecia intocada.

Griffin e Allen ficaram logo atrás de mim enquanto eu liderava o caminho até as pedras, andando metodicamente até o penhasco, como fiz ao cruzar o campo. Subimos até eu chegar a um espaço aberto.

E um corpo quebrado.

Desliguei a parte de mim que surtava quando via sangue. Suprimi as emoções que surgiam com uma morte terrível. Engoli em seco — fiz o meu trabalho — e investiguei a cena.

O corpo era de uma jovem, virada de barriga para baixo. Algumas mechas de cabelo esvoaçavam com o vento. A morte manchava a área debaixo de sua pele e seus ossos destroçados.

A maior parte do sangue havia secado e endurecido em pequenas poças e manchas. Ela usava um vestido branco, a saia quase intacta tocando seus tornozelos. A parte superior jamais ficaria limpa de novo.

Os braços dela estavam abertos. Uma perna estava dobrada em um ângulo anormal. Havia apenas alguns trechos de pele lisa e acinzentada em suas panturrilhas. Exceto por aquilo, ossos saíam de partes do seu corpo.

— Mais um — sussurrou Allen.

Olhei para trás.

— Mais um o quê?

Ele apontou para o penhasco adiante.

Havia uma trilha cortando a grande pedra entre nós e o cume. Eu não havia reparado nela ao chegar ali. A trilha desparecia em uma curva, provavelmente ao descer, mas o final estava diretamente acima de nós.

A garota havia sido empurrada? Havia pulado?

— Para o que estou olhando, Allen?

— Suicídio — explicou.

Droga.

— Por que diz isso?

Allen e Griffin se entreolharam.

— O que foi? O que não estou sabendo?

— Você é nova aqui. — Griffin pronunciou a palavra "nova" com tanto asco que era como se tivesse a jogado na minha cara. — Esse não é o primeiro corpo que encontramos na base de Indigo Ridge.

— Quantos foram antes desse?

— Dois.

Dois. Com aquele, três. *Puta merda.* O que estava acontecendo? No que eu tinha me metido?

— Tem ocorrido uma série de suicídios nos últimos dez anos.

Pisquei, incrédula.

— Uma série de suicídios.

— Sete, no total.

— Sete? — Meu queixo caiu. — É quase um por ano.

Os ombros de Allen caíram.

— É como um efeito dominó. Um jovem faz. Outro decide fazer também.

Eu apontei para o penhasco.

— E é aqui que eles vêm?

— Nem sempre — disse Griffin.

Olhei para os pés descalços da menina. Para o vestido leve. Se ela estivesse de shorts ou calça jeans, eu teria cogitado a hipótese de ter sido um acidente durante uma trilha.

— Sabemos quem ela é? — perguntei.

— Lily Green — respondeu Griffin. — Foi o que Conor disse. Eles tinham a mesma idade. Acho que eram amigos.

Não tinha sobrado nada do rosto da menina. Como Conor a havia reconhecido? Talvez tivesse sido a tatuagem de borboleta azul no pulso.

— Allen, você consegue tirar fotos da cena?

— Sim. Eu ia... Hum, eu estava aqui na última vez.

Na última vez. Meu estômago embrulhou.

— Tudo bem. Vou ligar para a delegacia e chamar o médico legista para movermos o corpo. Quanto antes conseguirmos identificá-la, mais cedo poderemos avisar a família.

— Pode deixar, chefe.

— Preciso conversar com o seu funcionário agora — falei para Griffin.

Ele respondeu indo em direção às pedras.

Minha cabeça girava ao segui-lo.

Sete suicídios em dez anos. Que loucura. Era demais. Taxas de suicídio eram mais altas em zonas rurais do que urbanas, mas sete suicídios em dez anos... era demais.

Eu sabia que isso acontecia com jovens. E Allen tinha razão, às vezes era como um efeito dominó. Tinha acontecido a mesma coisa em uma escola de Bozeman alguns anos antes. Três adolescentes tentaram suicídio, dois faleceram.

A diretora e os professores ficaram atentos depois da segunda morte, prestando mais atenção aos jovens e abrindo canais para outros estudantes falarem sobre amigos que pudessem estar em perigo.

Sete suicídios.

Naquela cidadezinha.

Como eu não sabia daquilo? Por que o vô não tinha me contado? Por que aquilo não tinha sido mencionado nas minhas entrevistas? Eu fiz várias perguntas sobre os casos criminais da cidade. Mas talvez eles sequer tivessem considerado esses suicídios como crimes. Será que tinham sido ao menos registrados?

As perguntas giraram na minha mente enquanto eu seguia Griffin até a cerca e a pulava de novo. Depois, deixei os pensamentos de lado ao nos juntarmos aos outros dois homens ao lado das caminhonetes.

— Conor, esta é Winslow Covington. — Griffin se agachou ao lado do jovem. — Ela é a nova chefe de polícia e vai te fazer algumas perguntas.

O menino olhou para cima, seu rosto coberto de dor e medo.

Eu me abaixei para ele não ter que se levantar.

— Oi, Conor.

— Senhora. — Ele fungou e limpou o nariz com o antebraço.

— Se importa se eu te fizer algumas perguntas?

Ele balançou a cabeça em negativa.

O homem de bigode tocou no ombro de Conor, se levantou e andou até a caçamba da caminhonete, nos dando um pouco de privacidade.

Griffin ficou parado ao nosso lado enquanto eu fazia minhas perguntas e anotações.

A sequência de fatos era simples. Conor tinha ido ali para consertar a cerca, como Griffin pediu. Ele tinha notado o vestido de Lily nas rochas e correra até o corpo. Não havia tentado movê-la, mas pegara na sua mão para checar o pulso. Havia sido a tatuagem, como eu suspeitara, o que o ajudou a identificá-la. Depois disso, ele havia descido e ligado para Griffin.

— Obrigada, Conor. — Sorri para ele. — Provavelmente terei outras perguntas para você mais para a frente.

— Tudo bem. — Uma lágrima desceu pela bochecha dele. — Estudamos juntos no ensino médio. Lily e eu. Namoramos no penúltimo ano. Nós terminamos, mas ela sempre foi...

Mais lágrimas caíram.

Encontrar um corpo nunca era fácil. Mas encontrar o corpo de alguém que se amava... Aquilo iria assombrá-lo para sempre.

— Sinto muito.

— Eu também. — O queixo dele tremeu. — Queria que ela tivesse falado comigo. Queria ter falado com ela.

— Não é culpa sua. — O corpo alto de Griffin se abaixou ao meu lado. — Pode ir com o Jim, ok?

— E o caminhão?

— Eu dou um jeito.

Conor se levantou, um pouco desequilibrado.

Griffin segurou o braço dele e o conduziu até Jim.

Eu os segui alguns passos atrás, assistindo Griffin abraçar o menino e ajudá-lo a entrar no banco do carona de uma caminhonete branca. A porta tinha um "E" na porta com uma espécie de barra em formato de U embaixo — o emblema do rancho Eden.

Griffin falou com Jim por alguns segundos antes de o homem mais velho acenar e entrar no banco do motorista.

— Ele vai fazer companhia para o Conor? — perguntei a Griffin quando Jim e Conor se afastaram pela estrada de terra.

— Vai, sim.

— Preciso manter isso em sigilo até termos certeza da identidade e notificar a família.

— A mãe da Lily é enfermeira na casa de repouso. Allen pode lhe dar o contato dela.

— E se não for a Lily?

— É ela, Winslow. Nós conhecemos uns aos outros.

Como se eu não fosse um deles. *Ai*.

Uma nova nuvem de poeira seguia um veículo pela estrada de terra principal. Torci para que fosse o legista.

— Esta propriedade é sua, certo? — perguntei.

— Sim.

— Essa estrada fica fechada em algum momento? Com um portão à noite ou algo assim?

— Não. — Ele balançou a cabeça em negativa. — A propriedade do outro lado da estrada era outro rancho, mas eu comprei o terreno dois anos atrás. Agora, é tudo propriedade Eden. Não temos motivo para cercar além da área de pasto para gado.

— As pessoas costumam passar por aqui?

— Geralmente não. É propriedade privada. — Ele botou as mãos nos quadris. — Por quê?

— Você viu algum veículo desconhecido passando por aqui essa semana?

— O rancho é imenso. É impossível monitorar isso. — Sua mandíbula estava travada. — Por que a pergunta?

Olhei para a estrada de cascalho. Não havia nenhum veículo por perto que parecia da menina. Ela estava descalça. Onde estavam seus sapatos?

— Estou apenas fazendo perguntas. — Era por isso que eu estava ali.

— A menina pulou. A mãe dela deve estar morta de preocupação. Que tal parar de fazer perguntas e começar a dar respostas?

— Que tal eu deixar você lidar com as coisas da fazenda e você me deixar lidar com a investigação? Estou apenas fazendo meu trabalho.

Ele bufou.

— Se quer fazer o seu trabalho, vá falar com a mãe da Lily. Qualquer coisa além disso é perda de tempo.

Sem dizer mais nada, Griffin saiu pisando duro até a caminhonete. Ele me deixou sozinha no campo, observando os faróis sumirem no horizonte.

— Ótima conversa — ironizei. — Merda.

Olhei para o céu.

Talvez não fosse assim que o último chefe teria lidado com a situação. Talvez ele tivesse dado uma olhada na menina e decidido que era suicídio. Mas...

— Eu sou a chefe agora. — E faríamos as coisas do meu jeito.

Quer Griffin Eden gostasse ou não.

CAPÍTULO QUATRO

GRIFFIN

A garrafa de cerveja gelada mal tinha tocado meus lábios quando ouvi a campainha.

— Meu Deus — resmunguei. — O que foi agora?

Tinha sido um longo dia e eu não estava a fim de visitas. Mas devia ser um funcionário — ninguém da minha família sabia usar a campainha —, então eu não podia ignorar.

Com a garrafa na mão, andei descalço pelo corredor até chegar à porta. Se eu tivesse sorte, o que era raro, não teria que calçar minhas botas para lidar com o que quer que viesse com a visita.

Às vezes eu pensava que seria bom ter um distanciamento entre minha casa e o trabalho. Morar fora do rancho, onde eu não estaria sempre acessível para a equipe ou minha família. Mas eu não gostaria de morar em nenhum outro lugar do mundo. Mesmo com as visitas inesperadas.

Abri a porta, esperando, bom... Qualquer pessoa no mundo, menos Winslow.

Seus olhos, da cor de mirtilos, pareciam ainda mais azuis contra a luz do crepúsculo. Bastou olhar para ela e me esqueci de respirar.

— Oi — disse ela.

Levei a garrafa aos lábios e dei um grande gole.

Parecia que beber era essencial para estar perto daquela mulher.

Provavelmente não era uma boa ideia, considerando que álcool tinha sido o motivo de eu ter me enfiado naquela situação, mas, só de olhar para seus olhos e seu cabelo macio, meu pau pulsou dentro da calça.

Caralho, por que eu não conseguia me controlar quando estava perto dela?

Ela apertou aqueles belos olhos enquanto eu virava a cerveja.

— Com sede?

Eu me forcei a tirar a garrafa dos lábios.

— Um pouco.

Não precisava perguntar como ela sabia onde eu morava. Ela poderia olhar no banco de dados da delegacia, mas qualquer um em Quincy também saberia lhe dar meu endereço. Ora, se passasse três minutos na Main Street, encontraria alguém da minha família. Encontrar um Eden naquela cidade era tão fácil quanto achar folhas em uma árvore na primavera.

— O que está fazendo aqui? — perguntei.

— Você não respondeu às minhas perguntas na quarta-feira.

Quarta-feira. Um dia que eu gostaria de esquecer. Desde então, meu humor estivera péssimo. Eu tinha brigado com todo mundo do jeito que brigara com ela na cena do crime. Em minha defesa, aquela fora a segunda vez que eu havia encontrado o corpo de uma mulher na minha propriedade.

— E aí você simplesmente veio na minha casa?

— Você teria ido à delegacia se eu pedisse?

— Não.

— Foi o que imaginei.

Ela ergueu o queixo, com os pés firmes no chão. Winn não iria embora até eu conversar com ela, e daquela vez eu não tinha como fugir.

Suspirei e dei um passo para o lado, fazendo um sinal com o queixo para ela entrar.

Ela passou por mim e seu cheiro doce e cítrico me paralisou.

Meu corpo reagiu instantaneamente, contraindo-se em todos os lugares errados. Tomei mais um gole da cerveja. A única explicação lógica para aquele sentimento revoltante era desejo. Eu havia passado tempo demais sem transar, e naquele momento estava agindo como um adolescente tarado.

Desejo. Com certeza era desejo.

E aquelas sardas no nariz. Caramba, eu gostava demais delas.

Mas eu não tinha tempo para ficar observando as sardas.

— Você sabia quem eu era? — perguntei de repente.

— O quê?

— No Willie's. Você sabia quem eu era?

— Não. Você disse que estava passando pela cidade. Achei que não morasse aqui.

— Você disse que era de Bozeman. Achei que era uma turista.

— Você realmente não sabia quem eu era?

— Eu não teria transado com você na minha caminhonete se soubesse. Minha regra geral é não ficar com moradoras. Tudo se complica quando as mulheres percebem que não tô a fim de entrar num relacionamento. Sou ocupado demais.

— Ah. Então você está com sorte, porque eu não tenho vontade alguma de ter um relacionamento. E, se alguém me perguntar, nada aconteceu.

Nem fodendo que nada aconteceu. Eu não conseguia parar de pensar naquela noite. Mas se ela queria fingir que não havia acontecido, tudo bem. Ninguém em Quincy precisava saber que eu fiz a chefe de polícia gozar três vezes.

— Voltando ao motivo da minha visita. Eu gostaria de saber mais sobre aquela estrada que leva a Indigo Ridge.

Ela estava ali para falar de negócios, com os ombros retos e a expressão estoica. Assim como na quarta-feira. Nem sinal do seu sorriso encantador naqueles lábios macios.

Devia ser mais seguro assim.

— Quer uma cerveja?

— Não, obrigada.

— Está em horário de trabalho?

— Por isso estou aqui.

Terminei minha garrafa e deixei que Winn ficasse em pé, esperando, enquanto eu voltava para a cozinha com a intenção de pegar outra. Talvez duas Bud Lights neutralizassem meus sentidos o suficiente para eu não ter uma ereção notável enquanto ela estivesse na minha casa. Naquele momento, meu pau estava pronto para mandar um "foda-se" e levá-la para a cama.

Não tivemos muito espaço no banco detrás da minha caminhonete. No colchão king size, Winn e eu iríamos nos divertir.

Meu Deus. Passei a mão pelo rosto quando abri a geladeira. Qual era o meu problema?

Ela estava ali para conversar sobre uma mulher morta e eu estava pensando em sexo. Quando a imagem do corpo deformado de Lily Green me puxou de volta à realidade, fechei a geladeira e me esqueci da cerveja.

— Você falou com a mãe da Lily? — perguntei.

— Falei. — Uma onda de tristeza desfez sua compostura. — Identificamos a Lily rapidamente pelas digitais. Falei com a mãe dela na quarta à noite.

— Já havia feito isso antes? Notificar a morte de um filho?

Ela assentiu uma vez.

— É a pior parte do meu trabalho.

— Sinto muito por isso.

— Meu mentor no DP de Bozeman me dizia que era nosso dever e responsabilidade aliviar esse fardo como fosse possível. Que nunca sabemos como vamos impactar as vidas que encontramos nesse trabalho. Uma vez, ele disse para uma mulher que seu marido havia morrido em um assalto a uma loja de bebidas. Anos depois, ele a encontrou na rua. Começaram a namorar e agora são casados. Ele sempre me lembrava que mesmo os piores dias terminam. Que nos curamos, apesar das perdas. Não sei se isso é válido quando você perde um filho. Mas eu espero que a mãe da Lily, com o tempo, fique bem. E espero que eu tenha conseguido aliviar um pouco o choque.

Eu a analisei enquanto ela falava, a sinceridade e vulnerabilidade em suas palavras. Se ela conversou com a mãe da Lily desse jeito, com tanta honestidade e compaixão, então, sim, com certeza a ajudou. O melhor que pôde.

Como esperado, a notícia do suicídio de Lily tinha voado rapidamente por Quincy. Eu fui à cidade para fazer um anúncio de emprego no jornal e os Nelsen estavam comentando sobre a notícia. Sem dúvida, aquela seria a manchete da semana seguinte. Emily havia tentado conseguir mais informações e, quando não lhe contei nada, ofereceu de forma não muito sutil trocar sexo por segredos.

Decidi anunciar a vaga de emprego on-line, em vez de no jornal.

Ficar com Emily tinha sido um erro pontual ocorrido no ano anterior. Um erro pelo qual eu ainda estava pagando.

Torci para que com Winslow não acontecesse o mesmo.

— Ela deixou uma carta? — perguntei. — Lily?

Ignorando minha pergunta, Winn fez a dela:

— Pode me falar mais sobre a estrada que leva a Indigo Ridge?

— É uma estrada de cascalho. Não há muito o que dizer.

— Tem uma trilha que sobe a encosta. Passei por ela ontem. Com que frequência os funcionários do seu rancho a usam?

— Por que isso importa?

— Porque a investigação está aberta.

— Sobre um suicídio.

— Sobre a morte de uma jovem. — Ela falou como se Lily pudesse ter sido assassinada.

— Não prolongue o assunto procurando algo que não existe. Só vai piorar as coisas.

Ela cerrou os punhos.

— Estou fazendo perguntas porque é meu dever para com aquela menina e sua mãe.

— Suas perguntas teriam sido respondidas se houvesse uma carta de suicídio.

Winn nem piscou.

— Então não tem uma carta — concluí.

Ela cruzou os braços.

— Eu parei na casa dos seus pais a caminho daqui. Seu pai disse que você assumiu a administração do rancho. Preferi conversar com você porque ele disse que é você quem sabe do dia a dia. Mas se eu precisar voltar lá e fazer as perguntas para eles...

— Não. — Droga. Eu não queria que meu pai tivesse de lidar com isso.

O primeiro suicídio em Indigo Ridge havia acontecido uns anos antes. Meu pai encontrara o corpo e tinha sido muito difícil para ele. Tanto tempo depois, ele ainda evitava aquela estrada. Eu não iria fazer ele reviver aquilo, mesmo que sobrasse para mim.

— Vamos conversar na sala — falei.

Minha casa não se comparava à casa de quinhentos e cinquenta metros quadrados dos meus pais; metade disso era o bastante para mim. A planta aberta e o teto com vigas aparentes combinavam com meu lado rancheiro e ampliavam o espaço. Com três dormitórios e um escritório, já era mais do que suficiente. Afinal, eu não tinha seis crianças para criar, como meus pais, o que exigira que eles triplicassem o tamanho da casa para fazer caber todos nós.

Andei até o sofá e me sentei enquanto Winslow foi até o outro lado da mesa de centro e afundou na poltrona de couro.

Ela olhou para o porta-retratos na mesa.

— São seus irmãos?

— Somos seis, ao todo. Sou o mais velho. Depois vem Knox. Em seguida Lyla e Talia, gêmeas. E aí a Eloise, que cuida do hotel.

— O vô me apresentou à Eloise depois do almoço na segunda.

Aquele almoço tenso e terrível.

— Mateo é o mais novo — continuei. — Ele está trabalhando no rancho e no hotel até decidir o que quer fazer.

Ele provavelmente iria assumir um negócio da família ou começar o próprio. Foi o que todos nós fizemos. Meus pais criaram o espírito empreendedor na gente. Assim como o amor por Quincy.

Todos fizemos faculdade fora. Knox e Talia ficaram longe por mais tempo, mas eventualmente a saudade de Quincy e da família os trouxera de volta para casa.

Winslow observou a foto e memorizou nossos rostos. Muitas pessoas tinham dificuldade em diferenciar eu e meus irmãos, principalmente quando éramos crianças. Nossas idades eram muito próximas. Knox e eu tínhamos o mesmo tipo físico, mas as tatuagens dele o diferenciavam. As meninas eram obviamente irmãs.

Mas eu suspeitava que Winslow não teria dificuldade em reconhecer meus irmãos. Ela era inteligente. Focada.

Boas qualidades para uma policial.

— Ok, chefe. — Apoiei meus cotovelos nos joelhos ao me inclinar para a frente. — O que você quer saber?

Ela se mexeu e pegou um pequeno bloco de notas e caneta do bolso de trás da calça jeans. O mesmo que tinha usado na quarta-feira. Ela o abriu e a caneta pairou sobre o papel.

— A trilha de Indigo Ridge. Para que ela é usada?

— Ultimamente, para nada. Antes de comprarmos o lote ao lado, usávamos a trilha para levar o gado montanha acima. Mas mesmo isso era raro de acontecer. Só a usávamos se estivéssemos em meio a uma seca ou com pouca grama. Há um atalho que segue até o outro lado da encosta, onde temos cerca de duzentos acres.

Sua caneta voou pelo papel.

— Acho que vi esse atalho.

— A vegetação está bem alta agora. Depois que comprei o terreno ao lado, tivemos acesso direto por uma estrada até a montanha. Desde então, não movemos mais o gado por aquele caminho.

Parte do motivo de eu ter insistido em comprar a propriedade vizinha era porque eu odiava levar o gado por aquela trilha. Era íngreme e precisávamos fazer fila única, seguindo-os a cavalo.

— Acho que vi essa estrada também, se é que posso chamar de estrada. Parece mais duas faixas que passam em meio às árvores.

— A própria.

— Alguém anda por ali? Ou é somente para gado?

— Meu tio. Ele mora lá agora. Depois que comprei o terreno vizinho, ele construiu uma cabana nas montanhas. É na fronteira com o parque florestal. Ele mora lá há um ano.

A caneta dela arranhou o papel enquanto fazia anotações.

— E ele se lembraria de ter visto alguém subindo ou descendo por aquele caminho?

— Não. A casa dele não é perto de lá. — E Briggs não andava com a memória muito boa.

— As pessoas costumam fazer trilha ali?

— Não sem autorização. E eu não daria uma.

Não para Indigo Ridge.

— Então ninguém passa por ali.

— Às vezes uns adolescentes — admiti. — Jovens curiosos que sabem que duas meninas cometeram suicídio ali. Encontrei um grupo no outono passado. Não vi mais ninguém desde então.

— A Lily estava nesse grupo?

— Não, eram mais novos. Estudantes de ensino médio.

Winn fez mais anotações.

— O legista definiu que a hora da morte foi entre a tarde da noite de domingo e a manhã de segunda. Algum dos seus funcionários esteve na área nesse horário? Ou talvez o seu tio?

— Você quer álibis.

— Pode chamar de álibis, se quiser. Estou tentando descobrir se alguém a viu subir e se estava sozinha. Encontramos o carro dela estacionado na rodovia. Entre o carro e o lugar de onde ela pulou são mais de dez quilômetros. Eu andei essa distância ontem e levei quase três horas. Minha dúvida é se alguém a viu nesse meio-tempo.

— Ninguém que trabalha para mim.

— Se tivesse sido à noite, ela teria uma lanterna. Não encontramos uma no caminho nem perto do corpo. Também não encontramos sapatos.

— O que você quer dizer com isso?

— Onde estão os sapatos dela? Se ela tivesse andado sem eles, seus pés estariam em carne viva, mas estavam apenas com alguns arranhões. Não pareciam ter percorrido dez quilômetros. Como ela chegou lá no escuro? Às onze da noite o lugar é um breu.

— Você disse que o legista estimou ter acontecido na manhã de segunda.

— No máximo. Mas essa é a hora da morte em si.

— Talvez ela tenha subido durante o dia. Ficado lá por um tempo. Não sei.

Winn virou uma nova folha no bloco de notas.

— Alguém estaria na região segunda de manhã para ver alguém saindo da montanha?

— Você acha que alguém subiu com ela.

— Possivelmente.

— E daí o que, alguém a matou? — Balancei minha cabeça e suspirei. — É um suicídio, chefe. Igual às outras meninas que pularam do penhasco. Não sei por que fizeram isso. Meu coração dói só de pensar nas famílias, mas foi exatamente do mesmo jeito que as outras duas. Eu sei porque estive lá nas três vezes.

Ela hesitou por um instante.

— Não sabia disso, sabia? — murmurei. — Meu pai encontrou o primeiro corpo. Eu encontrei o segundo.

— E, agora, Lily Green.

Assenti.

— É horrível. De verdade. Precisamos de mais recursos na cidade para essas meninas, e não sair procurando por um assassino que não existe. Algo que você entenderia se fosse daqui, mas não é.

Ela abriu a boca e a fechou logo em seguida, sem falar. Suas narinas dilataram.

— O quê? — perguntei.

— Nada. — Ela ajeitou a postura. — Mais alguma coisa que possa me falar sobre as outras meninas?

— Com certeza está tudo em um relatório.

— Sim, com certeza. Mas estou perguntando mesmo assim.

— A menina que encontrei foi há dois anos. Ela era amiga da Eloise. Todos ficamos chocados. Eloise sabia que ela estava passando por um momento difícil, mas não achou que levaria a isso. — E minha irmã se sentia culpada. Todos nós nos sentíamos. — A menina que meu pai encontrou foi há cinco anos. Ela era amiga da Lyla.

— Sinto muito. Deve ter sido difícil para a sua família.

— Foi mesmo.

Winslow fechou o bloco e se levantou.

— Obrigada pela atenção.

— Só isso?

— Por enquanto, sim. Eu vou indo, não precisa me acompanhar.

Sem dizer mais nada, ela saiu da sala de estar.

A coisa inteligente a se fazer seria deixar ela ir embora. Manter distância. Vê-la partir enquanto ficava sentado no sofá. Mas eu me levantei, movido pela educação que a minha mãe deu a todos nós desde cedo. Nós levávamos nossas visitas até a porta e as agradecíamos por terem vindo.

Alcancei Winn quando ela estava quase tocando a maçaneta. Me estiquei para passar na frente dela, chegando perto demais, e abri a porta. Outra lição. Homens abrem portas para mulheres.

Ela olhou para mim e prendeu a respiração. Mais uma vez, seu cheiro doce tomou conta de mim. Sua boca se abriu, mas ela não se mexeu.

Nossos corpos estavam a poucos centímetros de distância. Aquele pequeno espaço parecia vibrar; a eletricidade entre nós era tão forte quanto naquele dia no Willie's. Ela era ainda mais bonita do que eu tinha achado naquele bar escuro e úmido.

Os olhos azuis de Winn desviaram dos meus e, assim que eles pararam na minha boca, eu perdi o rumo.

Me inclinei na direção dela.

— O que você está fazendo? — sussurrou ela.

— Não faço ideia.

Em seguida, meus lábios encontraram os dela.

Um toque da minha língua em seu lábio inferior e não estávamos mais na minha porta. Estávamos no Willie's, trancados na minha caminhonete. Nossas roupas jogadas no piso. Nossas bocas fundidas enquanto ela montava em mim.

Dias depois e eu ainda conseguia sentir seus movimentos sobre mim, mexendo os quadris para cima e para baixo. As marcas de unhas que ela deixara em meus ombros tinham sumido e, nossa, como eu as queria de novo.

Soltei a porta para envolver Winn com os braços, puxando-a para o meu peito.

Ela se deixou levar, a língua se enroscando na minha enquanto eu sentia seu sabor adocicado. Seus lábios eram macios, mas agitados. Suas mãos seguraram minha camiseta, apertando-a enquanto eu movia minha boca na dela com força, querendo mais.

Minha pulsação vibrava nas minhas veias. Minha ereção estava dura como aço, igual à arma no quadril dela. Eu estava prestes a fechar a porta com um chute e carregá-la para o meu quarto quando o relinchar de um cavalo fez com que nos afastássemos.

Winslow arrancou os lábios dos meus, nossas respirações se misturando. Seus olhos se arregalaram quando ela se soltou dos meus braços.

Meu peito arfava enquanto eu tentava recuperar o fôlego, mas, antes que o transe do desejo se dissipasse, ela foi embora. Saiu andando sem olhar para trás.

Fiquei parado no batente da porta, os braços cruzados no peito, e a observei entrar em sua SUV e cortar a estrada de cascalho, desaparecendo em meio às árvores que cercavam minha propriedade.

— Merda. — Esfreguei o beijo dos meus lábios e entrei para tomar aquela segunda cerveja.

Qualquer coisa para tirar aquele gosto inebriante dela da minha língua.

A segunda cerveja não funcionou. Nem a terceira.

CAPÍTULO CINCO

WINSLOW

Por que eu o beijei?

Nos últimos três dias, aquela pergunta estivera pulando na minha mente como uma criança em uma cama elástica.

Eu estava morando em Quincy havia oito dias e já tinha beijado Griffin em duas das quatro vezes em que nos encontramos. Questionar minha decisão de ter me mudado — assim como a minha sanidade — tornara-se parte da minha rotina diária. E da noturna também, já que não estava conseguindo dormir. Naquela manhã, enquanto escovava os dentes, considerei por uma fração de segundo voltar para minha casa em Bozeman.

Mas não havia mais casa lá.

E eu não era de desistir fácil.

Tempo. Eu só precisava de tempo. Havia sobrevivido à segunda semana, assim como sobrevivera à primeira. Se pudesse passar os próximos oito dias sem beijar Griffin Eden, talvez conseguisse parar de pensar naquele homem.

O trabalho demandava minha atenção total. Meu foco era construir uma boa relação com os policiais. Até aquele momento, as coisas na delegacia estavam... difíceis. Aos poucos a equipe iria gostar de mim, certo?

— Bom dia. — Entrei na sala de descanso e as conversas cessaram.

Três policiais que estavam ao redor da cafeteira dispersaram, cada um acenando para mim ao voltarem para suas mesas.

Engoli um resmungo e enchi minha caneca antes de voltar para o meu escritório. Fechei a porta e apoiei a testa nela.

— Não vou desistir — reafirmei para mim mesma.

O clima na delegacia estava ficando cada vez mais frio. Até a Janice tinha me lançado alguns olhares de soslaio quando eu começara a perguntar sobre Lily Green, Indigo Ridge e os casos de suicídios na última década.

Aparentemente, era um assunto proibido. Todos olhavam para mim como se fosse um assunto proibido. Talvez o Griffin tivesse razão. Talvez eu precisasse deixar aquilo de lado e aceitar. Eu não queria revirar memórias ruins e prejudicar as famílias e os amigos das vítimas.

Mas parecia... estranho.

O melhor policial que já conheci me disse para eu sempre seguir meus instintos.

Havia papéis espalhados na minha mesa de novo, apesar do tempo que eu tinha passado na noite anterior organizando tudo. Eu ainda não havia terminado de ler os casos dos últimos três meses, mas tinha pedido para Janice me trazer mais três, expandindo minha pesquisa para seis meses.

Janice entregara tudo naquela manhã. No topo, estavam os arquivos dos suicídios em Quincy.

Sete mortes.

Li cada relatório três vezes na esperança de aplacar aquela sensação estranha. Não funcionou. O que eu não estava conseguindo enxergar? Tinha algo ali, não tinha?

Me afastei da porta e fui até a minha cadeira. Coloquei o café na mesa e, em seguida, peguei o telefone e digitei o número para o qual eu tinha passado a semana inteira querendo ligar.

— Cole Goodman — respondeu ele.

Sorri ao ouvir sua voz calorosa.

— Oi.

— Quem é?

— Engraçadinho. — Decidi fazer um drama. — Acho bom você não ter se esquecido de mim.

Ele riu.

— Jamais. Esse é seu novo telefone de trabalho?

— Isso. Acho que meu telefone pessoal está perdido nas caixas em casa. Não o vejo faz tempo.

— Típico — ele me provocou.

Cole tinha passado muitas horas me ouvindo reclamar sobre ter perdido meu telefone. Em minha defesa, eu nunca havia perdido meu celular de trabalho ou um rádio.

A organização não era necessariamente uma fraqueza. Eu poderia ser organizada. Mas o caos não me incomodava. Quando eu me concentrava em algo, o resto do mundo desaparecia. Tirar as coisas da caixa e encontrar meu telefone não me parecia tão importante quanto entender a morte de Lily Green.

— Eu estava pensando em você há pouco — disse Cole. — Como foi a primeira semana?

— Foi, hum... interessante.

— Eita. O que aconteceu?

Suspirei e contei a verdade.

— Ninguém aqui gosta de mim. Eles me olham como se eu fosse jovem demais para fazer esse trabalho que eu só consegui por causa do vô.

— Você sabia que não ia ser fácil.

— Eu sei — murmurei. — Mas eu tinha esperança.

— Aguenta firme. Faz só uma semana. Você é uma ótima policial. Com o tempo vão ver isso.

É o que eu digo para mim mesma, mas ouvir aquilo do Cole me deu mais confiança.

Cole tinha sido o meu mentor em Bozeman. Quando fui promovida para detetive, ele me ajudou durante todo o processo. Sempre que eu tinha um caso difícil, conversava com ele.

Ao longo dos anos trabalhando juntos, ele havia se tornado mais do que um colega. Era também um grande amigo. A esposa dele, Poppy, era a dona do meu restaurante favorito em Bozeman. Seus filhos eram as pessoas mais fofas do mundo. Quando perdi minha própria família, a dele ficou ao meu lado nos meus piores momentos.

— Saudade de vocês. Estou sentindo falta dos Goodman.

— Sentimos sua falta também. Poppy estava falando em irmos passar o fim de semana aí.

— Eu ia adorar. — Por eles, eu de fato organizaria minha casa.

— Me conta da delegacia.

— Na verdade, se você estiver livre, posso te contar sobre um caso?

— Sempre.

Passei os quinze minutos seguintes falando sobre Lily Green e os outros suicídios. Contei como a mãe da Lily tinha desabado em meus braços quando fui até sua casa e dei a notícia terrível. O grito agonizante dela era um som que eu jamais esqueceria.

O som de um coração partido é horrível.

Eu havia ficado horas com Melina Green. Tinha segurado sua mão enquanto ela ligava para o ex-marido e contava a notícia. Depois, tinha lhe feito companhia até ele chegar da viagem de duas horas de Missoula. Assim que ele entrara na casa, com olhos vermelhos e o coração partido pela morte da filha, eu lhe desejara meus pêsames e os deixara para processarem o luto.

No dia anterior, eu tinha passado na casa de Melina para ver como ela estava. Ela abrira a porta vestindo um roupão com o rosto manchado de lágrimas. Mais uma vez, ela desabara em meus braços e eu a abracei enquanto chorava.

Mas Melina era uma mulher forte. Ela não demorara a se recompor e começar a falar sobre Lily. Por uma hora, tinha contado como sua filha era uma fonte de luz, bela e reluzente.

Lily tinha vinte e um anos e morava com a mãe para economizar. Quando perguntei para Melina se ela achou uma carta de suicídio no quarto de Lily, ela confessou que não teve coragem de checar. Mas seu ex, em sua passagem por Quincy, tinha entrado lá e não havia encontrado nada.

— Estou tentando ser empática e não pressionar a mãe — falei para Cole —, mas tenho a impressão de que ela e Lily eram muito próximas. Ela ficou chocada. Realmente chocada por Lily ter se matado.

— Não consigo imaginar a dor — respondeu Cole. — Talvez ela não queira pensar que não viu os sinais. Ou que a filha estava escondendo algo. Você precisa conversar com outras pessoas que conheciam a Lily.

— É o meu plano. Comecei falando com os policiais e a equipe daqui.

— E o que eles disseram?

— Ninguém a conhecia bem. Uma das policiais disse que seu filho se formou com ela, mas que perderam o contato quando ele foi para a faculdade. A maioria só a conhecia do banco, onde ela trabalhava como caixa. Todo mundo disse que Lily estava sempre sorrindo. Que ela era uma jovem feliz.

Aquilo não queria dizer nada. Eu sabia como era se sentir perdida e solitária e continuar sorrindo por fora.

— E os outros suicídios?

— Os relatórios são curtos.

O último chefe não ligava muito para detalhes. Aquilo era algo que a equipe teria que mudar, porque eu não ia aceitar relatórios curtos e escritos às pressas como nosso padrão.

— Ano passado, um menino de dezessete anos se enforcou no porão. Antes disso, todos os casos foram mulheres. Três, incluindo a Lily, pularam do penhasco. Outra cortou os pulsos na banheira. Outra engoliu um pote de comprimidos. E a primeira, dez anos atrás, usou a arma do pai. Acho que ele era um policial.

Ninguém na delegacia quis comentar aquele caso.

— Cacete. — Cole soltou um grande suspiro. — É muita coisa para uma cidade tão pequena. Ainda mais porque a maioria são mulheres.

— Exato.

No geral, a taxa de suicídio entre homens era três vezes mais alta. Mas, em Quincy, era o contrário.

— Não é impossível, mas me parece estranho — disse Cole.

— Também acho. Não está necessariamente fora da média, mas todas as mulheres tinham cerca de vinte anos. Eu esperava que fossem mais jovens. Adolescentes lidando com questões no ensino médio, sabe? Essas meninas estavam trabalhando e construindo uma vida adulta. Os problemas do ensino médio deveriam estar no passado.

— Todas eram de Quincy?

— Sim.

— Apesar de serem mais velhas, talvez ainda tivessem uma conexão com a escola. Tem os colegas, bons ou maus. Tem a cidade.

— Verdade.

— O que o seu instinto diz? — perguntou ele.

— Está confuso — admiti. — Talvez, se tivéssemos encontrado uma carta ou um diário, qualquer coisa que mostrasse que essa menina estava passando por algo, eu não estaria com essa sensação.

— Continue investigando. Converse com as pessoas.

— Estou irritando algumas pessoas.

Ele riu.

— Você é boa em perder o celular e as chaves, mas tem um talento realmente incrível para irritar pessoas.

— Ha, ha — ironizei, com um sorriso nos lábios. Sentia falta das provocações de Cole.

— Incomode-os, Winnie. Se isso for necessário para esse sentimento passar, irrite quantas pessoas precisar.

— Obrigada.

Senti o aperto no meu estômago aliviar. Embora Cole frequentemente me dissesse coisas que eu já sabia, isso não reduzia o impacto de suas palavras.

— Me liga se precisar conversar de novo.

— Ok. Dê um abraço na Poppy por mim. No Brady e na MacKenna também.

— Pode deixar. Vou te mandar algumas datas de finais de semana que temos livres por mensagem.

— Mal posso esperar.

Nos despedimos, me recostei na minha cadeira e encarei a pilha de papéis na mesa.

Talvez eu estivesse exagerando com o caso de Lily Green. Quincy era uma cidade pequena e eu tinha que acreditar que meus policiais sabiam o que estava acontecendo. Se havia algum motivo para achar que aquilo poderia ser criminoso, eles teriam percebido, não é? E o vô também. Ele não tinha falado nada sobre os suicídios.

Porém... E se a razão de ninguém ter investigado esses suicídios fosse justamente porque eram pessoas de Quincy? Eu era a única que não havia passado anos trabalhando naquele departamento. Não só isso: todo funcionário ali havia nascido e crescido na cidade.

Talvez para eles aquilo fosse normal.

Seria bem triste se eles tivessem razão.

Ouvi uma batida na porta.

— Pode entrar — falei.

Janice colocou a cabeça para dentro.

— Emily, do jornal, está na linha um e quer falar com você.

— Pode, por favor, dizer que estou em uma reunião e anotar o recado?

— Claro. — Ela fechou a porta devagar e me deixou sozinha com meus pensamentos.

Girei na minha cadeira, da direita para a esquerda, da esquerda para a direita. Os olhos fixos na pilha de arquivos.

Por quê? Por que a morte de Lily me incomodava tanto?

— Faltava uma carta — sussurrei.

Essa era a grande peça que faltava.

— O carro.

Por que estava estacionado tão longe de Indigo Ridge? Quem a levou até a encosta?

— Os sapatos.

Se ela foi andando, onde estavam seus sapatos?

No sábado, depois de uma noite de sono inquieta graças ao homem que me beijou, voltei para Indigo Ridge. Caminhei pela área, escalei a montanha duas vezes. Depois, passei mais uma vez pela estrada onde encontramos o carro de Lily.

Não havia pistas. Nenhum par de sapatos perdido.

O que eu realmente gostaria de fazer era voltar para a trilha naquele momento, mas a pilha de arquivos não ia diminuir sozinha, então tomei um gole do meu café frio e voltei a trabalhar.

Oito horas e muitos arquivos depois, eu não havia encontrado nada de especial, apesar de ter adicionado mais três itens na minha lista de relatórios necessários. Janice agendou reuniões individuais com os policiais do departamento e, a partir do dia seguinte, eu iria me sentar com cada um deles para ter uma conversa.

Eu tinha coisas positivas para falar para todos — exceto para o policial Smith —, mas tinha críticas também. Eu duvidava que conquistaria novos amigos depois das reuniões, mas paciência. Era o meu departamento, droga, e íamos começar a produzir relatórios que valiam a pena serem lidos.

Quando Janice entrou para se despedir, eu já estava exausta e faminta. Estava guardando alguns arquivos para levar para casa quando meu celular tocou.

— Oi, vô.

— Estou grelhando hambúrgueres pro jantar.

— Estou a caminho. Quer que eu leve algo?

— Cerveja gelada.

— Pode deixar.

Sorri e saí do escritório. Depois de uma parada rápida na loja de conveniência para pegar a cerveja favorita dele, Coors Original, fui para o outro lado da cidade.

O vô morava nos limites de Quincy, em um bairro perto do rio. A casa era dele e da vó, que nos deixara quinze anos antes. Ao longo da minha vida inteira, a casa nunca mudou. O exterior sempre foi pintado de verde, cor de ervilha. O interior era uma sinfonia de tons de bege.

Minha avó amava galinhas e sua coleção de estátuas dessas aves ainda estava exposta com orgulho em cima dos armários da cozinha. Entrar na casa era como atravessar um portal para a minha infância. O amor do vô pela vó estava marcado nas velhas cortinas florais, nas mantas de crochê e nas almofadas bordadas que ela havia deixado para trás.

— Vô? — chamei ao entrar pela porta.

Ele não respondeu, então fui para a varanda dos fundos. O cheiro da fumaça da grelha me recebeu do lado de fora, assim como um rosto familiar.

— Olha quem chegou. — Frank, um vizinho e amigo do vô, se levantou da cadeira. Ele bateu palma uma vez e abriu os braços. — Estava esperando você vir aqui visitar.

Dei risada e fui em direção ao seu abraço.

— Oi, Frank.

— Senti falta do seu rosto, lindinha. Bem-vinda. Fico feliz que é uma de nós agora.

Eu era uma deles? Porque eu me sentia como alguém de fora, e um aperto no meu estômago me dizia que sempre me sentiria.

Frank me soltou e tocou meus ombros para me olhar de cima a baixo.

— Você cresceu. Ainda não acredito que é nossa nova chefe de polícia. Olho para você e ainda vejo aquela menina de maria-chiquinha que fazia tortas de lama no quintal da Rain.

— Como ela está?

— Passa lá em casa. Ela vai adorar a visita.

— Vou, sim — prometi, me sentindo mal por ainda não ter ido visitá-los.

Rain e Frank tinham se mudado para a casa ao lado quando eu era pequena. Tínhamos vindo visitar o vô e a vó naquele fim de semana, e me lembro de pensar como era legal que o caminhão de mudança deles viesse do Mississipi.

Eles eram mais velhos que meus pais e mais novos que meus avós. Depois que a vó morreu de um ataque fulminante do coração, quando eu tinha quinze anos, Frank e Rain adotaram o vô. Eles o ajudaram quando ele perdera a esposa.

E quando perdera o filho e a nora.

Frank e Rain ficaram ao lado do vô quando eu não pude. Eram da família. Frank era o melhor amigo do vô. Naquele momento, eu estava ali e todos poderíamos formar uma família.

— Vai ficar para jantar? — perguntei.

— Não posso. Estava consertando o Jeep velho da Rain. A lataria nova acabou de chegar, então preciso mexer nela. — Ele bateu na barriga chapada. — E ela prometeu fazer paella no jantar.

Assim como o vô, Frank era um homem bonitão, com um corpo forte e grande. Eles faziam trilha quase todo fim de semana no verão e iam para a academia juntos durante a semana.

— Melhor eu ir — disse ele.

— Bom te ver, Frank.

— Você também, Winnie. — Ele me lançou um sorriso gentil e se virou para apertar a mão do vô. — Quer pescar amanhã depois do trabalho?

— Com certeza.

— Combinado. — Frank acenou e depois desceu as escadas da varanda, cruzou o quintal e entrou em sua garagem.

— Como está a minha menina? — O vô se aproximou e me deu um abraço de urso.

— Estou bem. — Me acomodei no peito largo dele. O coração batia forte contra minha orelha, um ritmo reconfortante que tinha sido um porto seguro a minha vida inteira. — E você, como está?

— Com fome.

Eu ri e o soltei.

— Como posso ajudar?

— Me dá uma cerveja gelada.

Enquanto ele grelhava os hambúrgueres, eu preparei os pães, complementos e guardanapos. Comemos na varanda com o som do rio do outro lado do quintal embalando a noite.

— Obrigada por fazer o jantar — falei quando terminamos de lavar os pratos e saímos para dar uma volta no quarteirão.

— De nada. Que bom que consegui falar com você. Tentei ligar para o outro número. A gravação diz que a sua caixa postal está cheia.

As mensagens deviam ser todas de Skyler. Tínhamos terminado havia quatro meses e as ligações constantes estavam começando a me cansar.

— Não consegui encontrar esse telefone. Nem sei quando eu o perdi.

— Imaginei. — Ele deu risada. — Como estão as coisas?

— Estão... ok. — Não estavam "ótimas". Nem "bem". Só "ok". — Tem sido uma semana difícil.

— Ainda não acredito no que aconteceu com a Lily Green, uma menina tão doce. É de partir o coração.

— É mesmo. — O rosto desamparado de Melina me veio à mente. — Você nunca falou nada sobre os suicídios.

Ele enfiou as mãos nos bolsos da calça cáqui.

— Não queria contar enquanto você estava lidando com tudo aquilo em Bozeman. E, por mais terrível que seja, é a vida. Seja aqui ou em qualquer lugar do mundo.

— Sete suicídios em dez anos. Não acha que é muito?

— Claro que acho. Toda vez que acontece, alocamos mais recursos para os conselheiros da escola. Temos dois disponíveis gratuitamente para os membros da comunidade. Mas, se esses jovens não pedem ajuda, se não sabemos que eles tão sofrendo, como podemos ajudá-los?

Suspirei.

— Não estou criticando. É que... foi uma semana difícil.

Ele passou um braço pelos meus ombros.

— Sinto muito por isso.

— Você acha que tem alguma chance de não terem sido suicídios? — perguntei.

— Queria dizer que sim. Eu queria que houvesse outra explicação, mas cada um deles foi investigado. A maioria deixou cartas.

— Lily não deixou.

— Ou talvez você ainda não tenha encontrado.

— Vou continuar investigando.

— Sei que vai. Não gosto de imaginar você tendo que lidar com isso. É intenso e difícil, mas é algo que precisa ser feito, e tenho total confiança de que você vai seguir pelo caminho certo.

— Obrigada.

Me encostei nele. Sua fé em mim era inabalável. Eu a tinha conquistado. Não iria perdê-la por nada. E começaria obtendo todas as respostas que pudesse para Melina Green.

— Mudando de assunto — começou ele. — Parei no Willie's no sábado.

— Hum... ok. — *Merda.* Não imaginei que Willie fosse fofoqueiro. Será que tinha contado sobre eu e Griffin?

— Ele viu sua foto no jornal — disse o vô.

— Quer dizer, aquele tabloide de fofoca? — O único jornal que li não era muito "jornalístico". Não que eu tenha lido tudo. Parei depois da primeira página.

O artigo sobre eu assumir o cargo de chefe praticamente me retratou como uma criança na polícia e disse que o único motivo de eu ter conseguido o trabalho era o vô. Mas a matéria tinha saído na quarta-feira, quando eu estivera em Indigo Ridge, com Melina Green.

O vô tinha me ligado e deixado uma mensagem, furioso, xingando os Nelsen. Quando ouvi a mensagem e parei no mercado para comprar o jornal, já era noite. E, quando finalmente me sentei para ler o artigo, já não me importava mais com porra nenhuma.

— Willie comentou que você e Griffin Eden estavam juntos no bar na semana passada.

Que merda, Willie.

— É — resmunguei.

— Quer me contar o que está acontecendo?

— Não.

— Achei mesmo que o almoço tinha sido um pouco estranho.

— Estranho é pouco.

Ele riu.

— Então, acho que eu não gostaria de saber.

— Não mesmo.

— Bom, tome cuidado. Griffin é um bom rapaz, mas ele tem a fama de partir corações.

— Não precisa se preocupar comigo. Não tenho interesse algum em Griffin Eden.

O que não era bem verdade.

Uma noite com Griffin e ele se tornara uma constante na minha mente. Talvez melhorasse se eu parasse de beijá-lo. Mas ele era bonito demais e, meu Deus, como beijava bem.

A química era inacreditável. O homem era como um ímã. Meu corpo nunca reagira assim, tão intensamente, ao toque de um homem. Nem com Skyler.

Relembrar nossa noite juntos era como uma válvula de escape. Quando tudo parecia um caos na minha cabeça, eu pensava no beijo dele. Em suas mãos e sua língua passeando pela minha pele.

Era assustador pensar tanto sobre um homem, mas, como não tinha planos de encontrá-lo num futuro próximo, que mal faziam alguns pensamentos aleatórios quando estava sozinha na cama?

Eu e o vô terminamos a caminhada em silêncio. As ruas de Quincy tinham uma paz inabalável. Dei um abraço de boa-noite antes de ir para casa, planejando desfazer pelo menos mais uma caixa antes de ir dormir.

Porém, assim que avistei minha casa cinza com a porta vermelha, notei uma caminhonete familiar.

Duas caminhonetes, na verdade.

Uma estava coberta de poeira. A outra estava brilhante e recém-encerada.

— Droga. — Eu realmente não tinha tempo para lidar com aquilo. Ele ia acabar com a minha noite, com certeza.

Estacionei na entrada da garagem, saí do carro e bati a porta com força.

Dois belos rostos me aguardavam na varanda. Um deles se levantou, de braços cruzados, com os pés firmes no chão. O outro usava um terno. Não havia nem afrouxado a gravata.

Eles se entreolharam, ansiosos, depois se voltaram para mim quando parei no primeiro degrau e cruzei meus braços no peito.

— O que você está fazendo aqui?

CAPÍTULO SEIS

GRIFFIN

Ela estava falando comigo?

Aqueles olhos azul-escuros se semicerraram, mas não se voltaram para mim.

O homem de terno endireitou a postura.

— Oi.

— Responda à minha pergunta, Skyler. — Winn marchou pelos degraus ainda de braços cruzados. — O que você está fazendo aqui?

— Tentei te ligar.

— O fato de eu não atender deveria ser o primeiro sinal de que não quero falar com você.

Ou será que ela não atendeu porque perdeu o celular? Fiquei calado, observando o homem se encolher sob o olhar dela.

Winn tinha um brilho assustador nos olhos. Era incrivelmente sexy ver uma mulher feroz assim, ainda mais sabendo que ela podia colocar isso de lado e se deixar vulnerável para flertar e rir, como fez no Willie's. E havia ainda outra camada, a da mulher profissional e inteligente que tinha ido até minha casa com uma caneta e um bloco de notas.

Complexa. Confiante. Empática. Cada faceta de Winslow Covington era atraente.

Reprimi um sorriso enquanto ela esperava o homem de terno responder.

— Estava preocupado com você, Winnie.

Ela tocou na Glock encaixada no cinto ao lado do distintivo brilhante.

— Desnecessário.

Ele olhou na minha direção com uma expressão séria. *Skyler* estivera me encarando desde que eu tinha estacionado na rua e me aproximado da porta de Winn.

Antes que eu pudesse bater na porta ou perguntar quem ele era, ele me informou que ela não estava em casa. Ele provavelmente achou que eu iria embora. Por que não fui? Talvez porque, instantaneamente, não gostei dele nem da arrogância que irradiava do seu paletó feito sob medida.

— Quem é esse cara? — perguntou ele, apontando o polegar para mim.

Ela ignorou a pergunta.

— Como descobriu meu endereço?

Ele olhou de novo para mim e se aproximou dela.

— Podemos conversar a sós? É sobre a casa.

— O que tem a casa? Já falei mil vezes que não a quero. Se você quiser, então compre a minha parte. Senão, pare de enrolar e coloque à venda.

— Winnie.

— Skyler.

Ela descruzou os braços e balançou a mão como se ele fosse uma mosca que ela estava espantando para longe. Depois, se virou para mim e, por um instante, achei que ia receber o mesmo olhar de desdém. Mas sua expressão suavizou tanto que fiquei um pouco atordoado.

Adeus, olhar severo. Adeus, mandíbula travada e sobrancelha cerrada. Um sorriso radiante tomou conta do rosto dela, ressaltando sua beleza, e nossa, como eu queria beijá-la de novo.

— Oi, amor.

Amor? Antes que eu conseguisse processar o que estava acontecendo, ela se aproximou de mim, ficou na ponta dos pés e me beijou no canto da boca.

Ela desceu da ponta dos pés e deu as costas para Skyler. Seus olhos se arregalaram e ela moveu a boca: "Por favor."

Ela queria que eu fingisse ser seu namorado.

Por mim, tudo bem, desde que ela soubesse que eu nunca seria aquilo *de verdade*.

— Oi, meu amor.

— Como foi seu dia?

Eu me abaixei, incapaz de me conter, e beijei seus lábios de leve.

— Melhor agora.

E, olha, não era mentira. Toda vez que a via, ela estava mais bonita.

— Vai dormir aqui hoje? — perguntou ela.

— Esse era o plano.

— Que bom. — Ela passou por mim e enfiou a chave na fechadura. Sem olhar para Skyler, ela desapareceu dentro da casa.

— Winnie — chamou ele.

Era tarde demais.

Eu ri e a segui, fechando a porta ao passar. Depois de cruzar o labirinto de caixas, encontrei Winn na cozinha, ao lado do balcão, em uma fúria silenciosa.

— Amigo seu?

— Meu ex.

— Ah. Agora a coisa de namorado falso faz sentido.

— Obrigada por entrar na onda.

— Por nada. — Me recostei na parede.

— Espera. — Ela me lançou um olhar preocupado. — Por que você fez isso?

Dei de ombros.

— Ele me irritou — falei.

— Ele me irrita também — murmurou em resposta.

— Quer que eu fique por aqui até ele ir embora?

— Se não se importar.

— Tem algo que eu deva saber? Porque se esse babaca estiver te assediando, vou lá fora deixar claro para ele como as coisas vão funcionar a partir de agora.

— Não. — Ela balançou a cabeça. — Ele é inofensivo, tirando o fato de ser um gigantesco pé no saco.

— Qual é a história de vocês?

Ela deu de ombros.

— Ficamos juntos por oito anos. Noivos por seis. Cancelamos o noivado quatro meses atrás e ele saiu da nossa casa. A mesma que agora ele se recusa a vender.

Oito anos era um relacionamento bem longo. Seis anos era tempo demais para um noivado. Por que não se casaram?

— Foi por isso que se mudou para cá? Por causa do término?

— Em parte. Estava na hora de mudar. Quando o vô comentou que o antigo chefe ia se aposentar, decidi me candidatar. Eu sinceramente não achei que iria ser levada a sério.

— Mesmo com o Covie sendo prefeito?

— O vô me ama, mas ele ama a cidade também. Ele não escolheria como chefe alguém que fosse incapaz de fazer o trabalho. E eu sou capaz, Griffin.

Quanto mais aprendo sobre ela, mais suspeito que ela seja mesmo.

— Ouvi dizer que você foi visitar Melina Green ontem.

— Como sabe disso?

— Conor. Ele foi vê-la. Parece que vocês se desencontraram.

— Que gentil da parte dele.

— Que gentil da sua parte.

Ela olhou para o chão.

— O mínimo que posso fazer é mostrar para ela que não está sozinha.

Aquele simples ato já a tornava completamente diferente do antigo chefe. Ele sempre mantivera uma distância da comunidade. Talvez fosse intencional. Devia ser difícil prender amigos ou familiares. Era mais fácil se manter distante do que punir alguém querido por quebrar a lei.

Ou talvez ele fosse apenas um babaca, um cara frio. Era a opinião do meu pai.

Winslow era tudo, menos fria.

Eu a observei, o silêncio da casa se tornando ensurdecedor. Havia um peso em suas costas. Uma exaustão em seu olhar.

— Que semana, hein?

— Eu que o diga. — Ela olhou para a pilha de caixas no balcão, pegou uma e abriu com um suspiro. — Como pode ver, organizar a mudança não foi exatamente uma prioridade.

Ela havia colocado a própria vida em pausa para fazer perguntas sobre Lily Green e visitar a mãe em luto.

— É uma bela casa. O bairro é bom também. Um dos meus amigos de escola morava naquela casa verde aqui perto.

— Foi assim que soube onde eu morava?

— Não, eu perguntei para minha mãe. Uma das melhores amigas dela foi a sua corretora.

— Lá se vai a privacidade — murmurou.

— Cidade pequena. Privacidade é relativo.

— É verdade. — Ela pegou um copo da caixa e colocou na lava-louças.

— Quer ajuda?

— Não, mas obrigada.

Ela terminou de guardar os copos e, como não era do meu feitio ficar parado enquanto alguém estava trabalhando, eu peguei a caixa vazia, dobrei os papéis que estavam dentro e a desmontei.

— Onde quer que eu deixe isso?

— Tem uma pilha na porta do meu quarto no fim do corredor.

— Beleza. — Caminhei na direção do corredor carregando a caixa e os papéis.

Minhas botas pareciam mais barulhentas do que o normal naquele chão de madeira. Havia dois cômodos no corredor estreito. O quarto dela ficava à direita. O colchão estava no chão e os lençóis, bagunçados. Três malas cheias estavam abertas, encostadas na parede.

Winslow parecia tão organizada. Será que não a incomodava estar morando em meio a essa bagunça? Se fosse eu, certamente me incomodaria demais.

Do outro lado do corredor havia um quarto lotado de caixas. Eu botei a caixa desmontada em uma pequena pilha de papelão e voltei para a cozinha.

A lava-louças estava ligada. Winn tinha ido para a sala de estar. Ao seu lado, no assento do meio do sofá de couro, estava a bolsa que ela havia trazido, junto a uma pilha de papéis.

O sofá era o único móvel na sala, talvez na casa inteira. Estava em um ângulo estranho, abaixo de uma luminária. Ao lado havia uma caixa fechada que Winn usava como uma mesa de canto improvisada.

Será que o ex tinha ficado com os outros móveis? Ou ainda estariam vindo com a mudança? Estava prestes a perguntar quando vi de canto de olho o envelope pardo na bolsa dela. Ao me aproximar, li o nome na aba.

Harmony Hardt.

A menina que eu tinha encontrado na base de Indigo Ridge.

Devia haver fotos naquele arquivo. Fotos das imagens marcadas para sempre no meu cérebro. O cabelo escuro manchado de sangue. Os membros tortos. O sangue. A morte.

— Você está investigando os suicídios — falei.

— Sim.

— Por quê?

— Porque tenho que fazer isso.

— São suicídios, Winn.

Ela ficou em silêncio, sem concordar nem discordar.

— É triste — continuei. — Terrível. Eu entendo por que você quer encontrar outra explicação. A maioria das pessoas de fora faz o mesmo.

— Sabe, você fica me lembrando que sou de fora. Mas não sou tão nova na cidade assim. Já passei muito tempo aqui, principalmente quando era criança. Essa é a cidade natal do meu pai.

— Existe uma diferença entre visitar Quincy e morar em Quincy.

— Bom, eu moro aqui agora.

— Sim, é verdade. — O que tornava aquela atração insaciável por ela exponencialmente mais complicada.

Winn se levantou e se recostou no sofá, olhando para a janela frontal. O ex ainda estava ali, com o rosto colado no celular e os dedos se movendo pela tela.

— Ele ainda está ali — resmungou ela, revirando os olhos. — O que você está fazendo aqui, afinal?

Tirei o celular dela do bolso traseiro da minha calça.

— Isso ficou na minha casa.

— Droga. — Ela se levantou, cruzou a sala e pegou o celular da minha mão. Depois, o jogou na direção da bolsa, como se não se importasse se ele sumisse de novo. — Deve ter caído do meu bolso. Estou meio caótica agora, mas teria encontrado em algum momento.

— Você não precisa dele?

— Na verdade, não. É meu celular pessoal, para o qual Skyler fica ligando. — Ela foi até o sofá e se jogou no mesmo lugar. — Fique à vontade para se sentar. Mas, se precisar ir embora, tudo bem.

A única coisa que me esperava em casa era uma pilha de contas a pagar. Essa mulher era muito mais interessante do que passar horas no meu escritório, por isso me sentei ao seu lado, mantendo distância o suficiente para impedir que meu pau tivesse alguma ideia.

— Então, por que acabou? O noivado.

Não era da minha conta, mas eu estava perguntando de qualquer forma. Talvez, se eu a conhecesse melhor, conseguisse parar de pensar nela. Isso, e passar alguns anos sem beijá-la.

Dias depois, a tentação de beijá-la estava mais forte do que nunca.

Ela era tão atraente quanto perigosa.

— Ele não é o homem que achei que fosse — disse ela.

O babaca provavelmente estava transando com outra pessoa. *Idiota*.

— Sinto muito.

— Foi melhor que isso tenha acontecido agora do que depois do casamento.

— Verdade.

A campainha da porta tocou, como se Skyler soubesse que estávamos falando dele.

As narinas de Winn se dilataram.

— Ele é teimoso.

— Por que ele está aqui?

— Também não sei. Ele não falou comigo depois que me mudei. Daí ele soube por um amigo em comum que eu estava me mudando para Quincy e ficou *preocupado*. Ele pode dizer que está aqui por causa da casa, mas não acredito nisso. E nosso corretor sabe que o melhor jeito de falar comigo é por e-mail.

— Por que ele está preocupado?

— Skyler está acostumado a ter o que quer. Acho que ele esperava que eu fosse correr atrás dele. Talvez tenha achado que eu iria perdoá-lo. Que imploraria para voltar. Não faço ideia. Ele não deve gostar do fato de que eu não lhe dou nem mais um segundo do meu tempo. Ele teve oito anos. E eu não imploro a homem nenhum.

Aquilo não era exatamente verdade. Ela havia implorado no banco detrás da minha caminhonete, quando eu estava com meu dedo em seu clitóris e ela queria gozar.

Meu pau pulsou novamente.

— Quer zoar um pouco com ele? — perguntei.

— No que está pensando?

Eu sorri.

— Já volto.

Skyler levantou o olhar para mim quando abri a porta da frente. Ele estava mexendo no celular de novo.

Levantei meu queixo, passei por ele e fui até meu carro. Tinha dado um pulo no mercado mais cedo para fazer umas compras. Pensei na Winslow quando passei pela seção de camisinhas, então peguei uma caixa por impulso.

Ou para me dar sorte.

Com as camisinhas em mãos, fechei a porta da caminhonete e voltei para a casa.

Skyler notou a caixa na mesma hora. Sua mandíbula travou.

— Ainda está aqui? Tenha uma boa noite. — Eu lhe lancei um sorriso de canto de boca, entrei pela porta e a tranquei.

Winn se endireitou quando me juntei a ela no sofá e esperamos.

Ouvimos o som de passos descendo as escadas da varanda. Pouco depois, o motor da caminhonete.

— Isso foi bom demais. — Ela deu risada. — Obrigada.

— De nada. — Naquele momento, eu já estava livre para ir embora, mas, em vez disso, relaxei no sofá e estiquei o braço.

Os olhos de Winn pousaram na caixa de camisinhas na minha mão.

— Posso perguntar uma coisa?

— Se eu disser "não", você vai me perguntar de qualquer forma?

— Sim.

Eu ri.

— Manda bala.

— Você achou que eu era uma turista lá no Willie's. Esse é o seu tipo? Turistas?

— Meu tipo são mulheres bonitas. Mas, sim, é menos complicado quando elas não moram aqui. Menos expectativas.

Ela murmurou algo indefinido.

— Por que você me beijou na sua casa?

— Por que você me beijou de volta?

Um sorriso se formou em seus lábios.

— Para quem são as camisinhas?

— Para você. — Não havia motivos para mentir. Não conseguia parar de pensar nela.

Winslow era uma mulher única. Em beleza. Em inteligência. Em sensualidade.

Sua confiança era tão cativante quanto as sardas em seu nariz.

Em um movimento gracioso, ela se ergueu e se aproximou. Passou a perna por cima do meu colo e pousou os joelhos em volta do meu quadril. Suas mãos, delicadas, mas poderosas, deslizaram pelo algodão macio da minha camiseta cinza. E então ela pressionou o corpo no meu pau rígido, roçando na fivela do meu cinto.

— Quero a sua boca — exigi.

Ela abaixou o rosto, seus lábios percorrendo os meus.

Coloquei a mão atrás de sua cabeça, segurando-a firme, e deslizei minha língua em sua boca.

Winn ofegou, os quadris se mexendo contra os meus.

Qualquer chance de eu ir embora cedo dali tinha ido para o espaço.

CAPÍTULO SETE

WINSLOW

Um grito ficou preso na minha garganta quando acordei assustada. O suor brilhava nas minhas têmporas.

Apertei os olhos com força, respirando devagar para acalmar meu coração acelerado, usando toda a minha força de vontade para esquecer o pesadelo.

Meus pais costumavam dizer: "É só um pesadelo, Winnie."

Mas aquilo não era só um pesadelo.

O sangue, a mutilação, era tudo real. Os olhos sem vida. O grito, meu grito, ainda soava em meus ouvidos cinco anos depois.

Quando os pesadelos iriam acabar? Eles haviam piorado com a minha mudança para Quincy. Estiveram me assombrando quase todas as noites.

Griffin se mexeu ao meu lado. O lençol que ele puxou sobre nós caiu um pouco mais, revelando os contornos dos músculos das suas costas. Os ombros largos. As covinhas bem acima da bunda.

Deslizei para fora dos lençóis e me levantei do colchão. Na ponta dos pés, saí do quarto e encostei a porta ao passar.

Minhas roupas de trabalho estavam jogadas na sala, ao lado das de Griffin. Peguei a camiseta dele e a pressionei contra o nariz. Tinha cheiro de sabão e o aroma natural, másculo, de um homem que tinha me levado à lua na noite anterior. Inspirei fundo, deixando que o cheiro me reconfortasse antes de vesti-la. A camiseta ia até o começo das minhas coxas e mal cobria minha bunda, mas pelo menos eu estava vestida caso algum vizinho estivesse acordado.

A melhor coisa daquela casa era a ampla janela da sala. Havia um banco estreito junto ao vidro; não era largo o suficiente para deitar, mas era ótimo para sentar e observar a noite. Havia algo de reconfortante na tranquilidade daquela rua, no silêncio pacífico das casas sonolentas e das luzes brilhantes nas varandas.

O pesadelo ainda estava na minha mente, implorando por atenção. Eu o afastei e observei a caminhonete de Griffin, analisando o símbolo do rancho Eden na porta do carona. Depois, fechei os olhos e o imaginei no meu sofá. Nu. Seu abdômen tanquinho. Seus quadris se mexendo. Seu pau duro como aço e macio como veludo.

Focar o sexo não devia ser o melhor jeito de lidar com o meu passado, mas, naquele dia, eu não queria saber o que era certo ou não. Só queria me livrar daquele pesadelo. Então me lembrei do rosto de Griffin quando ele gozou, travando a mandíbula com a barba por fazer, e do volume do bíceps quando o corpo dele tremeu de alívio.

Tínhamos transado gostoso no sofá. Depois, achei que ele ia embora, mas ele me carregara até meu quarto; eu tinha pensado que aquele sexo com espaço limitado tinha sido bom, mas aí ele me mostrara o real poder daquele corpo forte.

Um orgasmo atrás do outro e eu tinha praticamente desmaiado depois do último.

Um sorriso se formou em meus lábios com a lembrança.

Transar com ele era, sem sombra de dúvida, uma decisão idiota. Uma decisão idiota, viciante e deliciosa. Ter autocontrole costumava ser minha especialidade, mas, quando se tratava dele, as regras pareciam não valer nada.

Griffin Eden era fascinante. Magnético. Forte e corajoso.

E estava pelado na minha cama.

Puxei os joelhos contra o peito e estiquei a camiseta para cobrir minhas panturrilhas. Dei três bocejos que foram como um sinal do meu corpo para me lembrar de como eu estava cansada, só que eu não queria ir dormir. O sonho iria voltar. Ficava sempre ali, à espreita. Então encostei a têmpora na janela e encarei a escuridão. Sozinha.

O pesadelo — uma memória — sempre fazia eu me sentir sozinha.

Minha respiração embaçou o vidro, e o frio da casa arrepiou meus braços. Estava prestes a desistir, pensando em entrar sorrateiramente no quarto para tomar um banho quente, quando o barulho de passos preencheu a sala.

Griffin apareceu no corredor com o lençol enrolado na cintura fina. Seus passos desaceleraram quando me viu na janela vestindo sua camiseta.

— Está tudo bem?

— Não consegui dormir — menti.

Ninguém sabia sobre meus pesadelos. Nem o Skyler. Ele nunca tinha me perguntado por que eu acordava no meio da noite, só pedira para eu não acender a luz nessas ocasiões. Aquilo poderia acordá-lo e ele tinha que trabalhar.

Griffin assentiu e andou até sua calça jeans, largando o lençol para vesti-la, uma perna grossa de cada vez. Ele deixou o primeiro botão aberto e o cinto solto antes de vir na minha direção, mexendo no cabelo cor de chocolate despenteado.

Tinha sido eu quem o bagunçara mais cedo, segurando-o enquanto ele chupava meus mamilos com sua boca talentosa.

— É melhor eu ir embora. — A voz grossa dele estava grogue de sono, e o som me provocou arrepios.

— Ok.

Concordei com a cabeça e observei seu peitoral nu. Os pelos curtos eram tentadores demais. Levantei minha mão, tocando-os de leve com os dedos. As batidas do coração dele eram sólidas e fortes, como tudo naquele homem.

— Você vai devolver minha camiseta?

— Você vai vir pegar?

Ele segurou a bainha da camiseta, levantando o tecido e passando-a pela minha cabeça. Depois, sorriu quando a vestiu, cobrindo o abdômen duro e o "V" em seus quadris.

Aquele homem era melhor do que qualquer fantasia. Melhor do que qualquer herói de livros de romance ou filmes. Melhor do que qualquer outro homem que me levou para a cama. Não que tivessem sido muitos.

O vento gelado da janela tocou minha pele nua, mas não me mexi. Esperei enquanto Griffin pegava o lençol e o trazia até mim, passando-o pelos meus ombros antes de pegar suas botas em meio às caixas.

Um silêncio constrangedor pairou na sala. Sexo casual era definitivamente algo que eu não fazia. Mesmo quando era mais jovem, só havia transado com namorados de verdade. E, depois disso, com o Skyler.

Não sabia ao certo o que dizer. Não sabia o que fazer. Então fiquei parada, ouvindo Griffin fechar o cinto. Tinha sido mais fácil no bar quando só entrei no carro e fui embora.

Minha mãe me dissera certa vez que eu não era o tipo de mulher que dormia com qualquer um. Eu era como ela: uma mulher que se apaixonava. Ter gostado de ficar com Griffin significava que minha mãe estava errada? Não havia amor entre nós, apenas desejo.

Não queria que a mãe estivesse errada sobre nada. Eu queria que ela continuasse para sempre uma memória perfeita, a linda mulher que me amou antes do pesadelo.

— Ei. — Griffin tocou meu ombro, seu dedo fazendo círculos por cima do lençol. — Você está bem?

— Sim. — Engoli em seco. — Estou cansada.

— Tem certeza?

Assenti e me levantei do banco.

— Obrigada por ficar. Quando o Skyler estava aqui.

— Ele vai te dar trabalho?

— Não sei. — Mas, depois do show de Griffin com as camisinhas, eu duvidava que fosse ver Skyler de novo.

— Então, hum... isso aqui. — Ele gesticulou para nós dois. — Talvez não seja uma boa ideia virar algo regular. Eu sou muito ocupado.

Ocupado. Aquele termo me dava nos nervos, mas aquilo não importava. Eu era *ocupada* também.

— De acordo.

Os orgasmos tinham sido incríveis, mas eu não estava em um bom momento para começar um relacionamento, mesmo se fosse apenas sexual.

— Que bom. — Ele respirou fundo, como se estivesse esperando uma discussão. — Tranque a porta quando eu sair.

Eu era a chefe de polícia local, era faixa preta em caratê e sabia usar uma arma, e ainda assim aquele homem queria demonstrar seu impulso protetor.

Eu odiava o fato de que gostava disso.

— Te vejo por aí, Griffin.

— Tchau, Winn. — Ele acenou uma vez e foi em direção à porta.

Esperei perto da janela, observando sua caminhonete sumir na esquina, e em seguida tranquei a porta da frente e fui para o quarto. O cômodo cheirava a sexo e Griffin.

O lençol de elástico estava bagunçado e meu edredom estava jogado aos pés do colchão. O despertador preto no chão ao lado de um travesseiro mostrava que eram três e meia da manhã. Eu não ia conseguir voltar a dormir, não naquele momento, então larguei o lençol que me cobria e fui tomar um banho quente.

Vestindo uma calça jeans e a camisa preta de botão que todo policial usava como parte do uniforme, fui para a delegacia.

O turno da noite operava com a menor equipe possível, então estava tudo tranquilo quando estacionei na minha vaga. O despachante sentado à recepção levou um susto quando entrei.

— Ah, oi, chefe.

— Bom dia. — Sorri. — Espero que vocês tenham café pronto por aqui.

— Acabei de fazer. — Ele assentiu e me deixou entrar para eu não ter que usar minha chave.

Com uma caneca fumegante em mãos, me recolhi para meu escritório onde a pilha de arquivos do dia anterior me aguardava. Não demorei a mergulhar nela. A troca de turno das seis foi movimentada, e vários policiais me encararam de olhos arregalados quando saí da minha sala e me juntei a eles.

A conversa parou. As risadas cessaram. Escutei o turno da noite fazer o relatório, depois voltei para a solidão da minha sala para eles terem alguns minutos sem a chefe por perto.

Talvez um dia eles fossem me acolher no grupo.

Talvez um dia eu não me incomodasse se aquilo não acontecesse.

— Com licença. — Janice botou a cabeça para dentro do escritório. — Bom dia.

— Oi. — Sorri e acenei para ela entrar.

— Você está bem? — perguntou, me observando.

Abri minha boca para mentir, mas deixei escapar uma pergunta:

— Posso confessar uma coisa?

— Claro. — Ela se sentou do outro lado da minha mesa, pousando no colo o arquivo que havia trazido.

— Este é meu primeiro trabalho como chefe. Você já deve saber disso.

Ela assentiu.

— Sim, eu sei.

— É tão óbvio assim que nunca fiz isso antes?

— Não, mas todos lemos o jornal.

Sorri de leve. A repórter tinha omitido completamente meu currículo, fazendo parecer que minha única qualificação era ter o sobrenome Covington.

— Estou acostumada a ficar no saguão, não em um escritório. Estou acostumada a participar das conversas, não a receber relatórios oficiais. Estou acostumada a ser incluída. Não achei que fosse ser tão marcante a diferença entre ser uma policial e ser a chefe.

— É compreensível. — Janice me ofereceu um sorriso gentil, mas nenhum conselho.

Não havia conselhos a dar. Eu não era uma policial. Era a chefe.

A linha que dividia as duas funções era necessária, mesmo que me isolasse.

— Enfim... — Fiz um gesto para deixar para lá e apontei para o arquivo. — O que temos aqui?

— Chegou a autópsia do legista para Lily Green. Achei que ia querer ver antes que eu levasse para o Allen.

— Sim, por favor.

Allen era o policial responsável pelo caso da morte de Lily Green, mas ele não parecia se incomodar com as minhas interferências. De certa forma, parecera quase aliviado quando eu dissera que ia ter um papel ativo na investigação. E, quando me ofereci para contar a Melina Green sobre a morte da filha, ele concordou na hora.

Janice me entregou o relatório e listou algumas coisas que precisavam ser feitas. Depois, me deixou sozinha com a autópsia.

Era quase exatamente o que eu esperava. A causa da morte fora trauma extremo por causa da queda. Não havia substâncias suspeitas em seu sangue. Sem marcas ou feridas além daquelas causadas pelo impacto.

A única observação relevante era referente à atividade sexual de Lily. O legista anotou que era provável que ela tivesse feito sexo em algum momento nas vinte e quatro horas que antecederam sua morte, pois ainda havia resíduos de lubrificante em sua pele, embora não houvesse sinal de sêmen.

— Hum. — Peguei o meu bloco e revi minhas anotações sobre o caso.

Quando perguntei, Melina dissera que Lily não tinha um namorado. Talvez ela simplesmente não soubesse. Se Lily estava saindo com alguém, será que o namorado sabia da sua saúde mental? Será que ele esteve com ela antes da sua morte? Será que dirigiu o carro? Será que ele a levou pelas ruas desertas de cascalho até o rancho Eden?

Por mais que eu quisesse correr atrás dessas respostas, elas teriam que esperar. Meu dia estava cheio de reuniões e ligações. Outro efeito colateral de ser chefe. Eu não esperava ter reuniões, e teria que me acostumar a trocar as investigações pelo gerenciamento.

Se a comunidade e minha equipe tinham me oferecido aquela primeira semana como um período de adaptação, ele claramente se encerrara, porque recebi uma avalanche de coisas para resolver.

Finalmente, às quatro da tarde, tive a primeira pausa do dia. Meu calendário estava livre até o dia seguinte e, apesar de ter alguns e-mails pendentes, eu precisava sair daquela mesa. Então peguei minha bolsa e fugi.

O caminho até a casa de Melina Green já era familiar. Quando estacionei na frente da cerca branca, ela estava ajoelhada na grama ao lado de um canteiro de flores.

— Boa tarde — cumprimentei.

Melina olhou para trás, seu cabelo loiro preso em uma trança sob um chapéu de palha. Ela me deu um sorriso triste, se levantou e veio até mim enquanto eu abria o portão.

— Oi, Winnie.

— Como você está? — Abri meus braços e ela veio de encontro ao abraço.

— Um passo de cada vez. Foi o que me disse, não foi?

— Um passo de cada vez.

Aquele era um conselho que a vó tinha me dado depois que meus pais morreram. Eu tinha perguntado como lidar com uma dor que rasgava meu coração toda vez que ele batia.

— No que está trabalhando? — perguntei, soltando-a.

— Estou tirando ervas daninhas. Queria ficar o dia todo de pijama, mas... — Seus olhos se encheram de lágrimas. — Preciso fazer alguma coisa, qualquer coisa, além de chorar.

— Eu entendo. Por que não me coloca para trabalhar?

Passamos os trinta minutos seguintes limpando dois canteiros de flores. O sol da tarde parecia ainda mais quente sobre minha camisa preta, mas me sentei ao lado de Melina, tirando grama e cardos, sentindo o suor brotar na testa.

— Preciso fazer uma pergunta sobre a Lily. Você se importa?

— Não.

Ela balançou a cabeça, os olhos concentrados na ferramenta em sua mão e nas ervas que cortava pela raiz. A lâmina entrava na terra com um ruído cortante. Ela lidaria com aquela perda se mantendo ocupada. Eu havia feito o mesmo. Com ocupações, você tem menos tempo para pensar. Menos tempo para sofrer.

Até a noite chegar e as lembranças penetrarem seu sono.

— Você disse que ela não tinha um namorado. Mas será que ela estava saindo com alguém novo? Talvez em um primeiro encontro com algum rapaz?

— Não que eu saiba. Por quê?

— Estou tentando entender com quem ela passava o tempo.

Normalmente eu acreditava em ser cem por cento transparente, porém, até ter mais respostas sobre Lily e sobre quem quer que esteve com ela antes da sua morte, não queria deixar Melina com perguntas sem respostas.

— Lily gostava de ir ao centro da cidade com os amigos nas noites de sexta e sábado. Eles costumavam se encontrar em um daqueles bares. Sempre achei que estávamos numa situação delicada. Ela morava aqui em casa, e eu amava isso. Mas ela era uma mulher adulta, então eu evitava comentar sobre as saídas.

Se Lily fosse como a maioria das mulheres de vinte e um anos, ela provavelmente havia conhecido um cara no bar. Oras, eu tinha trinta e fizera o mesmo com Griffin.

— Eu não perguntava muito — continuou Melina. — Eu tentava não chateá-la falando para voltar para casa antes das duas da manhã. Talvez tenha errado nisso. Mas ela era jovem, e muito tempo atrás eu já fui jovem também.

As lágrimas caíram e Melina fez o melhor que pôde para enxugá-las com as luvas de jardinagem, manchando o rosto com terra.

— Eu, hum... — Ela tirou as luvas. — É melhor eu me limpar.

— Claro.

Quando ela pediu licença para entrar, continuei no jardim. As outras perguntas teriam que ficar para depois, mas Melina me dera uma pista.

Eu já tinha falado com muitos amigos de Lily, mas não tinha ido aos bares locais. Seriam minha próxima parada. Mas primeiro, antes do sol se pôr, queria visitar Indigo Ridge de novo.

Ao sair da casa de Melina, dirigi em direção às montanhas, seguindo a trilha de cascalho até o penhasco. Meus sapatos não eram ideais para uma trilha, mas parei na base da encosta e comecei a subir. Com um passo de cada vez, segui pela estrada de terra. Estava ofegante e suada quando cheguei ao topo. A brisa que cortava as pedras esfriou o suor nas minhas costas.

Perto do fim da trilha, me inclinei para olhar o penhasco. O corpo de Lily não estava mais nas pedras lá embaixo, mas eu ainda conseguia vê-lo ali. O cabelo loiro. O vestido ensopado de sangue.

Um pulo. Um passo. Só precisava disso. Um deslize. Uma queda.

E uma vida acabava.

— Que porra você está fazendo? — Uma mão segurou meu cotovelo e me arrastou para longe da beirada.

Me virei com o coração na boca e mirei um soco no nariz de Griffin. Consegui me segurar antes de atingi-lo, mas foi por pouco. Meu punho tocou de leve sua pele e os olhos dele se arregalaram com a velocidade da minha reação.

— Caralho, Winn. — Ele soltou meu braço. — Qual é o seu problema?

— O meu problema? Qual é o *seu* problema? Você me deu um puta susto. Eu podia ter caído.

— Então não fique tão perto da beirada — gritou ele, passando a mão pelo cabelo grosso. — Porra. Não precisamos de mais um acidente aqui.

— Essa área deveria estar fechada — gritei de volta, colocando a mão sobre meu coração agitado.

— É o que eu estou fazendo. — Ele apontou com o polegar para a trilha. — Subi aqui para instalar uma cerca ao redor da trilha e vi sua viatura. Eu te segui até aqui e cheguei bem na hora que você se aproximou da beirada.

Franzi o cenho ao ver a expressão dele.

— Eu estava só olhando.

— Olhe de longe. — Ele segurou meu braço de novo, me puxando para perto. — Não sei o que faria se encontrasse seu corpo lá embaixo também.

O pedido refletido em seus olhos azuis e o medo em seu semblante dissiparam qualquer raiva em mim. Relaxei os ombros.

— Ok. Desculpa.

Ele deu um longo suspiro, liberando a frustração.

— Tudo bem. Por que você estava *olhando*?

— Não sei bem — admiti. — Entendo que você ache que foi um suicídio. E não sei o que pensar, mas... Tem algo estranho acontecendo. E preciso descobrir o que é. Pela Lily. Pela mãe dela. Às vezes, quando não consigo entender algo, vou até o final e investigo de trás para a frente.

Por isso eu insistiria até conseguir refazer os passos de Lily.

E era o que tinha feito. Ficara ali, encarando o vazio após o fim da trilha.

Griffin parou ao meu lado, em silêncio. Imóvel. Ele apenas esperou enquanto eu pensava.

Lily subira até ali, aterrorizada. Desesperada. Provavelmente sozinha.

Dei um passo em direção à beirada.

Griffin pegou minha mão e segurou firme.

Deixei ele ser minha corda enquanto olhava para o fundo do abismo, me colocando onde Lily esteve.

Lily tinha um bom emprego. Tinha um bom relacionamento com os pais. Tinha amigos em Quincy. Algo a fizera pular.

— Um coração partido?

— O quê? — perguntou Griffin, me puxando mais uma vez.

— Nada — murmurei. A autópsia era confidencial e Griffin não havia feito por merecer os detalhes. — Quero entender o que Lily fez até a hora da sua morte. Se ela saiu com amigos. Se havia um namorado. O que alguém da idade dela faria em um domingo à noite?

— Iria ao Willie's — respondeu ele.

— Você teria reparado se ela estivesse no bar?

— Você e eu éramos as únicas pessoas lá naquele dia.

— Algum outro lugar?

Ele esfregou o maxilar definido.

— Os bares no centro. Os jovens costumam ir lá no verão, junto com os turistas. E você está com sorte.

— Estou? Por quê?

Ele pegou meu braço, me puxando para mais longe do abismo.

— Eu estava pensando em ir até o centro.

— Ah, é mesmo? — Arqueei as sobrancelhas. — Achei que você ia construir uma cerca na trilha.

— Mudança de planos.

CAPÍTULO OITO

GRIFFIN

— Não precisa vir comigo. — Winn parou do lado de fora do Big Sam's Saloon. — Você não é muito ocupado?

Sim, eu era. Mas, ainda assim, puxei a maçaneta e abri a porta para ela.

— Você primeiro.

Ela franziu o cenho, mas entrou no bar. Fui deixado de lado enquanto ela absorvia cada detalhe do lugar, desde os lustres de antigas rodas de madeira até os detalhes dos painéis amadeirados nas paredes.

Os donos haviam feito uma grande reforma cerca de dez anos antes. Eles tinham se mudado do Texas para Quincy e as cabeças de boi de chifres longos que trouxeram consigo estavam penduradas atrás do bar. As mesas eram barris de uísque com tampos de vidro. Os assentos eram estofados com couro bovino preto e branco.

Eles criavam aquele clima de caubói para os turistas e a jukebox no canto tocava música country.

Eu odiava o Big Sam's Saloon.

— Está lotado — disse ela, analisando o ambiente.

— Costuma ficar assim no verão.

Encontrei alguns rostos conhecidos na multidão e, quando cruzamos o bar, acenei para um dos rapazes que trabalhava na loja de materiais de construção.

Acenei com a cabeça para o barman quando ele se aproximou, sua careca brilhando com a luz que refletia nas prateleiras de vidro do bar.

— Oi, John.

— Griffin. — John estendeu a mão sobre o balcão para apertar a minha. Ele havia aparado a barba branca desde a última vez que eu estivera ali, cerca de um mês atrás. Naquele momento, estava na altura do seu coração, e não mais tocava a barriga redonda. — O que te traz aqui hoje?

Acenei para Winn.

— John, essa é Winslow Covington.

— A nova chefe de polícia. — Ele esticou a mão para Winn. — Bem-vinda a Quincy.

— Obrigada. — Ela apertou a mão dele, depois se sentou em um banco. — Você se importa se eu fizer algumas perguntas?

— Depende das perguntas.

Me sentei ao lado dela e, antes que começasse o interrogatório, pedi uma cerveja.

— Bud Light para mim, John. Uma vodca tônica para a chefe.

— Estou trabalhando — murmurou ela quando ele se afastou.

— Então não beba.

Ela me lançou um olhar sério de novo. Assim como tudo que aquela mulher fazia, era frustrante de tão sexy.

— É um belo lugar — disse ela.

— Era um dos negócios da família Eden. Meu tio-avô era o Big Sam.

Os novos donos não haviam mudado o nome, provavelmente porque combinava com o tema exagerado, mas aquilo era a única coisa que restara da antiga versão do bar.

— Era?

— Sam era mais de beber do que de administrar um negócio. Ele vendeu o lugar para os donos atuais antes que fosse à falência.

— Ah. O John é um dos donos?

— Não, é o gerente. Mas, se Lily esteve aqui no domingo à noite, ele é a melhor pessoa para te dar essa informação. Ele está aqui quase todo fim de semana.

— Não posso só perguntar para ele? Você tinha que comprar uma bebida?

Me aproximei e meu ombro tocou no dela.

— Barmen de cidades pequenas sempre sabem o que está acontecendo por aí. Eles ouvem as fofocas. Eles veem as novidades. Mas também cuidam dos seus. John é um bom homem, mas ele não te conhece e não confia em gente de fora.

Ela rangeu os dentes.

— Precisa sempre me lembrar disso?

— É o que você é. Quer se adaptar? Sente-se aqui comigo. Peça uma bebida. Dê uma gorjeta boa. Você quer deixar de ser alguém de fora, então aprenda sobre a comunidade.

— Tudo bem. — Ela suspirou quando John voltou com as bebidas. — Obrigada.

John acenou com a cabeça quando ela levou o copo aos lábios e me lançou um olhar.

Sorri e tomei um gole da minha cerveja.

— Então, o que você quer saber? — perguntou John, apoiando um quadril no bar.

— Estou tentando saber mais sobre Lily Green. Ela era...

— Eu sei quem ela era.

Winn enrijeceu com o tom severo de John.

— Você se lembra de ter visto ela aqui na noite de sábado ou de domingo?

— Não, ela não veio aqui.

— Ela costumava vir aqui com frequência? A mãe dela disse que, depois que ela completou vinte e um anos, começou a frequentar bares nos fins de semana.

John deu de ombros.

— Não mais do que os outros jovens por aqui. Eles aparecem. Bebem um pouco e jogam sinuca. Fazem amizade com os turistas.

— Você se lembra de ter visto a Lily com alguém específico mais de uma vez?

— Sim. Com o grupo de amigos de sempre.

Um grupo que Winslow conheceria se fosse da cidade. Foi uma cutucada de John. Ele poderia muito bem ter dito os nomes dos amigos.

Mas ele não precisou, porque Winn fez aquilo para ele.

— Frannie Jones. Sarina Miles. Conor Himmel. Henry Jacks. Bailey Kennedy. Clarissa Fitzgerald. Esse grupo?

Tomei um gole para esconder meu sorriso quando a expressão arrogante sumiu do rosto do John.

— Isso — murmurou ele em resposta.

— Você reparou se Lily andava com mais alguém? — perguntou ela. — Tipo um namorado?

— Não. Ela não era esse tipo de garota. Só vinha aqui e bebia um ou dois drinques. Sempre responsável, pegava um táxi ou uma carona com alguém sóbrio para ir embora. Não lembro de nenhuma vez que foi embora com um cara.

Winn fez uma careta, como se estivesse decepcionada com a resposta. O que ela estava buscando? Conor saberia se Lily estivesse saindo com alguém. Melina também.

— Mais alguma coisa? — perguntou John. — Preciso dar uma olhada nas outras mesas.

— Não, obrigada. Agradeço pela sua ajuda e foi um prazer te conhecer.

— Igualmente. — John deu um tapinha no bar e depois foi anotar outro pedido.

— O que você está buscando? — perguntei com a voz baixa.

— Como te falei lá no penhasco, quero refazer os passos dela e entender o que ela estava fazendo antes de morrer. Mas pelo visto ela não veio aqui.

— John saberia.

Winslow tomou outro gole, depois enfiou a mão no bolso e pegou uma nota de vinte dólares.

— Tchau, Griffin.

Ela deu um tapa no balcão para deixar o dinheiro e foi andando em direção à porta.

Abandonei minha cerveja e a segui, alcançando-a antes de sair do bar.

— Vamos para o Old Mill. Talvez ela tenha ido para lá.

— Não preciso de um acompanhante — disse ela, mas acompanhou meu passo pela calçada.

— Os dois bares da Main Street estão nas extremidades do trecho de turismo de Quincy. — O Eloise Inn ficava exatamente no meio. — Quer saber o motivo?

— Porque existe um decreto que requer pelo menos trezentos e cinquenta metros de distância entre estabelecimentos que tenham licença para vender bebidas alcóolicas.

Adorei o sorriso convencido que apareceu em seu rosto.

— Você andou estudando.

— Não, eu só vim aqui muitas, muitas vezes. O vô morou aqui a vida inteira e adora contar histórias. Sei muito sobre Quincy, mesmo que ainda não conheça bem as pessoas. Mesmo que eu seja alguém de fora.

— O decreto foi ideia da minha tataravó — contei no caminho até o Old Mill. — Meu tataravô fundou Quincy. Nossas famílias moram aqui desde então. Existe uma piada interna da cidade de que não dá para jogar uma pedra em Quincy sem acertar um Eden.

Contando com tias, tios e primos, eu tinha dezenas de parentes na cidade. Meus pais assumiram, embora não oficialmente, o papel de líderes da família. A maioria dos negócios que começaram com meu tataravô e seus descendentes passara para o meu avô. Depois, ele os passara para o meu pai.

Alguns parentes eram empreendedores locais, mas tanto meus pais como meus irmãos e eu éramos donos e cuidávamos da maioria dos negócios da família Eden.

— Old Mill foi o primeiro bar em Quincy — contei. — Abriu pouco depois da fundação da cidade. Dizem que minha tataravó permitiu que meu tataravô abrisse um bar apenas se ela pudesse escolher quem cuidaria do estabelecimento. Assim, poderia ditar as regras.

— Regras? Tipo, quantos drinques ele poderia pedir?

Assenti.

— E até que horas ele poderia ser servido — completei. — Mas ela ficou preocupada que outra pessoa abrisse outro bar. De acordo com um boato da família, ela era uma mulher com talento para os negócios, então sugeriu esse decreto e, como os Eden meio que mandavam na cidade naqueles tempos...

— Foi aprovado.

— Exato. A cidade só tinha dois quarteirões na época. Ela achou que demoraria cerca de cem anos para dobrar de tamanho. O raio de trezentos e cinquenta metros não apenas lhe deu controle sobre a venda de álcool na cidade como sobre o hábito de bebida do marido.

Winn sorriu.

— E isso nunca mudou.

— Não. A cidade cresceu, mas o decreto continuou de pé.

— O que explica por que o Willie's não fica na Main Street.

— Ela não é longa o suficiente, então eles abriram o bar a cinco quarteirões da Main Street, e virou o preferido dos moradores.

E o lugar onde eu nunca esperei conhecer aquela criatura intrigante.

Passamos por dois homens — turistas, a julgar pelas camisas polo, calças jeans e botas gastas. Eles olharam para Winn de cima a baixo. Não foi sutil, e os lábios dela formaram uma linha reta enquanto os ignorava, olhando para a frente.

Sujeitos corajosos. Não só porque Winn tinha uma arma, mas também porque eu era um babaca possessivo. Eu lhes dei uma breve encarada, e eles baixaram os olhos para a calçada.

Aquilo sempre seria um problema com Winn.

Ela era bonita demais. Ninguém esperava ver uma mulher tão estonteante andando pelas ruas de Quincy. Seu cabelo estava solto naquele dia; liso e longo, caía por suas costas. Sem os óculos de sol escondendo seus olhos, suas írises azuis brilhavam sob o sol da tarde.

Chegamos a uma esquina e ela olhou para os dois lados antes de cruzar a rua e marchar até o bar. Seus ombros estavam firmes e sua expressão era séria quando abriu a porta.

O Old Mill não era tão exagerado quanto o Big Sam's Saloon. Era um bar de esportes e, quando eu não estava no Willie's, costumava ir até lá para assistir a um jogo e beber. Havia televisões nas paredes em meio aos letreiros neon de cervejas. Três máquinas de cassino cobriam a parede ao lado da porta. Acima, havia uma camisa de uniforme do Quincy Cowboys emoldurada. Estava passando dois jogos de beisebol naquele dia, com as vozes dos comentaristas mutadas.

— A sua família ainda é dona desse lugar? — perguntou ela quando fomos em direção ao balcão.

— Não mais. Meus pais venderam para o Chris quando eu era criança.

— Quem é Chris?

Eu apontei para o barman.

— Tem algum decreto em Quincy que diz que todos os barmen têm que ter barbas longas e brancas?

— Não que eu saiba. — Eu ri e puxei um banco no bar para ela antes de me sentar. — Ei, Chris.

— Griff. — Ele acenou para mim, depois esticou a mão para Winn. — Você é a neta do Covie, não é?

— Sou, sim. — Ela apertou a mão grossa dele com sua mão delicada. — Winslow. Prazer em conhecê-lo.

— Igualmente. O que traz vocês aqui?

— Winn tem algumas perguntas para você. Mas que tal uma cerveja primeiro? Qualquer chope que tiver.

— Pode deixar.

Chris não seria ranzinza como o John — que, na verdade, se comparado ao Willie, era tão receptivo quanto um golden retriever. Entre os três barmen da cidade, Chris era o mais legal.

Winn não precisava de mim ali, mas eu não consegui achar um motivo para ir embora.

As perguntas para o Chris foram as mesmas que ela havia feito para John. *Viu a Lily aqui no sábado ou no domingo? Lembra-se de ter visto ela com um mesmo cara mais de uma vez? Lily tinha um namorado?*

As respostas de Chris foram as mesmas que ela obtivera no Big Sam's Saloon. Nenhum de nós terminamos nossas cervejas e, quando ela foi pagar, eu fui mais rápido. Me despedi de Chris e voltamos para nossos carros na outra extremidade da rua.

— Você conversou com todos os amigos da Lily, certo? — perguntei.

— Sim. Tinha esperança de algum deles ter notado algo estranho, mas eles estavam tão em choque quanto a Melina.

— Conor está arrasado. Acho que ele gostava dela.

— Sério?

— Não acho que ela sentia o mesmo. Ele está na *friend zone* há muito tempo.

— Hum. — Os ombros dela caíram.

— Você acha que Lily tinha um namorado, não acha?

Ela ficou em silêncio.

Aquilo era um "sim". Talvez Lily tivesse ficado com um homem misterioso antes de morrer. Mas quem? Aquilo aguçou minha curiosidade. Se Lily estivesse saindo com alguém, Conor saberia. A menos que Lily tivesse escondido o relacionamento para não ferir os sentimentos dele.

— Talvez ela estivesse transando com alguém que trabalhava com ela no banco — sugeri.

— Eu nunca disse que ela estava transando com alguém.

Lancei um olhar sarcástico para Winn.

— Não precisou.

— Por que você veio para o centro comigo? — Ela cruzou os braços. — Você me disse para desistir. Para deixar isso para lá, lembra?

— Lembro. Mas, pelo bem da Melina e do Conor, acho legal que você esteja tentando lhes dar uma explicação melhor.

— Ah. — Ela relaxou os braços. — Obrigada.

— De nada.

— Tchau, Griffin.

Antes que ela pudesse entrar em sua SUV e desaparecer, fui em direção à porta do passageiro do Durango.

— O que está fazendo? — Ela semicerrou os olhos pela janela.

— É mais fácil nós irmos juntos até o Willie's.

— Como você sabia que eu ia para o Willie's?

Soltei uma risada.

— Quer que eu dirija?

— Não. — Ela bufou e destrancou as portas.

O trajeto de cinco quarteirões até o bar foi curto demais. O interior do carro dela me lembrou do seu colchão. Assim que paramos no estacionamento, a temperatura do carro subiu. A atração entre nós estalava no ar.

Será que algum dia eu conseguiria vir ao Willie's e não a imaginar no banco da caminhonete? *Provavelmente não.*

Winslow estacionou e saiu do carro tão rápido que pareceu estar correndo. Suas bochechas estavam rosadas quando a alcancei.

— Quer jogar shuffleboard? — Eu a cutuquei no cotovelo quando abri a porta.

— Não. — O rubor no rosto dela ficou mais forte. — Estou aqui a trabalho. E você mesmo disse hoje de manhã. Não precisa repetir. Você é um homem *ocupado*.

Eu disse muitas coisas idiotas.

— Griff. — Willie estava atrás do bar, sua careta presa no semblante ao entrarmos.

— Oi, Willie.

Winn não se deu ao trabalho de se sentar e o que eu falei nos outros bares sobre ser gentil foi esquecido. Ou talvez ela soubesse que pedir uma bebida e jogar conversa fora com Willie seria perda de tempo. Ela começou a fazer perguntas sobre Lily e, quando recebeu uma série de *não*s e resmungos, simplesmente agradeceu.

Winn se virou, pronta para ir embora, quando a porta se abriu e um rosto familiar entrou no bar.

— Harrison. — Meu tio Briggs se aproximou, mão estendida. — O que me conta, irmão? Eu não sabia que estava na cidade hoje.

Merda. Meu estômago embrulhou.

Winn olhou de um para o outro.

— Griffin. — Botei a mão no ombro do meu tio. — Sou o Griffin, tio Briggs.

Ele analisou meu rosto com um olhar confuso. Parecia normal, vestindo uma calça jeans e uma camiseta vermelha. Mas estava calçando uma bota diferente em cada pé; uma com a ponta redonda e outra com a ponta quadrada. Ele carregava chaves na mão.

— O que você está aprontando? — perguntei.

— Queria tomar uma cerveja. — Ele franziu o cenho, ainda tentando entender como eu não era meu pai.

— Eu pago. — Acenei para Briggs ir até o bar, depois me virei para Winn. — Vou ficar aqui com ele.

— Claro. — Ela fitou meu tio com um olhar gentil. — Tenha uma boa noite, Griff.

— Tchau, Winn.

Quando ela saiu pela porta, me juntei ao meu tio no bar. Durante a hora que ficamos sentados, bebendo, ele me chamou pelo nome do meu pai três vezes. Ele se lembrou do Willie sem dificuldade, mas me lançou olhares estranhos.

— É melhor eu ir para casa — falei. — Se importa se eu pegar carona com você? Faz muito tempo que não vou na sua casa.

— Você esteve lá semana passada.

Hã?

— É verdade. Engano meu.

Paguei Willie e peguei as chaves da caminhonete de Briggs.

— Que tal eu dirigir? Não terminei minha cerveja.

— Tudo bem. — Ele deu de ombros e andou em direção ao estacionamento onde sua velha caminhonete nos aguardava.

Tomei o assento do motorista e me retraí ao sentir o cheiro do carro. Havia um copo térmico de café no porta-copos e aposto que o leite ali tinha azedado havia tempos.

Abri as janelas e dirigi até o rancho, passando pela estrada de cascalho onde estivera mais cedo. Onde havia encontrado o carro de Winn. A estrada à esquerda levava aos fundos de Indigo Ridge, e, ao passarmos pelo pé da montanha, olhei de relance para Briggs.

Ele parecia ainda mais velho. A pele em suas bochechas estava levemente caída. O bigode estava branco. Briggs era cinco anos mais velho que meu pai e tinha morado a vida inteira no rancho.

Ele ajudara meu pai a construir a casa na árvore para nós quando eu era criança. Ele me ajudara a domar meu primeiro cavalo.

Quando chegara a hora de o meu avô passar o rancho e os negócios para os filhos, Briggs tinha deixado meu pai assumir tudo. Ele não tinha uma paixão por negócios. Era feliz tendo uma conta bancária cheia de dinheiro que raramente usava e vivendo uma vida simples na terra que amava.

A cabana de Briggs ficava no bosque de pinheiros na clareira mais bonita do rancho. Uma pilha de lenha cortada estava espalhada pela varanda. Um machado estava apoiado nos degraus.

— Estava cortando lenha? — perguntei.

Briggs assentiu.

— Achei melhor me preparar para o inverno.

— Boa ideia — falei, apesar de não gostar muito da ideia de ele usar um forno a lenha, já que não conseguia nem calçar o par de botas correto.

Estacionei o carro e peguei o copo de café, jogando fora o conteúdo no caminho até a casa. Sem a menor ideia do que encontraria, me preparei e o segui para dentro. Mas a cabana estava limpa e organizada, como sempre.

— Como estão as coisas no rancho, Griffin? — perguntou ele, pegando o copo da minha mão e levando para a pia da cozinha.

Foi a primeira vez que ele me chamou pelo nome certo naquela noite.

— Estão bem. Aquela correria de sempre. Estamos quase terminando os reparos anuais na cerca.

— Essa é sempre uma sensação boa. — Ele riu. — Quer ficar um pouco? Jantar aqui?

— Não, mas obrigado. — Sorri para ele. — É melhor eu ir andando.

— Obrigado pela visita.

— Por nada. — Será que ele se lembra de termos ido ao bar?

Caramba, como aquilo era difícil. Meu coração estava apertado. Os olhos azuis do meu tio eram os mesmos que eu via no espelho toda manhã. Ele foi o melhor tio que um menino poderia ter. Tratou todos os filhos do meu pai — eu, inclusive — como se fôssemos dele.

Briggs fora casado, brevemente, até ela o deixar após as bodas de três anos. Eu, meus irmãos e meus pais fomos sua família. Ele não perdia nenhum dos meus jogos de basquete e futebol americano. Foi a todas as formaturas.

Ver ele assim... porra, como era difícil.

— Até a próxima — acenei em despedida e saí pela porta.

Estava pronto para ir para casa.

Mas eu não tinha ido no meu carro. Ele havia ficado no centro.

— Merda. — Peguei meu celular e liguei para o meu pai. — Ei, pode vir me buscar e me dar uma carona até o centro?

— Agora? — Ele parecia estar de boca cheia.

— Sim, agora. Estou na cabana do tio Briggs.

— Onde está sua caminhonete?

— Ficou lá no centro. E eu preciso falar com você.

— Tá bom. — Ouvi um barulho de passos e uma conversa distante com minha mãe antes de ele encerrar a ligação.

Comecei a andar pela estrada e tinha caminhado cerca de um quilômetro e meio quando ouvi o barulho do motor e o carro novo do meu pai aparecer entre as árvores.

Ele tinha uma mancha de molho barbecue na camisa.

— Desculpa interromper o seu jantar.

— Tudo bem. — Ele fez o retorno com o carro, tomando o caminho de casa. — O que está acontecendo?

Soltei um grande suspiro e contei sobre o Briggs.

— Droga — xingou ele, apertando o volante com força. — Vou conversar com ele.

— Você precisa fazer mais do que conversar.

— Vou dar um jeito.

— Talvez a gente deva ligar pro médico do vô. Ver se conseguimos colocar o Briggs em uma casa de repouso ou...

— Eu disse que vou dar um jeito, Griffin — retrucou ele.

Nossa. Ergui as mãos no ar em rendição.

— Ok.

A tensão no ar era palpável. Meu pai não falou nada quando parou ao lado da minha caminhonete na Main Street e eu saí. Ele deu a ré e foi embora antes mesmo de eu pegar minhas chaves.

Abri meu carro e entrei, batendo a porta com força demais.

— Merda.

O tio Briggs tivera outros episódios como aquele ao longo do ano. Começou com ele trocando os nomes no jantar em família. Mas aquele tipo de coisa era comum, não era? Minha mãe costumava falar o nome de todos até acertar quem era a criança em questão.

Porém, no caso do Briggs, esses pequenos erros tinham virado hábito. Ele tinha dirigido até o centro no inverno, e Knox havia encontrado a caminhonete dele na Main Street. Briggs tinha esquecido onde estava. Seis meses antes, Talia o encontrara no mercado e a camisa dele estava do avesso.

Mas aquela noite... aquela noite havia sido o pior episódio de todos. Ele realmente achara que eu era meu pai durante todo o tempo que ficamos no Willie's.

Se meu avô não tivesse tido demência, talvez eu não estivesse tão preocupado. Mas eu era adolescente quando a saúde mental do meu avô deteriorou. Eu o vi se tornar um fantasma do homem que tinha sido.

Aquilo tinha destruído meu pai. E Briggs também.

E nossa família estava prestes a passar por aquilo de novo.

Meu estômago roncou, me forçando a pensar em outra coisa. Eu tinha umas sobras de comida em casa. E um monte de trabalho a fazer também. Mas, quando passei pela Main Street, meu carro seguiu em direção a uma casa cinza com a porta vermelha.

Eu não tinha tempo para aquilo. O rancho não funcionava sozinho e eu tinha coisas a fazer, mas estacionei na frente da casa de Winn e a vi pela janela da frente.

Ela havia trocado a camisa preta que estava usando mais cedo por uma regata branca simples. As alças do sutiã preto apareciam em seus ombros. O cabelo estava preso em um rabo de cavalo alto, e as pontas balançavam sobre seus ombros enquanto ela arrastava uma grande caixa de papelão pelo corredor.

Quando toquei a campainha, ouvi um baque alto e passos antes de a porta ser aberta.

— Oi. — Ela afastou uma mecha de cabelo da testa suada. — Como está o seu tio?

— Não muito bem — admiti. — Meu avô teve demência. Alzheimer. Começou quando ele tinha uns setenta anos. Está rolando mais cedo com o Briggs.

— Sinto muito por isso. — Ela fez sinal para que eu entrasse e fechou a porta.

Analisei a sala de estar, cheia de caixas, assim como de manhã.

— Está desempacotando?

— Mais ou menos. Minha cama chegou hoje.

— Então você não estava planejando dormir no chão para sempre.

— Estavam sem estoque. Meu colchão chegou antes de mim, mas a cama, não.

— E a que você tinha em Bozeman?

— Era do Skyler. — Ela apertou os lábios. — Deixei todos os móveis para começar do zero.

— Ah. Então, onde está?

— Na caixa. Acabei de levar para o quarto.

— Tem ferramentas?

— Hum... sim? — Ela bateu em uma caixa. — Eu tenho uma chave de fenda. Em algum lugar. Está em alguma dessas caixas. Ou talvez em uma no escritório.

Ela levaria uma hora só procurando pelas ferramentas.

Sem falar nada, fui até o meu carro e peguei uma pequena caixa de ferramentas que deixo embaixo do banco. Quando entrei, Winn estava no quarto ao lado da caixa aberta da cama.

— Instruções? — pedi.

Ela apontou para o pacote de materiais e o panfleto.

— Eu dou conta — disse ela.

— Eu ajudo.

— Por quê?

Sorri.

— Para eu te ajudar a estrear a cama.

— Achei que você não queria fazer isso de novo.

— Consigo arranjar tempo para só mais uma noite. O que acha, chefe?

Ela pegou as instruções e me entregou.

— Só mais uma.

CAPÍTULO NOVE

WINSLOW

A língua de Griffin entrou na minha boca, tocando a minha antes de se afastar. Depois, ele se abaixou para calçar as botas.

Fiquei assistindo enquanto ele prendia o cabelo no boné de beisebol preto que estava usando na noite anterior. As pontas com as quais eu tinha brincado antes de ele sair da cama estavam aparecendo na nuca.

Foi difícil não ir até ele. Não passar as mãos em seu peito largo e pedir mais um beijo. Mas eu continuei no braço do sofá, porque, para aquilo funcionar, precisávamos de limites.

— Te vejo por aí. — Griffin se aproximou e se inclinou como se fosse beijar a minha testa, mas no último segundo se afastou e ajustou o boné.

Eu não devia ficar decepcionada. Gestos carinhosos e beijos na testa não faziam parte daquele relacionamento. Era sexo casual, nada mais.

Limites.

— Tchau.

Eu o segui até a porta e esperei no batente enquanto ele saía, ouvindo as botas batendo nos degraus da varanda até a calçada em passos longos e tranquilos.

Observá-lo ir embora havia se tornado parte da minha rotina.

Ele aparecia todos os dias havia uma semana. Toda manhã, ia embora antes do amanhecer. E eu ficava me perguntando se ele iria voltar. Ou se a noite anterior tinha sido a última.

Algumas noites ele vinha cedo, pouco depois de eu chegar do trabalho. Outras, vinha depois do anoitecer e me encontrava desempacotando uma caixa. Ele interrompia meu trabalho e me levava para o quarto, e era por isso que minha sala de estar ainda estava cheia de caixas de papelão e eu continuava vivendo de malas. A cozinha estava pronta, mas havia pouco progresso no restante da casa.

O sexo era... uma distração. Uma distração maravilhosa. Aquele caso não iria durar. Então as caixas poderiam esperar até o fogo entre nós se apagar.

Ele lançou um olhar para trás enquanto dava a volta na caminhonete e, mesmo no escuro, vi o sorriso sexy em seus lábios. Sim, ele iria voltar na próxima noite.

Não era só eu que estava gostando daquilo.

Após fechar a porta, esperei ouvir o som do motor da caminhonete dele antes de voltar para o quarto. Os lençóis estavam amassados e seu cheiro, uma mistura de temperos, couro e terra, tinha ficado no ar. Aquele cheiro que me fizera adormecer na noite anterior enquanto me deitava em seu peito, com meu corpo cansado e completamente satisfeito.

Aquela noite havia sido intensa. Ele estava acabando comigo de um jeito que eu havia passado a semana inteira sem ter pesadelos.

Se aquela nova cama pudesse falar, gritaria: *Ah, Griff. Meu Deus.*

O que havia naquele homem que fazia com que eu abrisse mão das minhas inseguranças com tanta facilidade? Com Skyler, eu sempre tinha sido reservada no sexo. Tinha demorado anos para realmente relaxar quando estávamos na cama, e ele nunca foi o amante mais criativo do mundo.

Talvez fosse diferente com Griffin porque não tínhamos apego emocional. Nenhuma pressão de um compromisso. Talvez porque meu próprio prazer tivesse se tornado uma prioridade. Talvez porque Griffin também o houvesse tornado uma prioridade.

Caramba, aquele homem. Griffin tinha um corpo feito para satisfazer. Suas mãos me derretiam. Seus lábios me faziam estremecer. Seu pau me tornava uma serva devassa aos seus comandos.

Sorri, fui ao banheiro e liguei o chuveiro. A água morna aliviou meus músculos doloridos.

Desde que me mudara para Quincy, não vinha fazendo minhas corridas matinais. Não vinha fazendo exercício nenhum, porque o sexo havia tomado o lugar do exercício. Talvez no dia seguinte, se eu tivesse energia, se Griffin não me mantivesse acordada até uma ou duas da manhã, eu encontrasse meus tênis de corrida e corresse um pouco pelo bairro. Ou talvez eu pudesse experimentar a academia da delegacia. Não tinha muito além de uma bicicleta elíptica e alguns pesos, mas alguns policiais a usavam regularmente. Talvez pudéssemos fazer amizade enquanto queimávamos calorias.

Improvável, mas eu estava no ponto em que aceitaria qualquer coisa.

Depois de colocar roupas para lavar e ler alguns casos que não tinha lido na noite anterior — um bêbado causando problemas, um furto simples e um caso de vandalismo em uma vitrine no Natal do ano anterior —, fui para a delegacia.

O policial Smith estava a postos e esperando em seu lugar no saguão para me dar seu típico cumprimento frio.

— Bom dia, policial Smith.

Nada.

Babaca.

O primeiro nome dele era Tom, mas nós dois estávamos usando apenas sobrenomes. Ele parecia me odiar mais a cada dia que passava.

Em certo momento, ele teria que se abrir para nos conhecermos, não era? Talvez aquela atitude mudasse quando ele percebesse que eu tinha vindo para ficar. Ou... aposentadoria antecipada. Ele tinha algumas semanas para mudar de comportamento, senão eu iria lhe propor a ideia de se aposentar cedo.

Minha mesa estava o desastre de sempre, mas eu havia reservado a manhã para arrumá-la. Passei horas guardando arquivos, revisando e-mails e organizando minha lista de afazeres. Finalmente, ao meio-dia, a madeira acinzentada da mesa estava visível.

— Eu realmente preciso fazer isso em casa. — Me instalar. Fazer faxina.

Empurrei a cadeira até a janela atrás de mim e observei a floresta pela vidraça.

A delegacia era cercada por pinheiros e abetos, os troncos tão largos que era impossível tocar uma mão na outra ao abraçá-los. Os galhos formavam um toldo sobre o prédio que bloqueava o sol. Eu estivera tão ocupada, mergulhando de cabeça naquele trabalho, que mal tivera tempo de olhar pela janela.

Um erro que não se repetiria no futuro.

Assim como a minha rua em uma noite de lua cheia, havia algo naquelas árvores que trazia uma sensação de paz.

Naquele momento, eu estava me acostumando com tudo, montando uma rotina, então era hora de organizar minha casa para que eu pudesse simplesmente respirar fundo quando chegasse nela.

Uma batida na porta tirou minha atenção da janela.

— Eita. — Os olhos do vô se arregalaram quando ele entrou no escritório. — Você trabalhou bastante.

— Foi uma manhã produtiva. — Sorri para ele. — O que está fazendo aqui?

— Queria convidar minha chefe de polícia favorita para almoçar.

— Ótimo, estou faminta. E depois preciso ir ao fórum trocar o registro do meu carro e atualizar minha carteira de motorista.

Mais passos para oficializar a mudança.

Depois que o Durango estivesse registrado, iria passar a maior parte do tempo na garagem. Eu estava hesitante de usar o Explorer do antigo chefe porque cheirava a cigarro, mas, depois de uma limpeza pesada, o fedor estava começando a sumir.

— Te encontro no centro? — perguntou o vô.

— Onde?

— No Café Eden.

Era o restaurante da irmã do Griffin. Senti uma pontada de nervosismo, mas assenti e segui o vô para fora da delegacia. Como em nosso último almoço, tivemos que estacionar fora da Main Street e ir andando.

— Que bonito — falei ao ver o prédio verde.

O nome *Café Eden* estava impresso em grandes letras douradas na porta da loja. As venezianas pretas brilhavam sob o sol de verão. Em um quadro de giz na calçada, letras bem desenhadas indicavam os pratos do dia. Mesmo do lado de fora, o aroma de café, baunilha, açúcar e manteiga preenchia o ar.

— Agora estou com fome de verdade.

— Você ainda não veio aqui? — perguntou ele.

— Tenho tomado café em casa ou na delegacia. — Eu nutria a esperança de que encontrar alguns policiais na sala de descanso fosse uma oportunidade de interagir com eles. — E não sabia que eles serviam almoço.

— A comida de Lyla é incrível. Vamos nos encontrar aqui para tomar café no domingo de manhã. Esta pança que estou cultivando é culpa dos doces dela.

Bufei e bati no peitoral forte dele.

— Fala sério.

Ele riu e abriu a porta para mim. Um sino tocou e, assim que entramos, quase dei de cara com Frank.

— Olá. — Frank sorriu e me puxou para um abraço. — Como vai, querida?

— Bem. — Sorri de volta. — O vô e eu viemos almoçar.

— Eu também. Acabei de chegar e estava procurando uma mesa.

— Junte-se a nós — convidou o vô, apontando para o balcão.

Enquanto os seguia, observei o restaurante. O interior era pintado da mesma cor que o exterior, criando uma vibe moderna e temática. Atrás do balcão, havia vitrines com doces, bolos e muffins. Algumas mesas de madeira estavam encostadas nas paredes, todas ocupadas, exceto por uma.

Meus joelhos vacilaram quando vi o belo rosto à mesa mais próxima ao balcão.

Griffin estava vestindo as mesmas roupas de quando saíra da minha casa naquela manhã. Seu boné gasto cobria o cabelo bagunçado. Ele estava sentado com duas belas mulheres. Uma delas tinha cabelos castanhos, no mesmo tom dos de Griffin, presos em um coque. Ela vestia um avental verde. *Lyla.* Reconheci o rosto da foto da família na casa dele.

A outra mulher tinha cabelos loiros, longos e lisos que caíam pelos ombros. A regata de alças finas exibia os braços torneados e a calça jeans skinny marcava as curvas das pernas. Ela tocou o braço de Griffin e senti uma fagulha de ciúmes se acender em mim.

Me forcei a desviar o olhar e a cruzar o salão. Era casual. Era temporário. E não tínhamos falado nada sobre exclusividade. Eu tinha presumido que, já que ele estava passando todas as noites na minha cama, ela era a única que ele frequentava. Será que eles estavam namorando? Era aquilo que o deixava tão ocupado? Mantive meu olhar fixo à frente, me recusando a espiar na direção deles.

Senti meu estômago revirar e minha fome sumiu enquanto eu seguia o vô e Frank pelo café.

— Ei, Covie. — Lyla se levantou e foi para trás do balcão.

— Oi, Lyla. — Frank acenou para ela.

— Frank — disse ela em resposta, mas manteve o olhar no vô.

— Lyla, hoje é um dia especial. — O vô lhe abriu um sorriso amplo. — Gostaria de te apresentar minha neta, Winslow Covington. Ela vai conhecer a magia da sua comida hoje.

— Olá! — Lyla sorriu, os olhos azuis brilhando ao estender a mão para me cumprimentar. — É um prazer conhecê-la, finalmente. Meu pai não para de falar de você.

Mas não o seu irmão, pelo visto. Porque eu era um segredo. A loira não era.

— O prazer é meu. — Apertei sua mão e dei o meu melhor para fingir que o irmão dela não estava à mesa ao lado.

Era inútil fingir.

O olhar de Griffin estava gravando uma marca nas minhas costas.

— O que gostariam de comer hoje? — perguntou Lyla.

Nós três pedimos o prato do dia e, depois que o vô pagou, nos viramos do balcão com um cartão numerado para nos sentarmos.

Griffin se levantou e deixou dinheiro na mesa.

A loira se levantou também e se aproximou dele.

Seus braços se tocaram.

Senti minha visão ficar turva e minha mandíbula travou com tanta força que achei que não conseguiria abrir a boca para comer o sanduíche de salpicão de frango que havia pedido. Não tinha direito de sentir ciúmes, mas lá estava eu, fumegando de raiva. Não apenas de Griffin e do fato de que ele claramente mantinha algum tipo de relacionamento com aquela mulher e nunca se dera ao trabalho de mencionar. Mas de mim mesma.

Mais uma vez, eu havia sido enganada por um homem bonito.

— Olá, Griffin. — O vô se aproximou dele. — Como vai?

— Bem, Covie, e você?

— Faminto. Lyla geralmente resolve isso.

— Vim aqui pelo mesmo motivo. — Griffin sorriu, mas o sorriso não chegou em seus olhos. Ele se virou para olhar para Frank e sua expressão ficou neutra. — Frank.

— Eden — murmurou Frank em resposta, então seguiu em direção à última mesa disponível.

Como assim? O que era aquilo?

— Aqui está seu café, Covie. — Lyla se aproximou trazendo a xícara em uma bandeja. — Quer que eu coloque na sua mesa?

— Ah, eu mesmo levo. — Ele pegou a xícara e sorriu, sua atenção voltada totalmente para Lyla e Griffin.

A loira lançou um olhar frio para o vô, como Griffin tinha feito com o Frank.

Com certeza havia algo ali.

O silêncio se prolongou até ficar desconfortável enquanto o vô levava a xícara de café aos lábios, ignorando a presença da loira.

Finalmente, Griffin pigarreou e olhou na minha direção pela primeira vez.

— Winslow Covington, essa é Emily Nelsen.

Emily Nelsen.

A repórter.

Bom, aquilo estava ficando interessante.

— Oi. Prazer em conhecê-la — menti com um sorriso falso no rosto.

— Igualmente — respondeu ela e se aproximou de Griffin.

O corpo dele enrijeceu, mas ele não se afastou. *Cretino.*

— É melhor garantirmos nossa mesa — disse o vô. — Tenha um bom dia, Griff.

— Você também. — O olhar dele encontrou o meu por uma fração de segundo, depois desviou quando ele começou a andar em direção à porta.

Emily correu atrás dele.

Não encare. Não encare.

Griffin era apenas um casinho. Algo casual. Algo que havia, sem dúvidas, chegado ao fim.

Eu lidaria depois com o meu luto pela falta de sexo e distração, então segui o vô para nos juntarmos ao Frank.

A parede frontal inteira do café era uma janela, e do outro lado do vidro ficava a calçada da Main Street. Era impossível não ver Emily andando até a caminhonete de Griffin.

— A maldita repórter — resmunguei. — Sério?

Por que, de todas as pessoas do mundo, Griffin tinha que estar transando com a repórter que manchara minha reputação sem nem me conhecer? Desisti de tentar não encarar e observei cada movimento deles.

Griffin disse algo para ela com uma expressão séria no rosto. Aquilo não queria dizer nada. Ele sempre tinha essa expressão. Era raro vê-lo rir ou sorrir. Mas eu tinha visto algumas vezes. Comigo.

Ele se aproximou de Emily, falando baixo. A careta no rosto dela deixou claro que ela não gostou do que ouviu.

Emily cruzou os braços e lhe lançou um olhar patético.

Ele balançou a cabeça e seus ombros caíram. Em seguida, assentiu e foi em direção ao carro.

Ela correu para a porta do carona, lançando um sorriso arrogante para a janela do café. Sem dúvida a conseguia me ver olhando pela janela. Escrota.

Qual era a piada que ele tinha feito outro dia? Não dá para jogar uma pedra em Quincy sem acertar um Eden. Naquele momento, eu bem que gostaria de jogar um pedregulho nele.

Tirei os olhos da caminhonete de Griffin quando ele engatou a ré para sair da vaga e dirigiu pela Main Street.

— Esses malditos Nelsen — disse o vô.

— Esses malditos Eden — murmurou Frank.

Lyla escolheu aquele exato momento para aparecer com três copos de água na mão. Suas bochechas estavam coradas, e tive certeza de que ela havia escutado.

Frank não percebeu, mas o vô lhe deu um sorriso tímido.

— Obrigado, Lyla.

— Por nada, Covie. — Ela se afastou e voltou para o balcão.

— Você não gosta dos Eden? — perguntei para Frank. Por que então ele vinha ao Café Eden?

— Ah, eu até gosto da Lyla. E da Talia e da Eloise. Mas não, não sou muito chegado no Harrison ou no Griffin. Eles se acham os donos da cidade.

Notei a inveja na voz dele. Havia mais do que aquilo, mas eu não estava a fim de saber. Não naquele dia.

Griffin nunca havia me passado a impressão de se achar *dono* de Quincy. Porém, ele também nunca havia me passado a impressão de que tinha algo com outra mulher, então, pelo visto, quando se tratava daquele Eden em específico, eu não era a melhor pessoa para opinar.

Meu Deus. Meu estômago revirou. Na segunda-feira, ele só tinha aparecido depois das dez da noite. Será que teve um encontro com ela primeiro? Estivera na cama dela antes de ir para a minha?

— Tudo bem, Winnie? — perguntou o vô.

— Tudo. — Assenti e tomei um gole da minha água. — Só tive uma semana bem cheia.

— Como estão as coisas na delegacia?

— Tudo bem.

Ficaria tudo bem. Em algum momento.

Talvez aquele encontro com Griffin tivesse sido justamente o que eu precisava, afinal. Eu não disse que tinha que organizar minha vida pessoal? Griff tinha sido uma constante em minha mente e uma interrupção frequente nas minhas noites.

Eu precisava construir uma vida em Quincy. Tinha uma casa que precisava se tornar um lar. Estabelecer relações duradouras com minha equipe era mais importante do que uma relação passageira com um caubói bonitão.

Mudei para cá para me curar. Para construir uma vida nova. Para consertar meu coração partido após o término com Skyler. Ir para a cama com Griffin não ia me ajudar a alcançar nada disso.

Aquilo tinha que acabar. E logo.

Quando ele aparecesse naquela noite, eu iria pôr um fim em tudo.

Me levantei correndo da cama com o coração na mão. Com o estômago apertado.

O quarto estava banhado em escuridão, mas minha visão estava completamente vermelha. Como sangue.

Corri para o banheiro, tropeçando no sapato que havia largado no meio do quarto mais cedo. Consegui me equilibrar antes de me chocar contra a parede, recuperando a estabilidade enquanto tampava minha boca com a mão.

Meus joelhos se chocaram no chão de azulejos quando cheguei à privada e vomitei até o estômago ficar vazio. Lágrimas rolaram pelo meu rosto enquanto eu segurava meu cabelo.

— Merda — xinguei no quarto vazio, escondendo o rosto nas mãos.

Tinha sido o pior pesadelo dos últimos meses. Talvez anos. Era como as primeiras versões. As que eu estava na cena do acidente.

Era o pesadelo em que eu encontrava o braço mutilado do meu pai na estrada. E via a cabeça decepada da minha mãe.

Apertei os olhos, tentando dissipar o cheiro de carne despedaçada, pneu queimado e metal. *Pense em outra coisa. Qualquer coisa.*

A primeira imagem que apareceu na minha cabeça foi de Lily Green. Seu corpo desfigurado jogado nas pedras aos pés de Indigo Ridge.

Meu estômago revirou de novo, mas não havia mais nada para sair.

— Caralho. — Apertei os dedos nos olhos até a escuridão virar luz.

Me levantei do chão com as pernas trêmulas e me apoiei na pia. Depois de jogar água no rosto, escovei os dentes e acendi as luzes.

Todas as luzes.

Apertei todos os interruptores no caminho entre o quarto e a cozinha. O relógio na cozinha mostrava que tinha passado da meia-noite.

A casa estava imersa em silêncio. As batidas do meu coração enchiam cada cômodo com um *tum-tum, tum-tum, tum-tum.*

Decidi fazer café. Não tinha como voltar a dormir. Com uma caneca fumegante nas mãos, fui para o quarto e comecei a arrumação. Mergulhei na tarefa para me esquecer do pesadelo. Me recusando a pensar em Griffin.

Na semana anterior, toda vez que ele tinha dormido na minha cama, eu dormi a noite toda. Era possível que, mesmo que ele estivesse ali naquela noite, eu ainda assim tivesse um pesadelo. Ou talvez os sonhos estivessem esperando pelo meu momento mais frágil.

Às vezes, era como se os pesadelos tinham vida própria, e eram malignos. Quanto mais eu lutava contra eles, mais forte eles revidavam. Cada um que eu tivera desde que me mudara para Quincy havia sido brutal. Parecia que eles entravam pelos travesseiros novos, prontos para atacar.

Claro que seria na noite em que o Griffin não estava ali.

Talvez ele estivesse com a repórter dele.

Talvez não.

Não importava mais.

Ele não havia aparecido, então eu não tinha conseguido encerrar as coisas com ele. Mas acho que aquilo já era um ponto-final.

E então fiquei sozinha organizando a casa. Porque era isso que eu era.

Sozinha.

CAPÍTULO DEZ

GRIFFIN

A força de vontade de ficar longe da Winslow estava falhando.

Pelas últimas duas noites, eu tinha praticamente me encurralado em casa. Minha caixa de entrada do e-mail estava vazia, minha mesa estava limpa. Na noite anterior, depois do jantar, eu a quisera tanto que passara três horas limpando os estábulos do celeiro.

Me mantendo ocupado.

Me mantendo longe.

Minha pele desejava o calor da pele dela. Meus dedos formigavam, desesperados para tocar os cabelos dela. Meus braços doíam de vontade de abraçá-la enquanto ela dormia.

Sentia falta dos seus olhos azuis. Das sardas em seu nariz.

As noites eram terríveis. Insones. Até os dias eram difíceis. Era meio-dia e eu só queria dar a volta com o carro, ir para a cidade e encontrá-la.

Mas eu me recusava a ceder.

O rancho e minha família precisavam da minha atenção total. Eu não tinha tempo para mais nada.

Não deveria ser assim. Nunca na vida eu tivera tanta dificuldade de manter distância de uma mulher. Especialmente quando não havia compromisso. Porra, eu tivera namoradas na faculdade mais fáceis de esquecer, mesmo que tivesse ficado com elas por meses.

Então por que raios Winslow Covington não saía da minha cabeça?

A beleza dela era incomparável, a inteligência tão atraente quanto o corpo esguio. Suas reações no quarto e a forma como nossos corpos se encaixavam eram diferentes de tudo que eu já tinha vivido.

Devia ser algo físico, certo? Química e hormônios fodendo com o meu cérebro. Só de pensar em sua pele nua e macia eu já ficava excitado. Como estivera pelos últimos dois dias.

— Que merda — resmunguei.

— O quê? — perguntou Mateo do banco do carona do meu carro.

— Nada. — Mudei de assunto. — Obrigado por vir aqui hoje.

— Sem problema. — Ele deu de ombros.

Com vinte e dois anos, ele ainda não tinha parado de crescer. E ficaria ainda mais alto. Se ele continuasse comendo a comida da mãe e trabalhando no rancho como vinha fazendo o verão inteiro, suando e colocando aqueles músculos para trabalhar, logo ficaria tão grande quanto eu.

Entre todos os irmãos, eu e Mateo éramos os mais parecidos. Todos tínhamos os mesmos cabelos castanhos e olhos azuis, mas nós também tínhamos o mesmo nariz e o mesmo volume na ponte dele. Como eu, ele tinha o pomo de adão alto, algo em que eu não havia pensado muito até conhecer Winn.

Ela adorava passar a língua na minha garganta, especialmente quando eu estava dentro dela.

Caralho. Por que eu não conseguia parar de pensar nela?

— Qual o plano para hoje? — Mateo apoiou o braço na janela aberta. O cheiro de grama, terra e calor tomava conta do ar.

Não havia muitos lugares onde eu gostaria de estar mais do que em uma estrada de terra em Montana no verão.

A cama da Winslow estava prestes a tomar o primeiro lugar da lista.

— Eu quero checar a cerca no caminho de Indigo Ridge. Conor começou a fazer isso, mas... sabe como é. — Eu não tinha coragem de mandar ninguém voltar ali desde que tínhamos encontrado Lily Green.

— Sim — murmurou Mateo. — Como ele está?

— Estamos mantendo ele ocupado.

Do outro lado do rancho, o mais longe possível dali.

— Ele sempre gostou da Lily — disse Mateo. — Mesmo depois que terminaram. Sempre achei que eles iriam acabar juntos.

— Sinto muito. — Olhei para ele e lhe dei um sorriso breve.

Lily era um ano mais nova que o Mateo, mas, dado o tamanho da escola Quincy High, eles deviam se conhecer bem.

— Eu não falava com ela há tempos. Mas às vezes, quando a gente se encontrava, ela sorria. Me abraçava. Era muito gentil. Como se eu fosse um amigo de longa data que ela não via há anos, não alguém que ela via uma vez por mês no banco da escola. Eu não sabia com o que ela estava lidando. Ninguém sabia.

Talvez porque ela não estivesse lidando com nada.

O reflexo de pensamento veio tão rápido que eu quase estremeci.

Aquelas dúvidas eram coisa da Winslow. Ela as havia plantado na minha cabeça e, desde então, sempre que alguém falava da Lily, qualquer suposição que eu tivesse antes ia para o lixo.

Havia algo a mais sobre a morte dela? E se ela não tivesse cometido suicídio?

Winn estava procurando por um namorado ou um ficante quando fomos aos bares. Talvez a Lily tivesse transado com alguém recentemente. Talvez o cara tivesse feito algo para mexer com a mente dela. Ou talvez ela não estivesse sozinha em Indigo Ridge.

Talvez houvesse algo a mais.

— A Lily estava namorando alguém? — perguntei.

— Não que eu saiba. Quando eu a via no bar, ela geralmente estava com outras meninas.

Provavelmente as mesmas meninas que a Winn havia nomeado para John no Big Sam's Saloon. Moradoras da cidade. E, conhecendo o Mateo, ele não tinha prestado muita atenção nelas.

Meu irmãozinho era parecido comigo naquilo. Ele não tinha muito interesse em relacionamentos, e turistas não iriam incomodá-lo na manhã seguinte.

Foi um conselho que eu dei para ele.

Conselho que eu mesmo não estava seguindo.

— Ouvi dizer que você está pegando a neta do Covie. Winslow. — Mateo sorriu. — Levei uma multa por excesso de velocidade semana passada. Acha que ela pode dar um jeito nisso para mim?

A ideia de que eu e Winn conseguiríamos manter nossos encontros em segredo havia se desintegrado como papel higiênico molhado.

— Não é bem assim.

— Amigos de foda?

O termo me irritou e fez eu apertar o volante. Não que fosse incorreto, mas era como ouvir unhas arranhando um quadro de giz.

— Onde você ouviu isso?

— Encontrei com Emily Nelsen no Old Mill ontem à noite. Ela perguntou onde você estava. Respondi que provavelmente em casa, e ela fez algum comentário sobre você também poder estar na casa de Winslow Covington.

— Droga, Emily. — Balancei a cabeça.

Ela era o motivo de eu ter evitado ir à casa da Winslow nos últimos dias. Aparentemente, não tinha adiantado de nada.

Na quarta-feira, eu tinha ido ao Café Eden para pegar um sanduíche da Lyla para almoçar. Ela estava falando com a Emily, jogando conversa fora. Lyla sempre era simpática. Talvez porque fosse mais esperta que eu. Ela mantinha os amigos por perto e os inimigos mais perto ainda.

Emily nunca era má com Lyla, e elas se formaram na mesma época. Por isso, eu tinha achado por um tempo que talvez elas fossem amigas, mas não havia prestado muita atenção. E aí eu tinha estragado tudo transando com Emily uma vez, um ano atrás, e desde então ela sempre rondava a Lyla.

Minha irmã era esperta. Sabia por que a Emily puxava o saco dela.

Cometi o erro de me sentar à mesa delas para conversar com minha irmã. Foi... informativo. A Emily não apenas tinha fofocado sobre todas as pessoas que estavam no café, como também comentara sobre ter visto minha caminhonete na casa da Winslow três noites seguidas.

Eu devia saber. Droga, eu devia saber. Como fui tão idiota a ponto de esquecer que Emily morava naquele bairro? Claro que ela reconheceu meu carro. A última coisa de que eu precisava eram rumores se espalhando por Quincy. Era a última coisa de que Winn precisava também.

Então mantive distância.

Era a melhor coisa a fazer. Para nós dois.

Winn tinha as próprias batalhas. Na delegacia. Com a comunidade — culpa do artigo da Emily. Ela não precisava de mais lenha na fogueira de fofocas.

— Ela é uma boa policial — falei para Mateo. — Acho que foi uma boa escolha.

Apesar de tudo que falei para Winn sobre ela ser de fora, ela se encaixava. Levava o trabalho a sério e tinha boas conexões. Mas eu não estava empolgado de ver a amizade dela com Frank Nigel.

Aquele otário podia ir tomar no cu. Ele encrencava com a minha família, sem motivo aparente, desde que era criança. Ele comprava café na loja da Lyla, flertava com ela até ela ficar desconfortável e depois deixava uma resenha terrível no Yelp. Ele ia no restaurante do Knox no Eloise e falava para todo mundo que a comida era medíocre.

Ele falava sobre nós pelas nossas costas — sobre mim e meu pai, na nossa cara. Pelo menos ele tinha parado de tentar fingir educação quando nos encontrávamos na cidade. Na última vez, ele tinha tentado apertar minha mão e eu deixei claro que não queria aquele filho da puta por perto.

A amizade com Frank era a única falha do Covie, nosso prefeito de longa data. Eu nunca entendi como eles ficaram tão amigos. Vizinhos se aproximavam, talvez. Eu esperava que Winn não desse atenção para o veneno do Frank.

Mateo e eu chegamos ao limite da vala na estrada. Havia um fio solto na estaca do canto. Estacionei a caminhonete, peguei um par de luvas de couro e vesti o boné para proteger o rosto. Depois, meu irmão e eu começamos a consertar os fios de arame farpado.

Duas horas depois, estávamos na metade da vala.

— Mais lixo. — Mateo pegou uma calota jogada na grama alta.

— Joga na caçamba da caminhonete. Eu juro, acho que os últimos donos deste lugar desmontaram uma concessionária de carros inteira e espalharam as peças por aí, só para me irritar.

Eu vinha coletando sucatas enferrujadas e peças velhas desde que comprara a propriedade. Levei um mês fazendo viagens regulares para Missoula a fim de levar todos os carros velhos que eles espalharam.

— Odeio montar cercas — reclamou Mateo, pegando um alicate.

Eu ri.

— Faz parte de cuidar do rancho.

— Faz parte de *você*.

Aquele rancho era tudo o que eu sempre quisera. Desde criança, eu sabia que iria viver e morrer naquele lugar. Meu coração pertencia àquela terra. Minha alma estava presa à terra. Um dia de trabalho ali me trazia paz.

Eu me considerava um homem de sorte por encontrar felicidade de um jeito tão fácil com minhas botas na terra. Não era um trabalho. Era uma paixão. Era a minha liberdade.

Meus irmãos amavam o rancho, mas *cuidar* daquele lugar não era o sonho deles.

— Já pensou sobre o que quer fazer? — perguntei para Mateo. Por eu ser nove anos mais velho, ele sempre pensava em mim mais como um tio do que um irmão. Ele me pedia conselhos, assim como eu tinha feito com Briggs.

— Não — resmungou ao enrolar um fio novo na estaca da cerca. — Não sei. Isso aqui não.

— Existem outras tarefas no rancho que não envolvem cercas.

— Isso sempre foi algo seu.

— Não precisa ser só meu.

— Eu sei. Se eu quisesse fazer parte, você daria um jeito. Mas é que... eu não quero. E ainda não sei o que quero fazer. Então vou trabalhar aqui e no hotel até me decidir.

— A oferta sempre estará de pé.

— Valeu.

Ele assentiu e deu um passo para trás da seção que tínhamos acabado de consertar. Então olhou sobre meu ombro ao ouvir o barulho de pneus esmagando cascalho.

Me virei e vi o carro do Briggs se aproximando. Meu tio estava ao volante e, atrás dele, contra a janela de vidro, estavam duas espingardas.

— Por que ele está todo de laranja? — perguntou Mateo.

— Que inferno.

Joguei o rolo de arame no chão para passar a perna por cima da cerca e segui até a estrada, com Mateo ao meu lado, até pararmos ao lado de Briggs.

— Ei, meninos.

— Oi, Briggs. — Me encostei na porta do carro dele. — O que está aprontando hoje?

Ele apontou para as espingardas.

— Estava pensando em ir caçar na base da montanha. Vi um rebanho de cervos ontem. Seria bom preparar um pouco de carne seca antes de a neve chegar nas próximas semanas.

— Como assim? — murmurou Mateo.

Suspirei, desejando mais do que tudo que meu pai parasse de ignorar a situação. Aqueles episódios estavam cada vez mais frequentes.

— Briggs, ainda não é temporada de caça.

— Estamos em outubro.

— Estamos em junho.

— Não estamos, não. — Ele fez uma careta. — Qual é o seu problema? É outubro.

— É junho. — Peguei meu celular do bolso e abri o calendário para ele ver.

— Você sabe que eu não confio nesses malditos telefones. — Ele bufou. — Pare de brincadeira, Griff.

Meu Deus.

— Você não pode ir caçar agora, Briggs. Não está na temporada.

— Não me diga o que eu posso ou não fazer no meu próprio rancho. — A voz dele aumentou de volume, ao mesmo tempo em que um rubor surgiu em seu rosto. — Malditas crianças. Andando por aqui como se fossem donas do mundo. Sabem há quantos anos eu trabalho aqui? Este lugar é meu. Meu e do meu irmão. Você não pode me dizer o que fazer.

— Não estou querendo lhe dizer o que fazer. — Ergui as mãos no ar. — Olhe ao redor. Parece mesmo ser outubro?

Ele franziu o cenho e olhou para a frente, observando a grama verde e as flores do campo.

— Eu, hã...

Briggs perdeu a fala e encarou o volante. De repente, bateu com a mão no painel.

— Merda.

Fiquei tenso.

— Merda! — gritou Briggs ao bater mais uma vez no painel do carro.

A explosão era tão atípica dele, de seu jeito gentil e calmo, que demorei um segundo para reagir. Nunca na minha vida eu o tinha visto gritar. Nenhuma vez. Ele e meu pai tinham aquilo em comum. Ambos tinham o temperamento sob controle. Era o motivo de ambos se darem tão bem com cavalos e crianças.

Aquele homem não era meu tio.

Aquele homem furioso e irritado tinha entendido que sua mente estava falhando.

E não havia nada que pudesse fazer.

Coloquei a mão em seu ombro.

— A temporada de arquearia vai chegar logo, logo. Você só deve ter trocado os dias no calendário em casa. Sempre acontece isso comigo.

Ele assentiu, o olhar distante.

Mateo e eu trocamos um olhar. Quando meu irmão abriu a boca para falar, balancei a cabeça. Não era hora de fazer perguntas. Aquilo seria depois. Assim como outra conversa com meu pai sobre a saúde mental de Briggs.

— Estamos ficando com sede e nos esquecemos de trazer água — menti. A garrafa no meu carro estava cheia. — Se importa se formos até a sua casa beber alguma coisa?

Antes que Briggs pudesse responder, Mateo deu a volta no capô e subiu no banco do carona do carro do nosso tio.

— Te vejo lá.

Assenti e esperei até darem a volta com o carro e seguirem pela estrada de terra antes de voltar para a cerca e entrar na minha caminhonete. Eu os alcancei na metade do caminho, montanha acima, até a cabana do Briggs.

Quando chegamos, meu tio saiu da caminhonete e tirou sua roupa laranja de caça. Ele balançou a cabeça como se estivesse confuso quanto a estar vestindo aquilo, depois fez sinal para eu e Mateo entrarmos na casa.

Qualquer traço da raiva que demonstrara antes parecia ter sumido.

— Como estão as coisas na montanha? — perguntei quando nos sentamos à mesa redonda de Briggs.

— Bem. A aposentadoria é monótona. Mas tenho feito muitas trilhas. Tento manter a saúde em dia.

— Que trilhas? — perguntou Mateo, tomando um gole de água.

— A maioria é ao redor de Indigo Ridge. São difíceis, mas não tem nada melhor do que a vista lá de cima.

Era a segunda vez que ele falava sobre a montanha naquele dia. Dez anos antes, eu provavelmente não teria parado para pensar sobre aquilo, mas, depois das três garotas... não havia muitos de nós que subiam a Indigo Ridge.

A tragédia consegue manchar até as coisas mais belas.

— Você já viu mais alguém lá em cima? — Minha pergunta era uma cortesia para as dúvidas de Winslow.

— Não. É sempre apenas eu. Por quê?

— Curiosidade.

Se o Briggs tivesse visto alguém, será que ele se lembraria?

Terminamos nossas águas e levei os copos para a pia enquanto observava o quintal.

Briggs estivera ocupado mantendo aparada a grama em volta da casa. Ele montara um pequeno canteiro elevado para uma horta. Pés de vegetais brotavam do solo preto. Ao redor, havia uma cerca de uns dois metros de altura para afastar os cervos, na esperança de que eles não pulassem e comessem a plantação. Havia um par de botas de caubói ao lado da cerca, cheias de terra e flores vermelhas.

— Adorei as botas, Briggs. Boa ideia.

Ele riu, se levantou e veio ficar ao meu lado.

— Me achei muito esperto mesmo. Um belo par de botas pequenas demais pros meus pés gigantes. Encontrei em uma trilha há uns dias. Achei que seria um desperdício jogá-las fora, então as transformei em vaso de planta.

Meu estômago gelou.

— Você as encontrou?

— Sim. Estava procurando chifres de cervos.

— Onde?

— Ah, não sei. Uma trilha aqui perto.

Provavelmente uma trilha em Indigo Ridge. Porque havia uma costura rosa no couro marrom. Havia várias botas masculinas com costura rosa, mas aquela ponta quadrada delicada e o arco do salto... aquelas eram botas femininas.

Winslow estava procurando pelos sapatos de Lily Green.

O aperto no meu estômago me dizia que eu as havia encontrado.

— Melhor irmos andando — falei para Mateo. — Obrigado pela água, Briggs.

— Venham visitar quando quiserem. É bem solitário aqui.

Assenti, e um nó se formou na minha garganta.

— Ei, se importa se eu pegar essas botas emprestadas? É para mostrar para a minha mãe, talvez ela queira fazer algo parecido.

— Nem um pouco. Se ela gostar, pode ficar com elas.

— Valeu. — Saí da casa e peguei as botas.

Elas estavam empoeiradas, mas pareciam novas. O couro no topo e na parte interna estava duro. Passei um dedo por cada cadarço, tentando não deixar muitas impressões digitais, e as levei para a caminhonete.

— O tio Briggs está mal. — Mateo soltou um grande suspiro quando pegamos a estrada. — O caminho todo até a casa ele me chamou de Griffin.

— Vou falar com o pai. — *De novo.*

— Acha que ele está com o que o vô teve?

Assenti.

— Sim, acho que sim.

— O que vai acontecer?

— Não sei. — Mas eu sabia que, se meu pai não fizesse algo logo, eu iria me meter e tomar as rédeas da situação.

Briggs precisava ir ao médico. Nós precisávamos saber com o que estávamos lidando. Talvez um remédio ajudasse. Talvez não.

Dirigi até a casa dos meus pais e deixei o Mateo na oficina.

— Você vai entrar? — perguntou ele.

— Não, tenho que ir à cidade. — Eu poderia culpar Briggs por quebrar minha promessa de manter distância, mas eu sabia que era apenas uma questão de tempo.

— Ok. — Mateo apontou para as botas no banco detrás. — Quer que eu leve isso para dentro?

— Não. Elas não são para a mãe.

Elas eram para Winn.

CAPÍTULO ONZE

WINSLOW

— O que você está fazendo aqui? E por que tem flores nas suas botas?

Griffin entrou no meu escritório com o par de botas, cada uma com flores saindo no topo. Ele olhou para minha mesa, procurando um espaço livre para colocá-las. Não havia nenhum.

— Estava tudo limpo aqui — resmunguei, organizando papéis e arquivos. A bagunça que eu arrumara havia voltado. Como sempre.

Assim que eu achava que tinha uma coisa sob controle, ela me pegava de surpresa.

Como Griffin.

Eu tinha passado os últimos dois dias me conformando com o fim da nossa relação. Estava tudo bem. Tudo ótimo, na verdade. Era a decisão certa. Era hora de deixar Griffin para trás e me concentrar no meu trabalho.

Era por isso que eu estava em Quincy, certo? Eu devia passar minhas noites por aí, pela cidade, em vez de ficar trancada no meu quarto com um homem lindo que sabia me fazer ter um orgasmo. Guardei a lembrança das minhas semanas com ele no fundo da mente, onde podiam acumular poeira pela próxima década.

Porém, quando ele entrou pela porta do meu escritório com flores, sem aviso, tudo o que eu queria era mais.

Mais noites. Mais semanas.

Mais.

Ele colocou as botas na mesa e se sentou em uma cadeira vazia, apoiando os cotovelos nos joelhos. Sob a aba do boné, aqueles olhos azuis não tinham o brilho de sempre. Ele parecia cansado, como se carregasse o peso do mundo em suas costas largas.

Esperei, oferecendo um tempo de respiro. As pessoas geralmente forneciam mais informações quando você lhes dava um minuto para se recompor.

— Meu tio. Briggs.

— Aquele do Willie's, com demência.

Ele assentiu.

— Ele estava com essas botas em casa. Disse que encontrou em uma trilha em Indigo Ridge.

Meu corpo tensionou.

— Quando?

— Ele não tinha certeza. Eu não o pressionei. Ele as achou e transformou em vasos de planta.

Uma ideia interessante, se não fosse pelo fato de que ele provavelmente apagara qualquer evidência que eu pudesse encontrar. Eram botas femininas, e havia no couro uma costura rosa e coral formando linhas e desenhos.

— Fiz o possível para não tocar nelas — disse Griff.

Peguei o celular na mesa e tirei fotos de vários ângulos diferentes, depois deixei Griff sentado e fui para o centro da delegacia.

— Allen.

Ele levantou o olhar da sua mesa e eu fiz sinal para que entrasse no meu escritório.

— Pois não, chefe? — Ele cumprimentou Griffin com a cabeça. — Griff.

— Essas botas foram encontradas em Indigo Ridge — contei. — Sem as flores. Pode tirar as flores e catalogar as botas como evidências? Vamos procurar por digitais e ver o que encontramos, mas acredito que são de Lily Green.

— Pode deixar. Quer que eu cheque com a mãe dela se as reconhece?

— Por favor.

Allen saiu do escritório e voltou com dois sacos de evidência. Eu o ajudei a colocar uma bota em cada um e depois fechei a porta quando ele saiu.

— Eu vou visitar o seu tio — disse a Griffin ao voltar para a minha cadeira.

— Imaginei. — Griffin se levantou e foi até a estante de livros no canto.

Eu odiava como era bom vê-lo ali. A calça jeans gasta marcava as coxas grossas e moldava a curva da bunda. A camiseta estava suja, como se ele tivesse trabalhado a manhã inteira.

O aroma do sabonete dele e do suor preencheu a sala. Eu tinha lavado meus lençóis no dia anterior, apagando-o da minha cama. E já estava arrependida daquela decisão, porque o cheiro era inebriante.

Ele pegou um porta-retratos de uma prateleira.

— Quem é esse?

— Cole.

— Cole. — Ele apertou os olhos. — Outro ex?

— Um mentor. Trabalhamos juntos em Bozeman. E ele era meu *sensei*.

Na foto, eu e Cole estávamos lado a lado, usando os quimonos do *dojo* da cidade onde eu fazia caratê. Quando eu fora promovida a detetive em Bozeman, Cole sugerira que eu aprendesse artes marciais. Não apenas porque seria um bom exercício, mas também para me proteger.

— Você é faixa preta.

— Sim.

— E esses são seus pais. — Ele apontou para a foto na outra prateleira. Não era uma pergunta, e sim uma afirmação, como se ele tivesse visto a foto antes.

Meus pais estavam ao meu lado no dia da minha formatura da academia de polícia. Eu estava usando meu uniforme preto e um chapéu. O nosso sorriso era resplandecente.

— O seu pai parece com o Covie — comentou ele. — Eu já o vi pela cidade antes. E você parece com a sua mãe.

Ele não fazia ideia do peso desse elogio. Minha mãe era a mulher mais bonita que eu já tinha visto na vida.

Por um tempo, depois de eles terem morrido, eu guardara as fotos em um depósito. Era difícil demais vê-los congelados no tempo, rindo, sorrindo, felizes. Eu entrava no meu quarto, via a foto deles e começava a chorar. No entanto, quando os pesadelos começaram, decidi colocar as fotos de volta; apesar da dor e da saudade, preferia um milhão de vezes vê-los sorrindo do que mortos.

Griffin seguiu para a última foto na prateleira: eu e o vô pescando quando eu era adolescente.

— Você tinha mais sardas.

— Passava o verão inteiro sob o sol. Foi antes de eu começar a usar protetor solar todos os dias.

Ele soltou um murmúrio ininteligível, depois voltou para o assento e se inclinou para a frente. Seus olhos ficaram fixos na minha mesa e, mais uma vez, esperei até ele se sentir pronto.

— Você ainda acha que a morte da Lily pode não ter sido suicídio?

— Eu não sei — admiti.

Com o passar dos dias, o sentimento de inquietude não tinha cessado, mas o lado racional do meu cérebro começara a gritar. Não havia evidências de ser algo além de um suicídio. Em algum momento, eu teria que deixar aquilo de lado.

Talvez as botas ajudassem.

Talvez não.

Griffin levantou o olhar e havia ali um ar de desespero. Como se ele precisasse que eu desse outra resposta.

— Algo ainda não está encaixando — falei. — Toda vez que converso com alguém que a conhecia, a pessoa parece estar chocada. Amigos. Família. Ninguém fazia ideia de que ela estava com problemas.

— É, é isso que estou ouvindo por aí também.

— Não quer dizer que ela não estivesse escondendo isso. Saúde mental geralmente é um segredo guardado a sete chaves. Mas eu esperava encontrar pelo menos uma pessoa com quem ela falasse a respeito.

Ou essa pessoa não existia, ou eu só ainda não a havia encontrado.

A minha suspeita era que, se essa pessoa existisse, ela havia sido a última a ver Lily antes da sua morte.

Talvez aquelas botas nos dessem uma pista, se fossem mesmo dela e se ainda tivessem alguma impressão digital depois de terem sido transformadas em decoração de jardim.

— Obrigada por trazer as botas.

— Vou te deixar em paz. — Ele se levantou e foi em direção à porta.

— Griff — chamei e esperei ele se virar. Depois, arrumei a postura e me preparei. Eu odiava a pergunta que estava prestes a fazer. — Você está dormindo com outra mulher?

— O quê? — A mandíbula dele tremeu.

— Aquela mulher na quarta-feira. Emily. — A repórter. — Vocês estão dormindo juntos?

Ele fechou as mãos em punhos nos quadris.

— Nós usamos camisinha — falei —, mas a proteção não é cem por cento. Eu tomo anticoncepcionais, então não estou preocupada com a hipótese de engravidar, mas gostaria de saber se é necessário fazer um teste de ISTs.

Griffin arqueou as sobrancelhas, deu dois longos passos pesados, colocou as mãos na mesa e se inclinou tanto que a fúria em seus olhos me atingiu como uma onda de calor.

— Eu não transo com duas mulheres ao mesmo tempo.

Uma lufada de ar escapou dos meus pulmões. Graças. A. Deus.

Terminar o relacionamento era a melhor coisa a se fazer, mas aquela decisão não traduzia os meus sentimentos. Sempre que imaginava Griffin com aquela loira, aquela *Emily*, os ciúmes me consumiam por horas.

— Eu não sou esse tipo de homem — disse ele entredentes.

— Tudo bem.

— Não tá tudo bem, porra. Você não deveria ter que me perguntar isso.

— Bom, vocês pareciam muito próximos no Café Eden.

— Eu a toquei?

— Hum... — Ela havia tocado nele. Mas ele não, certo?

— Não, eu não encostei na porra de um fio de cabelo dela. Eu a beijei?

Engoli em seco.

— Não.

Ele estava irritado. Irritado de verdade. Eu gostei daquilo. O caráter dele estava sendo questionado e bons homens faziam de tudo para esclarecer as coisas.

— Não, porque eu não faço joguinhos com mulheres. Ouviu?

— Em alto e bom som.

— Ótimo.

Ele empurrou a mesa e saiu pisando forte do escritório. Seus passos no corredor soavam tão alto quanto as batidas do meu coração.

Só quando ouvi a porta abrir e fechar é que consegui respirar de novo. Em seguida, um sorriso tomou conta dos meus lábios.

Não havia nada acontecendo com a repórter. Suspirei e me afundei na cadeira. Os dias que eu tinha passado com raiva do Griff não serviram de nada. Talvez eu devesse ter confiado nele.

Era culpa do Skyler que eu tivesse tirado conclusões precipitadas. Ser traída pelo homem que tinha prometido me amar, ser meu companheiro, meu amigo, deixara uma marca em mim.

Griffin não era Skyler. Não tinha nem comparação.

Griffin era honesto e sincero. E ele sabia o que fazer com o meu clitóris.

O sorriso ainda estava no meu rosto quando mexi no mouse do computador e voltei ao trabalho. Talvez no dia seguinte eu visse o tampo da minha mesa de novo.

E, talvez, na próxima vez que visse o Griffin pela cidade, eu não quisesse jogar uma pedra nele.

A rolha da minha garrafa de vinho se soltou ao mesmo tempo que ouvi uma batida na porta. Não era uma batida normal. Era um soco.

Apenas uma pessoa naquela cidade batia na minha porta vermelha.

Me servi uma taça e a levei comigo quando fui à porta.

— Eu tenho campainha.

A expressão hostil de Griffin continuava imperturbável. Ficou claro que o resto do dia não tinha aliviado a raiva dele depois que saiu da delegacia.

— E você?

— Eu o quê? — Tomei um gole do meu cabernet, deixando o sabor seco e robusto explodir na minha língua enquanto ele bufava.

— Está transando com mais alguém?

Quase engasguei com a bebida.

— Não.

— Que bom. — Seu corpo forte me forçou a dar passagem para ele entrar na casa.

Fechei a porta e o segui para a sala de estar, onde ele parou e olhou ao redor.

— Você organizou suas coisas.

— A maior parte delas.

— Cadê os móveis?

— Atrasados. — Como minha cama estivera.

Tudo o que eu havia encomendado estava atrasado, então eu só tinha um sofá e uma mesinha de apoio. Os livros que antes estavam em caixas empilhavam-se contra a parede. A TV estava no chão, esperando por um suporte. Os itens de decoração e quadros que eu colecionava havia anos estavam desembrulhados e apoiados no canto, prontos para serem colocados na estante que estava a caminho.

Além da minha cama, o único outro móvel que tinha chegado era a minha escrivaninha. Eu a havia montado no dia anterior, ao acordar às duas da manhã. Depois, passara as primeiras horas do dia organizando meu escritório.

Griffin observou tudo, então foi para o sofá e se sentou.

— Quer uma taça de vinho? — perguntei.

— Pode ser.

Eu lhe entreguei o vinho e o vi levar a taça até os lábios. Depois fui à cozinha e me servi uma nova taça.

Quando voltei, ele havia tirado o boné e estava passando os dedos pelo cabelo escuro.

— Emily viu meu carro estacionado aqui.

— O que isso quer dizer?

Me sentei ao seu lado no sofá, cruzando as pernas. Depois do trabalho, eu vestira uma legging e uma camiseta, com toda a intenção do mundo de sair para correr. Em vez disso, optei por abrir uma garrafa de vinho.

— Nós ficamos cerca de um ano atrás — disse ele. — Ela queria mais. Eu não. Foi erro meu, mas aconteceu. Ela sabia o combinado. Uma vez só. Disse que estava tudo bem. Mas pelo visto...

— Não estava.

— Emily é uma linguaruda. A família dela não gosta muito do seu avô.

— Ele me falou. — Por causa de algum drama de cidade pequena que aconteceu alguns anos atrás. — Ficou bem óbvio com base no artigo que ela escreveu sobre mim.

— Se ela começar a falar sobre nós, outras pessoas farão o mesmo.

— Ah. E você não quer que mais pessoas saibam.

Ótimo. Como se meu ego já não tivesse sofrido o bastante desde que vim para essa cidade. Primeiro no trabalho. Depois com Griffin.

— Não é isso, Winn.

— Tudo bem.

Não estava tudo bem. Nem um pouco. Tomei um gole grande e necessário do vinho, desejando que tivesse mesmo saído para correr e essa conversa nunca tivesse acontecido.

— Ei. — Griff esticou a mão e afastou a taça da minha boca. — Eu não dou a mínima para o que as pessoas falam sobre mim. Foda-se, elas já falam mesmo. Mas eu não quero que falem de você. Eu não quero que falem que você está transando comigo em vez de fazer o seu trabalho. Ou que o nosso relacionamento é o motivo de o meu pai ter insistido em contratar você. Eu quero que as pessoas te vejam como a chefe de polícia. Uma policial competente. Não a mulher na minha cama.

— Ah. — Meu coração apertou e doeu. Não fazia ideia de que ele se importava com a minha reputação. Eu, uma forasteira. — Eu nunca dormi na sua cama.

— Não, não dormiu. Mas isso não importa. As fofocas circulam. Eles vão inventar o que quiserem.

Aquela era a vida de cidade pequena da qual meu pai sempre reclamava. Foi o motivo de ele ter ido embora de Quincy depois do ensino médio.

As pessoas simplesmente tiram conclusões, sejam elas baseadas em fatos ou não. Elas acreditariam nas Emily Nelsen da vida simplesmente porque a fofoca delas era mais interessante. Não havia nada que eu pudesse fazer para impedir aquilo, e viver com medo de rumores não estava nos meus planos.

— Eu não me importo. — Dei de ombros. — Além disso, aposto que ela já está falando por aí.

— Deve estar mesmo.

— Então pronto. — Levantei minha taça para tomar mais um gole, mas, antes que chegasse aos meus lábios, Griffin a tirou da minha mão.

Ele colocou a taça ao lado da sua no chão, depois segurou meu pulso e me levantou do sofá.

— O que você está fazendo?

Os braços dele envolveram minhas costas, me apertando contra seu peito.

— Já que as pessoas vão fofocar sobre estarmos transando, podemos ao menos transar de verdade.

Sorri e, quando os lábios dele encontraram os meus, fiquei feliz de tê-lo na minha boca e gemi ao sentir seu gosto. Nossa, como tinha sentido falta dele. Mais do que queria admitir.

Me segurando naqueles ombros largos, prendi as pernas ao redor da cintura dele quando ele me ergueu do chão.

Com a língua enrolada na minha, ele nos levou para o quarto, parando na porta.

— Esse não é o mesmo cômodo.

Soltei minhas pernas, pousando os pés de leve no chão. As malas encostadas nas paredes tinham sumido. Já estavam guardadas no armário. As roupas estavam penduradas em cabides, dobradas nas prateleiras ou jogadas no cesto de roupa suja.

— Eu organizei a casa.

— A casa inteira?

— Sim.

Ele me analisou, como se soubesse que tinha algo a mais ali. Tive que me esforçar muito para não estremecer sob seu olhar intenso. Mas aquele não era o dia de discutir as razões pelas quais eu não estava dormindo à noite.

Levantei a mão até seu peito firme e a deslizei sobre a camiseta de algodão macio.

Griff a segurou.

— Sentiu minha falta? — perguntou ele.

— Você sentiu a minha?

— Sim.

A mão livre dele parou no meu peito, passando por ali antes de seguir para o meu pescoço. Ele tinha mãos tão grandes e dedos tão longos que seu toque começava na minha garganta e chegava até a nuca.

Um puxão e eu estava grudada nele de novo, sua boca quente e molhada na minha.

Levei minha mão à calça dele, deslizando-a entre nossos corpos para abrir o botão e o zíper. E então procurei pelo pau dele, encontrando-o duro e grosso sob o tecido de sua cueca boxer.

Assim que envolvi seu membro aveludado com a mão e o massageei, Griffin ergueu-se, me segurou pelas coxas e me jogou na cama.

Ele ficou por cima, seu peso contra mim enquanto sua boca deixava uma trilha de beijos quentes e molhados no meu pescoço. Em seguida, puxou minha legging, arrancando-a de mim.

— Tira a blusa — mandou ele, levantando-se e segurando a bainha da própria camiseta para tirá-la.

O corpo de Griffin era uma obra de arte de linhas robustas e força masculina. Os pelos em seu peito largo. Os braços definidos, ainda mais bronzeados do que o abdômen tanquinho. Aquele era um homem que se esforçava para manter o corpo forte. Que não acreditava em depilação ou bronzeado artificial.

— Winn. A blusa. Agora.

— Mandão.

Eu adorava aquele lado dele. Tirei minha blusa enquanto ele terminava de se despir.

As botas dele caíram fazendo um baque no carpete, seguidas pelo ruído leve de sua calça enquanto ele a tirava das pernas grossas. Ele me encarou e eu o encarei de volta, me embriagando com a visão de cada centímetro dele.

— Você me perguntou se eu estive com mais alguém — disse ele. — Não estive. Fiz um teste há poucos meses.

Minha boca salivou ao vê-lo massagear o próprio pau com força.

— Eu tomo anticoncepcional.

— Quero te foder sem nada, Winslow. Mas só se você quiser.

Winslow. O nome que eu sempre amei. Era um nome masculino, mas em sua voz profunda parecia tão suave e delicado. Se ele continuasse me chamando de Winslow, seria difícil me manter afastada dele.

— Eu quero.

As palavras mal saíram da minha boca e ele avançou, me pressionando contra a cama. A boca dele pegou um mamilo e meus olhos se fecharam, meus dedos se perdendo nas mechas escuras do seu cabelo.

Ele me torturou com aquela língua, chupando meus peitos e lambendo minha pele até meu corpo pulsar.

— Mais — implorei.

Ele deslizou a mão entre nossos corpos, descendo aqueles dedos calejados pela minha barriga. Pressionou a palma da mão no meu clitóris enquanto dois dedos longos entraram no meu corpo, brincando comigo até eu tremer.

— Griff.

Ele mordiscou minha orelha.

— Você quer gozar nos meus dedos ou no meu pau?

— No seu pau.

A mão dele desapareceu, e então ali estava ele, entrando em mim com um movimento forte e habilidoso dos quadris.

Soltei um grito enquanto me envolvia nele, minhas unhas marcando a pele firme de suas costas.

— Ah, meu Deus.

— Porra, como você é gostosa.

— Mais, Griff. Preciso de mais.

Ele obedeceu e se afastou antes de entrar de novo com força. Sem uma camisinha entre nós, eu sentia tudo. Cada. Centímetro. De novo e de novo. Ele conectou nossos corpos até todos os meus membros tremerem e minhas costas arquearem, meu corpo cedendo ao orgasmo mais intenso da minha vida.

Estrelas explodiram sob meus olhos. Minhas unhas rasgaram os ombros dele. Tremores tomaram conta do meu corpo enquanto eu me agarrava a

Griffin, incapaz de respirar. Incapaz de pensar. Incapaz de fazer qualquer coisa além de sentir.

— Caralho, Winn.

Griffin rosnou contra a minha pele, sem nunca desacelerar os movimentos. Ele prolongou meu orgasmo, pulsando e pulsando até me drenar. Depois, gozou dentro de mim, soltando um urro que ecoou pela casa toda.

Ele desabou sobre mim, relaxando o próprio peso. Passei meus braços ao redor dele e o abracei por um segundo antes de ele nos girar, nos mantendo conectados enquanto mudávamos de posição para eu me deitar em seu peito. Seus braços nunca deixaram meu corpo.

Nossos corações batiam forte, cada um em seu ritmo.

— É tão bom — disse ele, sem fôlego. — Toda vez. Eu devia ter medo disso.

— Eu também.

Mas, mesmo se houvesse medo, não era o bastante para fazê-lo ir embora. Quando a escuridão se consolidou do lado de fora das janelas, ele já havia me deixado completamente exausta.

E, pela primeira vez em dias, dormi a noite inteira.

CAPÍTULO DOZE

GRIFFIN

— Bom dia. — Me abaixei para beijar a cabeça de Winn, hesitando antes dos meus lábios tocarem seu cabelo.

Ela não era minha namorada. Exceto por ela dormir no meu peito depois do sexo, não trocávamos carinhos. Não ficávamos de mãos dadas nem saíamos juntos. Não era a primeira vez que eu a beijava para dar bom-dia ou para me despedir, só para depois lembrar que tínhamos imposto limites.

Porém, naquela última semana, eu tinha dormido todas as noites na casa dela. Não havia um centímetro do seu corpo que eu não havia provado.

Talvez a gente precisasse impor novos limites.

Foda-se. Rocei os lábios naquelas mechas de cabelo macias e fui em busca da cafeteira.

Ela me olhou sob aqueles cílios compridos.

— Bom dia.

Me servi uma xícara de café e fiquei em pé ao seu lado enquanto ela se inclinava sobre o balcão entulhado.

— Quais são seus planos para hoje?

— Trabalho. Meu dia está cheio de reuniões no tribunal. E você?

— Vamos mover o rebanho hoje.

Aqueles costumavam ser meus dias favoritos no rancho, quando eu passava o tempo todo em uma sela. Eu me levantava ao raiar do sol, ansioso por começar. Mas, naquele dia, eu já estava atrasado. O sol havia nascido e eu tinha certeza de que os rapazes já estavam no celeiro preparando os cavalos. Enquanto isso, eu ainda estava descalço e usando as roupas do dia anterior. Toda manhã, eu me demorava ali, na cozinha de Winn, cada dia um pouco mais.

— O que vai fazer no fim de semana? — Tomei um gole da minha caneca.

— Provavelmente vou passar um tempo com o vô. Talvez trabalhar um pouco e espero que mais um ou dois móveis cheguem hoje.

Essa tinha sido nossa rotina nas manhãs daquela semana. Acordávamos cedo e ela ia fazer café enquanto eu tirava o cheiro de sexo com um banho rápido. Depois, ficávamos em pé na cozinha, conversando sobre os próximos dias, adiando o inevitável momento em que eu ia para um lado e ela para outro.

Tínhamos um acordo subentendido. Winn tinha seus planos. Eu tinha os meus. Porém, no fim do dia, iríamos nos encontrar.

— Encontrei com o Frank ontem no mercado — disse ela, levantando o olhar para mim.

— E o que esse babaca conta de novo?

— Não o chame assim. — Ela me cutucou nas costelas. — Ele não ficou muito feliz de saber que estamos dormindo juntos.

— As pessoas estão falando por aí. — Como eu imaginei que fariam. Se não fosse a Emily, seria outra pessoa; era apenas uma questão de tempo. — Tudo bem por você?

— Tudo bem. — Ela assentiu. — Ele perguntou se éramos um casal. Eu o lembrei de que eu era uma adulta, que não era da conta dele, e que eu tomava minhas próprias decisões.

Sorri e tomei mais um gole, desejando que eu pudesse ver a cara do Frank quando ela lhe disse para não se meter. Ela devia ser uma das poucas pessoas da cidade que não ligava para as fofocas.

Em algum momento, ela provavelmente iria ligar. Eu vinha lidando com aquilo a vida inteira, mas era novidade para Winn.

— Não sou fã de rótulos, mas, se você precisar de um, se fosse ajudar com perguntas por aí...

Ela deu de ombros.

— Acabei de sair de um relacionamento de oito anos. Acho que o único rótulo que preciso agora é "solteira".

— Justo. — Eu estava satisfeito em apenas continuar curtindo o sexo.

— Mas talvez a gente deva definir um limite. Só para ter regras mais claras. Não ter que falar muito sobre o assunto.

Limite? Já odiei a ideia.

— Que tipo de limite? — perguntei.

— Não sei. Uma vez por semana?

Soltei uma risada de escárnio e tomei um gole.

— Que tal você ir ao rancho hoje à noite? Tem menos trânsito perto da minha casa do que na sua.

— Isso é um "não" para o limite, então.

Apoiei nossas canecas no balcão e a levantei. Ela ofegou quando a pus sentada ali. Suas pernas estavam nuas e a camisola que tinha vestido de manhã subiu até suas coxas esguias.

— É um "de jeito nenhum".

Eu cheguei mais perto, deslizando as mãos pelas pernas dela antes de abri-las para me acomodar no meio. Meu pau, sempre ereto perto dela, pressionou o zíper da minha calça.

— Que horas você tem que sair? — Ela colocou as mãos nas minhas bochechas e puxou meu rosto até nossos lábios se encontrarem.

— Mais tarde — murmurei, deixando-a controlar o beijo.

Sim, eu era ocupado. Mas, por algum motivo, sempre havia tempo para aquilo.

A língua dela passou pelo meu lábio inferior. O gosto dela, saborizado de café, invadiu minha língua quando a dela passou entre meus dentes.

Minhas mãos saíram das pernas dela para abrir minha calça. Depois, movi a calcinha dela para o lado e entrei em seu corpo apertado.

— Tão. Bom.

Winn enroscou os braços ao redor do meu pescoço e levantou as pernas, os calcanhares afundando na minha lombar. Ela se segurou em mim enquanto eu a penetrava de novo, o som do choque das nossas peles se misturando ao das nossas respirações ofegantes.

Fomos com tudo. E com força. Sempre que eu pensava em pegar leve, seus calcanhares me puxavam mais, me provocando. Um gemido saiu dos lábios dela antes do seu interior vibrar. Ela gritou a cada pulsada, seu orgasmo instigando o meu, e atingimos o ápice ao mesmo tempo.

Eu a segurei em meus braços até recuperar o fôlego, meu nariz enterrado em seu cabelo. O cheiro dela se fixou na minha pele e, por um segundo, esqueci como era a vida antes daquilo.

Daquele sexo. Daquele calor. Daquela mulher.

Talvez realmente precisássemos de um limite. Sempre que estávamos juntos, eu queria duas vezes mais. E, um dia, teria que encerrar tudo. Antes que emoções aparecessem e tivéssemos um problema a resolver.

Talvez fosse tarde demais para evitar um problema.

Me afastei e me levantei, e daquela vez, quando meu olhar encontrou seus olhos azuis brilhantes, não me permiti me aproximar para beijá-la.

— Até de noite.

— Até. — Ela afastou uma mecha de cabelo do rosto quando desceu do balcão da cozinha.

Saí da casa sozinho e o ar frio da manhã ardeu na minha pele quente. O caminho até minha casa foi tranquilo, as ruas estavam praticamente desertas àquela hora. Contudo, quando cheguei ao rancho, já havia muita coisa acontecendo, à minha espera.

Cinco veículos estavam estacionados na frente da minha casa. Quatro eram da equipe que trabalhava no rancho. O quinto era o Cadillac da minha mãe.

Estacionei e corri até a porta da frente. O cheiro de café me recebeu e segui meu olfato até a cozinha, onde minha mãe olhava pela janela com vista para o quintal.

— Bom dia, mãe. — Eu a envolvi em meus braços, em um abraço lateral.

— Você está com cheiro de mulher.

— Porque eu estava com uma mulher.

Ela suspirou.

— De acordo com o seu pai, Winslow Covington é uma boa policial e boa para Quincy.

— Eu concordo. — Soltei minha mãe, fui até o armário para pegar uma xícara de café e me servi.

— Vocês estão... — Ela levantou a mão antes de terminar a própria pergunta. — Na verdade, deixa para lá. Eu não quero saber. Prometi a mim mesma quando meus filhos se formaram que não iria me meter em suas vidas amorosas. E, sinceramente, prefiro assim.

Eu ri.

— O que você tem planejado para hoje?

— Me esconder.

— De quem?

— Do seu pai. Ele está chateado comigo. — Ela soltou um grande suspiro. — Tivemos uma briga sobre o Briggs.

— Eita. O que aconteceu?

— Eu fui à cabana dele ontem à tarde. Fiz algumas tortas e achei que ele iria querer uma. Griffin... — Ela balançou a cabeça. — Quando você nos falou sobre ele, eu acreditei em você, mas não achei que estivesse tão ruim assim. Eu bati na porta e ele não fazia ideia de quem eu era. Simplesmente não me reconheceu.

— Merda. Sinto muito, mãe.

Ela fungou e enxugou o canto do olho.

— Ele é meu irmão também. Desde que me casei com seu pai. Vê-lo assim é de partir o coração.

— Eu sei. — Eu a puxei para mim.

— Não deixe de dar valor à sua mente, Griffin. Ou ao seu coração. Esses são os seus grandes presentes. E não temos certeza de que os teremos amanhã ou depois. — Ela fungou de novo, depois ergueu o queixo. Porque ela era a minha mãe. Ela nunca abaixava a cabeça. — Seu pai está em negação. Quando eu lhe contei o que aconteceu com o Briggs, ele não acreditou. Deu uma desculpa de que eu estava com um visual diferente porque estava com o cabelo preso.

— Sim, acho que ele não acreditou em mim também.

— Quando a mente do pai dele começou a falhar, foi terrível. Ver isso acontecer com o irmão... Acho que ele tem medo de ser o próximo.

Aquele também era o meu medo. Não sabia se conseguiria lidar caso meu pai olhasse para mim e não lembrasse o meu nome.

— Não podemos deixar isso de lado — falei. Não apenas porque ele poderia se machucar, mas porque poderia machucar outras pessoas.

Durante a última semana, desde que eu havia levado as botas para Winn na delegacia, estivera pensando sobre essa situação. Briggs provavelmente havia encontrado as botas quando estava em uma trilha. Ele nunca sabia o que estava acontecendo na cidade, e, mesmo que tivesse ouvido falar do suicídio de Lily Green, duvido que tivesse conectado os pontos.

Eu tinha certeza de que ele devia ter imaginado que ela morrera com os sapatos nos pés. Winn me contara que eles tiveram confirmação de que as botas eram da Lily.

Mas aquele surto na caminhonete, quando discutimos sobre em que mês estávamos, me assombrava todos os dias. Briggs não era um homem violento. Porém, havia momentos em que ele não era o Briggs.

Será que ele havia encontrado com a Lily? Será que ele a vira em Indigo Ridge e fizera algo impensável?

Não. Nunca. Ele não teria se dado o trabalho de tirar as botas dela. Não, ela que devia ter feito aquilo. Ela que devia ter pulado.

Não havia uma conexão entre Lily Green e Briggs Eden.

— Dê um tempo para o pai. Ele vai tomar a decisão certa.

— Vai, sim. — Ela se afastou e jogou o restante do café na pia, depois lavou a xícara. — O que você vai fazer hoje?

— Mover o rebanho para a floresta.

— Então vou te deixar em paz. Eu só queria te ver. Você anda sumido.

— Eu te vi na terça-feira.

— Por cinco minutos, quando foi deixar a correspondência. — Ela se virou e saiu da cozinha, parando antes de desaparecer no corredor em direção à porta. — Traga a Winslow para jantar um dia desses.

— Não é bem esse tipo de relacionamento, mãe.

— Ah, eu sei exatamente qual é o seu tipo de relacionamento. Mas você pode trazê-la mesmo assim. Seu pai fala tão bem dela que eu gostaria de conhecê-la. Imagino que ela vai continuar a fazer parte da comunidade por muito tempo, mesmo depois de vocês terem terminado. Covie é a única família que ela tem agora que os pais faleceram, e gostaria que ela soubesse que tem mais gente, além do avô, torcendo para que Quincy seja seu novo lar.

— Espera aí. — Havia muita coisa boa naquela fala. Como o coração aberto e acolhedor da minha mãe. Mas minha cabeça focou outra coisa. — Os pais dela morreram?

— Já faz alguns anos, acho. Eles morreram em um acidente em Bozeman.

Eu tinha visto a foto deles no escritório dela na semana anterior. Eu os tinha conhecido alguns anos atrás no Willie's, quando vieram visitar Covie. Como eu dormira com Winn todo aquele tempo sem saber que seus pais haviam morrido?

— Eu não sabia.

— Covie não falava muito sobre isso. Ele não contou para muitas pessoas na cidade que eles morreram.

— Sério? Por quê?

— Ele perdeu o filho e a nora. Acho que eram muito próximos. Todos lidamos com o luto de jeitos diferentes. Acho que Covie passou por um período de negação. Fingir que nada mudou era seu jeito de processar tudo. E ele passou muito tempo com Winslow em Bozeman. Ele comentou com o seu pai uma vez que ela estava passando por um momento difícil.

Caralho, como assim? Eu odiava que minha mãe soubesse mais sobre aquilo do que eu. Por que a Winn não tinha me contado? Talvez ela achasse que eu já sabia. Mesmo assim, ela nem deu a entender que eles tinham morrido. Na verdade, não havia falado muito sobre eles além de me lembrar de que o pai crescera em Quincy.

Abri a boca para perguntar mais sobre o assunto, mas a campainha tocou.

— Eu atendo. — Ela desapareceu no corredor. Quando abriu a porta, reconheci a voz do Jim.

— Ele está tomando café — disse minha mãe. — Griffin?

— Já vou. — Terminei minha bebida, fui para o corredor e saí pela porta, onde meus homens estavam esperando.

Depois de pegar meu chapéu Stetson favorito, me despedi da minha mãe e fui ao celeiro. Todos já haviam selado seus cavalos, então fui até o estábulo de Júpiter.

— E aí, cara?

Passei a mão pelo rosto amarelo de Júpiter, deixando-o se esfregar em mim antes de começar a rotina que havia feito mil vezes, penteando-o antes de colocar a sela.

Júpiter era meu cavalo havia dez anos. Era o melhor que eu já tivera. Forte e confiante, e com um coração enorme. Nos dias em que precisava espairecer, ele me ajudava. Cavalgávamos pelo vale ou pela floresta e eu deixava todo o peso dos meus ombros no ritmo constante do seu galope.

Eu o conduzi para fora do estábulo, peguei minhas calças de couro de montaria favoritas, e juntos fomos para o sol.

— Pronto para um longo dia?

Júpiter respondeu cutucando meu ombro.

Sorri e mexi no pelo preto entre suas orelhas.

— Eu também.

Como prometido, o dia foi longo. Cobrimos muitos quilômetros e levamos o rebanho para o seu lar de verão, perto das montanhas, que alugamos do serviço florestal. Os animais teriam mais grama do que conseguiriam comer e, com eles ali, os riscos de incêndio na floresta eram reduzidos.

No caminho de volta, me afastei dos rapazes. Eles foram para os estábulos na casa dos meus pais, onde guardavam seus cavalos. Era um benefício de trabalhar no rancho: alojamento de graça. Enquanto isso, segui sozinho para a minha casa.

Ela era uma bela visão.

Assim como a mulher ao lado de seu Durango na entrada.

Desci de Júpiter e fui ao encontro de Winn, sentindo minhas pernas rígidas e cansadas. Ela estava deslumbrante de calça jeans e blusa verde-acinzentada.

— Quando eu vier aqui, preciso que você esteja usando isso. — Ela apontou para o meu chapéu, minha calça de couro e minhas botas. — Toda vez.

Eu ri enquanto ela se aproximou.

— Passei o dia todo numa sela. Estou fedendo a cavalo.

— Não ligo. — Ela ficou na ponta dos pés e se aproximou dos meus lábios.

Eu me inclinei, pronto para encontrar sua boca, quando meu cavalo enfiou o nariz entre nós.

— Dá licença? — brinquei.

Winn riu.

— Quem é esse?

— Júpiter.

— Júpiter. Nome interessante para um cavalo.

— Foi Eloise que escolheu. Meu pai comprou oito cavalos dez anos atrás. Ela estava fazendo um projeto de ciências para a escola, algo sobre o sistema solar, então deu nome de planetas para todos.

— Gostei. — Ela esticou o braço, hesitando por um segundo, antes de tocar a bochecha do cavalo. — Oi, Júpiter.

Ele se esfregou na palma da mão dela. Meu cavalo era o mais inteligente de todos. Ele sabia quando estava em boa companhia.

— Vou levá-lo para dentro. Pode entrar. Sinta-se em casa.

Ganhei o beijo que queria, depois pisquei para ela e fui com Júpiter até o celeiro. Depois de acomodá-lo, voltei para a casa e a encontrei na varanda, balançando-se em uma cadeira.

Ela estava com uma cerveja na mão e outra pronta para mim.

Que bela visão.

Na maioria dos dias, eu voltava para uma casa vazia e torcia para ninguém aparecer na minha porta. Ansiava por um tempo sozinho, um momento para relaxar. Mas eu não tivera uma noite a sós a semana inteira. E, naquele momento, eu nem queria.

— Achei que iria precisar de uma dessas. — Ela apontou para a cerveja quando cheguei na varanda.

— Opa. — Me sentei e levei a cerveja aos lábios para matar a sede.

Ela bebeu da sua cerveja enquanto seus olhos passearam pelas minhas pernas.

— Você fica sexy naquele cavalo, caubói.

— O que eu vou ganhar por isso?

— Tome um banho e vai descobrir.

Eu ri, me inclinei sobre o braço da cadeira e fiz sinal para ela se aproximar. Depois, beijei o canto da sua boca antes de deixá-la na varanda e entrar para tomar um banho.

Com uma toalha no cabelo e vestindo apenas uma calça jeans, saí do quarto principal e peguei meu celular.

Havia sete ligações perdidas e uma dúzia de mensagens não respondidas. Todas eram de parentes e, apesar de saber que eu deveria descobrir o que estava acontecendo e lidar com qualquer problema antes que ficasse fora de controle, ignorei tudo e fui procurar a Winn.

Eu esperava encontrá-la dentro da casa, mas, pela janela da sala de estar, eu a vi sentada na mesma cadeira, balançando de leve com os olhos fixos nas árvores e nas montanhas no horizonte.

Ela parecia em paz. Talvez mais em paz do que nunca, incluindo as vezes em que a vi dormindo.

Meu coração parou. A toalha caiu da minha mão. Minha mão apertou meu peito.

Ela estava perfeita naquela cadeira.

Tão linda que eu queria aquela visão toda noite.

Merda. Era para aquilo perder a graça depois de um tempo. Já devia ter perdido a graça. Eu *precisava* que perdesse a graça. Meu foco precisava ficar no rancho. Na minha família.

Aquele pensamento não me impediu de ir para fora, tirá-la da cadeira e carregá-la até o quarto.

Ia perder a graça.

Mas ainda não.

CAPÍTULO TREZE

WINSLOW

— Teve algum problema com ele? — perguntou Mitch.

— Só o fato de que ele veio chorando o caminho todo até aqui.

Olhei pelas barras da cela para o homem que eu havia prendido por dirigir alcoolizado. Ele se sentou no colchonete, a cabeça nas mãos, ainda chorando. *Babaca*. Talvez ele aprendesse uma lição.

Ah, como eu odiava o feriado do Dia da Independência.

— Espero que seja o último — falei.

Mitch suspirou.

— Ainda é cedo. Aposto que vamos trazer mais um ou dois.

— Não temos espaço para isso. — As cinco celas estavam ocupadas com outros babacas.

— A gente coloca dois em cada cela, se precisar. Ano passado tivemos que colocar três em cada.

— Vamos torcer para ninguém se machucar.

— Concordo. — Ele assentiu. — Mas, ei, pelo menos não tivemos brigas em bares este ano. Dois anos atrás tivemos uma confusão no Old Mill. Foi pesado. E ano passado tivemos seis meninas que brigaram no Big Sam's Saloon. Foi ainda pior. Brigas entre mulheres são intensas.

Eu ri, seguindo-o até a área de espera.

— Sim, são mesmo.

Os bares da cidade estavam fechados. O rodeio havia terminado. Naquela hora, com sorte, só teríamos que lidar com os idiotas que ainda não tinham ido para casa. Os que decidiram continuar com a festa e causar confusão.

Mitch estaria ali para prendê-los assim que os outros policiais os trouxessem.

As chaves em seu cinto faziam barulho conforme andávamos. Na equipe, o Mitch era meu favorito. Seu corpo alto e robusto o tornava um homem intimidante, mas eu descobrira que ele era gentil e bondoso.

Eu não recebia muitos sorrisos na delegacia. Geralmente, quando isso acontecia, vinham da Janice. E do Mitch. Ele sempre tinha um pronto para mim quando eu chegava de manhã cedo, antes de o turno começar.

Quando passamos pela última cela, o primeiro homem preso estava no seu colchonete, roncando mais alto que um urso.

Mitch apenas balançou a cabeça e apertou o botão na parede para sinalizar que estávamos prontos para sair.

Allen esperava do outro lado da porta de segurança. Ele havia trocado de turno para ajudar com as patrulhas daquela noite.

Todos os membros da minha equipe estavam de plantão, até a equipe administrativa. O xerife do condado e sua equipe vieram à cidade para ajudar a lidar com a multidão e patrulhar as ruas. A comemoração do Dia da Independência em Quincy era uma avalanche de atividades. Tínhamos passado a semana inteira nos preparando; em poucas horas, iria acabar.

Graças a Deus.

Bocejei e procurei pelo molho de chaves no meu bolso. Eram as chaves do carro que eu havia usado para fazer uma patrulha de duas horas.

— É todo seu. — Entreguei as chaves para Mitch. Ele e Allen iriam juntos na próxima patrulha.

— Obrigado, chefe.

— Winslow — corrigi.

Ele assentiu, mas eu suspeitava que ele iria continuar me chamando de "chefe".

— Vai para casa?

— Vou. — Bocejei de novo e olhei para o relógio na parede. Três da manhã. Eu tinha chegado às quatro no dia anterior. — Me liga se precisar de algo.

Ele assentiu.

— Pode deixar.

— Boa noite, Allen.

— Boa noite, chefe. Te vejo na segunda.

— Tecnicamente, é amanhã, não é?

— Acho que sim. — Ele esfregou a mão no rosto. — Não me dou bem no turno da noite.

— Nem eu.

Acenei em despedida e fui até o escritório pegar minha bolsa antes de sair da delegacia, onde o Durango estava estacionado havia cerca de vinte e quatro horas.

Sentei atrás do volante e deixei meus ombros relaxarem.

— Que dia.

As celebrações tinham começado com um desfile na Main Street. Minha equipe fechara a rua e colocara sinais de desvio para o trânsito que precisava passar por Quincy. Policiais estavam posicionados nas duas extremidades da rua para guiar os pedestres e dar sinal para os carros passarem. Eu perdi a maior parte do desfile — balões, cavalos e carros de colecionadores —, pois estava ocupada andando pela calçada e observando a multidão.

A equipe de limpeza tinha vindo em seguida e eu conseguira trinta minutos para almoçar na minha mesa. Depois, metade dos policiais tinham saído em suas viaturas para patrulhar, e o restante de nós foi até a área onde haviam montado as barracas e o parque de diversões para se preparar para o rodeio à noite.

Durante a corrida de barris, eu conversara com o xerife do condado para saber mais sobre ele e sua equipe. Durante o *bulldogging*, escoltara um caubói bêbado que tinha vomitado atrás dos banheiros químicos para fora do evento, mandando-o dormir e se recuperar em seu trailer. E, durante o laço em dupla, ajudara uma menina perdida a encontrar os pais.

No final da noite, porém, quando o sol se pôs e a temperatura caiu, eu tinha conseguido um momento de paz para me encostar na cerca e respirar. Os holofotes banhavam a arena com seus brilhos intensos, escondendo as estrelas no céu. A montaria em touro era o evento final, e, enquanto jovens rapazes subiam nas costas de criaturas imensas, rezando para ficarem ali por oito segundos, foquei as arquibancadas e procurei Griffin.

Ele estava sentado perto da grade e, mesmo do outro lado da arena, seu sorriso fazia meu coração acelerar. Todas as fileiras estavam lotadas e ao redor de Griffin não era diferente. Eu havia reconhecido sua família ao seu lado.

Os Eden chamavam tanta atenção quanto os peões de rodeio. Ao passar, as pessoas acenavam ou paravam para cumprimentá-los. Como se soubesse que eu estava observando, Griffin procurara pela cerca, encontrando meu olhar.

Em um mar de gente, sobre o barulho e sob as luzes, o olhar dele fazia o resto do mundo sumir.

O Dia da Independência era sinônimo de problema.

Naquele momento, com aquele único olhar, eu sabia que havia um problema.

O que era para ser casual estava virando saudade. Tínhamos ultrapassado a linha do "sem complicações" havia semanas. Qualquer limite definido tinha sido destruído. Eu tinha me afastado da minha vida com Skyler depois de oito anos juntos. Oito *anos*. Mas a ideia de me afastar de Griffin parecia impossível, e estávamos juntos havia apenas um mês.

Ele havia me encarado, tomando um gole da cerveja, o sorriso sexy se abrindo mais. Depois, se mexera para pegar o celular do bolso e o meu apitara pouco depois, avisando que tinha chegado uma nova mensagem.

Vá para minha casa hoje quando terminar aqui.

Já haviam se passado horas desde aquela mensagem. Depois do rodeio, minha equipe tinha ido para o parque ao lado do rio, onde os bombeiros do condado prepararam um show de fogos de artifício. Organizamos a área naquela semana para garantir que haveria espaço para viaturas e ambulâncias passarem.

Assim como tinha acontecido com o desfile e o rodeio, não consegui assistir muito do show de fogos. Peguei o final, depois de expulsar um grupo de adolescentes para longe da água, onde estavam fumando *vape*.

Não vi Griffin no parque, mas não tivera tempo de procurá-lo. Logo depois que o parque esvaziara, eu tinha voltado à delegacia para cumprir meu turno de patrulha.

Aparentemente, não era algo que o antigo chefe fazia. Quando eu havia anunciado a programação na reunião, incluindo meu nome, todos os policiais, menos Mitch, tinham me lançado olhares estranhos.

Então... nada fora do normal.

Tecnicamente, eu poderia ir para casa e dormir. Não dormia na minha casa havia uma semana, tinha ficado na casa do Griffin. Mesmo assim, quando saí do estacionamento da delegacia, guiei meu carro até o rancho Eden.

A luz da varanda estava acesa quando estacionei. Minhas pálpebras estavam pesadas e meus pés se arrastavam. Subi a escada da varanda, esperando encontrá-lo na cama e dormindo, mas, antes que eu pudesse tocar na maçaneta, a porta se abriu.

— Oi. — Ele abriu os braços.

Eu me deixei cair neles, apoiando-me na sua força.

— Oi.

— Deu tudo certo?

— Na maioria das vezes.

— Algum acidente?

— Não.

E eu rezava para acordar na manhã seguinte sem que aquilo tivesse mudado. O trabalho havia me salvado naquela noite. Me impedira de pensar numa noite de verão muito parecida com aquela.

— Vem para a cama. — Ele beijou meu cabelo.

— Ok, mas você vai ter que fazer tudo hoje.

Ele riu, depois se inclinou e me carregou nos braços.

Cansada demais para analisar excessivamente a situação, me acomodei em seu peito e deixei ele me levar até o quarto.

Griff tirou minhas roupas, mas me deixou de calcinha. Depois, tirou a camiseta do próprio corpo e a vestiu em mim.

— Durma.

— Tá bom.

Eu queria sexo. No dia seguinte.

Naquele momento, me enfiei nos travesseiros, absorvi seus cheiros e só fiquei acordada tempo o suficiente para sentir seu peito quente nas minhas costas. Depois, peguei no sono, grata por não estar sozinha naquela noite.

Acordei arfando. Um grito silencioso ficara preso na minha garganta. Meus olhos estavam abertos, mas eu não conseguia ver o quarto escuro de Griffin. O sangue estava espesso demais.

Fechei meus olhos com força. *Por favor. Pare.* O sangue escorria.

Griffin se mexeu atrás de mim, mas não acordou quando saí de seu abraço forte e andei pelo chão de madeira, fugindo do quarto.

Eu devia ter imaginado. Eu devia saber que haveria um pesadelo naquela noite. Inocentemente, achei que a exaustão seria mais forte. Que eu iria dormir pelas últimas horas daquele dia.

O relógio do micro-ondas mostrava quatro e trinta e dois. Eu tinha dormido uma hora, no máximo. Os primeiros raios de sol brilhavam no horizonte, mas as estrelas continuavam no céu.

Peguei um cobertor do sofá, fui até a porta e a abri devagar para sair. Senti as tábuas da varanda frias sob meus pés descalços, e a cadeira de balanço estava úmida pelo orvalho. Me enrolei com o cobertor, depois me acomodei na cadeira e deixei o ar da manhã dissipar o cheiro de morte.

A casa do Griffin ficava no centro de uma clareira. Era cercada de árvores por todos os lados, mas elas estavam longe o suficiente da varanda para eu ver a cordilheira ao longe. As montanhas saltavam do horizonte, seus picos brilhando com a luz do sol e a neve. Nas extremidades, o céu estava em um tom de amarelo tão claro que era quase branco.

O nascer do sol. Um novo dia. Cinco de julho. O marco de mais um ano sozinha.

Sentia falta deles. Esperava que aquilo nunca mudasse.

— Ei. — A voz rouca de Griff quebrou o silêncio.

— Oi. — Virei-me e o encontrei na porta que não ouvi abrindo. — Você devia voltar para a cama.

Ele balançou a cabeça, o cabelo bagunçado, e saiu da casa vestindo apenas a cueca. Fez sinal para eu sair da cadeira.

Eu não podia voltar a dormir, não naquele momento. Mas ele não tinha dormido muito mais do que eu, então eu voltaria para a cama e ficaria lá deitada até ele cair no sono, depois fugiria de novo para a varanda.

Quando me levantei, no entanto, ele não me guiou para dentro. Em vez disso, tirou o cobertor dos meus ombros, jogou por cima dos seus e roubou meu lugar.

— Senta aqui.

Ele bateu no próprio colo. O tecido da cueca esticava-se sobre os músculos das coxas. As olheiras mostravam que seu dia também havia sido longo.

— Você não precisa ficar aqui.

— Senta. Para me aquecer.

Suspirei, mas me sentei em seu colo, me aninhei em seus braços e nos acomodamos sob o cobertor. Em seguida, ele começou a balançar a cadeira com movimentos lentos e calculados.

— Desculpa por ter te acordado.

— Você precisa descansar. Ficou em pé o dia inteiro. O que aconteceu?

— Foi só um pesadelo.

— Quer conversar?

Sim. Não. Os pesadelos eram meu segredo. Minha dor. Mesmo quando Skyler e eu morávamos juntos, eu não havia contado para ele o motivo que me fazia acordar no meio da noite. Ele suspeitava que havia algo de errado, mas nunca tinha perguntado nada.

Porque os sonhos eram reais. Eram pesados. E ele não era o tipo de pessoa que ajudava a carregar peso nenhum.

— Eu não quero te incomodar — falei. — Você parece já ter muito peso nas costas.

O corpo dele ficou tenso. O balançar parou.

Quando olhei para cima, ele estava franzindo a testa.

— O que foi?

A tensão no rosto dele se desfez. Seus braços me abraçaram mais forte.

— Você deve ser a pessoa mais intuitiva que eu conheço.

— Não sei, não. — Apoiei minha testa no ombro dele. — Foi só uma observação.

Ele começou a nos balançar de novo e, por alguns minutos, o único som era do seu coração batendo e dos pássaros nas árvores cantando com o amanhecer.

— Sou o filho mais velho — começou ele. — Isso sempre me coloca numa posição diferente com minhas irmãs. Com meu irmão mais novo também. Quando éramos crianças, eles levavam os problemas para nossos pais. Quando ficaram mais velhos, esses problemas passaram a vir para mim. Principalmente depois que assumi o rancho. Sou o exemplo. O mediador.

— Isso te incomoda?

— Não.

Porque Griffin era o tipo de homem que estava sempre pronto e disposto a ajudar.

— Mas é um peso — continuou. — Eu preciso estar presente para eles. Não quero decepcioná-los. E não quero falhar com o rancho.

— Está tudo bem com o rancho?

— Sim, tudo bem. Só dá muito trabalho.

— E você gosta?

— Gosto. — Ele assentiu. — Não me imagino fazendo outra coisa.

— Sinto o mesmo sobre ser policial.

Ele prendeu uma mecha de cabelo atrás da minha orelha.

— Como você começou?

— No meu último ano do ensino médio, eu trabalhei como assistente na secretaria da escola. A policial que trabalhava lá era uma mulher linda. Ela era simpática e graciosa. Belíssima, mas você também sabia que não devia mexer com ela.

— Como você.

Sorri.

— Uma vez, perguntei como ela virou policial. Estava tendo dificuldade para decidir se deveria ir para a faculdade ou para uma escola técnica. Todo mundo na minha escola parecia saber exatamente o que queria fazer, e eu não. Um dia, eu estava no escritório, ela também, então perguntei por que ela decidiu se tornar policial.

Aquela conversa tinha mudado minha vida. Ela me dera dez minutos de atenção, só dez minutos, mas tinham sido aqueles dez minutos que haviam me conduzido até ali.

— Ela me disse que, quando era adolescente, também não sabia o que queria fazer — continuei. — E, quando estava considerando todas as opções, seu pai lhe deu um ótimo conselho. Quando não se tem uma ambição clara em mente, servir os outros é um propósito honroso. Ela não queria ser enfermeira ou professora. Então foi para a academia de polícia. Fui para casa naquela noite e contei aos meus pais que queria descobrir o que precisava fazer para me tornar uma policial.

— E olha só no que deu.

— Olha só no que deu.

— Como seus pais reagiram?

— Como esperado. Ficaram preocupados. Com razão. Foi difícil, muito difícil. Homens não costumam me levar a sério. É uma profissão perigosa. Mas eu acredito, do fundo do meu coração, que estou fazendo a coisa certa. Que, pelo fato de eu ser mulher, sou capaz de lidar com algumas situações horríveis de uma maneira diferente de como um homem faria.

Como em casos de estupro. De violência doméstica. Trabalhei com vários policiais homens incríveis, mas havia casos em que uma mulher só aceitava conversar com outra mulher. Aqueles casos, por piores que tivessem sido, solidificaram minha decisão.

— É isso que te impede de dormir à noite? Essas situações horríveis?

— Não. — Soltei um longo suspiro. — Mas, como eu disse, não quero te incomodar.

— Não é incômodo nenhum te ouvir, Winn.

Falar sobre aquele assunto doía. Nas poucas vezes que o vô quisera conversar sobre o acidente, cada palavra havia arranhado e cortado minha língua. Tinha sido anos atrás, e desde então eu sempre havia desviado do assunto. Ignorar a dor era mais fácil. Não era?

Algo tinha que mudar. Algo tinha que ficar para trás. Aqueles pesadelos não poderiam durar para sempre. Talvez porque eu estivesse guardando tudo por tanto tempo, os pesadelos fossem o jeito que meu coração tinha encontrado para ter algum alívio.

— Meus pais morreram cinco anos atrás. — Uma frase e meu peito já fervia de dor.

— Minha mãe comentou outro dia.

— Foi no Dia da Independência. Estavam de carro, saindo de uma festa na casa de um amigo nas montanhas. O carro deles foi atingido por outro. O motorista estava mexendo no celular.

— Nossa. — Griffin tocou sua testa na minha têmpora. — Sinto muito.

Engoli em seco, suportando a dor.

— Eu fui a primeira policial no local.

O corpo dele enrijeceu. O balançar cessou de novo.

— Era meu último ano como patrulheira — continuei. — Eu já tinha me candidatado para uma promoção. Meus pais estavam muito felizes que eu não iria mais passar tanto tempo na rua. Quando a chamada veio no meu rádio, eu... não sei explicar. Senti um nó se formar no meu estômago. Eu sabia que, quando chegasse lá, seria ruim.

Ruim era um eufemismo.

— Quando você chegou lá, eles estavam...

Mortos.

— Sim. Encontrei o outro motorista primeiro. Ele tinha sido arremessado do carro. Seu corpo estava no meio-fio.

O sangue formara uma poça em volta do seu rosto lacerado. Ele tinha apenas dezoito anos. Uma criança. Era difícil odiar uma criança, mas durante cinco anos eu tinha conseguido.

— Foi uma colisão de frente a sessenta quilômetros por hora. Meus pais... — Meu queixo tremeu e eu fechei os olhos com força.

Aquilo que as pessoas diziam sobre o tempo curar tudo é mentira. Não havia tempo que tornasse mais fácil reviver aquela noite. Nem uma hora. Nem um dia. Nem cinco anos. Porque todo dia que passava era um dia em que não estivemos juntos.

A mãe e o pai ficariam orgulhosos de me ver em Quincy. O pai teria me avisado sobre a roda de fofocas e feito o possível para me proteger disso, como Griff fazia. A mãe teria insistido em me visitar todo fim de semana até a casa estar pronta e perfeita.

— É isso que você vê nos seus sonhos — sussurrou Griffin.

Assenti.

Os dois estavam usando cintos de segurança. Eles ficaram presos aos assentos, seus corpos destruídos depois de o carro ter capotado seis vezes e parado de cabeça para baixo.

— Os olhos do meu pai estavam abertos. Minha mãe, ela, seu corpo... — Meus olhos se encheram de água. As palavras doíam demais. — Não consigo.

— Não precisa.

Olhei para as árvores, me permitindo um instante para respirar enquanto Griffin começava a nos balançar de novo.

— Eles não sofreram — sussurrei. — Foi instantâneo.

— Eu sinto muito mesmo, Winn.

Os braços de Griffin me apertaram, e, quando a primeira lágrima rolou pela minha bochecha, ele continuou me abraçando. Ele me abraçou quando enfiei meu rosto em seu pescoço e chorei pelas pessoas que eu amava mais do que tudo no mundo.

Quando me recompus, o sol havia nascido sobre os picos das montanhas.

— Obrigada por me ouvir. — Enxuguei minhas bochechas.

— Sem problema.

— Você é bom nisso.

— Muita prática. Tenho cinco irmãs.

— Não. — Coloquei minha mão em cima do coração dele. — É quem você é.

Ele beijou meu cabelo, e, durante todo o tempo em que ficamos juntos na cadeira, seus braços não me soltaram.

— O que vai fazer hoje? — perguntou ele.

— Não tenho nada planejado. — Dormir. Em algum momento, eu tinha que tentar dormir.

Ele me levantou e me pôs em pé. Depois, traçou as sardas no meu nariz.

— Passe o dia aqui.

Nunca passávamos o dia juntos. Aquilo sempre tinha sido um limite. E, como todos os outros, quebrá-lo foi tão natural como respirar.

— Tá bom.

CAPÍTULO CATORZE

GRIFFIN

Uma manhã em uma cadeira de balanço e o mundo mudou. Era como ir dar uma volta, desviar do trajeto para olhar algo de um ângulo diferente e então descobrir que o caminho original era insuficiente em todos os sentidos.

Eu estava na dela.

Completamente na dela.

A mudança havia acontecido algumas semanas antes. Ou talvez tivessem sido algumas pequenas mudanças ao longo do caminho. No dia anterior, durante as atividades anuais de Quincy, eu tinha percebido como a vida podia ser diferente com Winn. O feriado sempre tinha sido divertido. Ocupado, mas divertido. Mas eu sempre tivera dificuldade de relaxar e curtir o dia.

Naquele ano, eu tinha passado a maior parte do tempo procurando por ela, encontrando-a na multidão dos eventos. Então a tinha visto no desfile, andando pelas calçadas com uma expressão focada no rosto. Depois que o caminhão de limpeza passou, ela desapareceu; provavelmente havia voltado para a delegacia, e foi difícil não ligar para ela e ver como estava.

Em vez disso, eu havia saído pela cidade para ajudar meus irmãos. Knox precisava de apoio no restaurante na hora do almoço, então parei no Eloise para pegar suprimentos. Havia uma fila de espera de noventa minutos, o que não parecia desestimular ninguém.

Eu tinha deixado Knox trabalhando na cozinha, seu ambiente natural e exatamente onde ele queria estar, depois tinha ido ao café, porque a Lyla também estava precisando de uma ajuda. Algum idiota tinha entupido o banheiro, então eu o desentupi e tirei o lixo.

Todo mundo da família Eden estava contribuindo. Meu pai tinha virado um faz-tudo, indo de um lado para o outro da cidade, para a loja de ferramentas ou o mercado, para ajudar quem precisasse. Minha mãe e Talia estavam ajudando Lyla, fazendo e servindo café. Mateo estava no hotel, ajudando a Eloise, se certificando de que todos os hóspedes estavam sendo bem atendidos no fim de semana lotado.

Quando a comunidade saíra da Main Street em direção à área da festa, minha família conseguira se reunir por um tempo. Nos sentamos nos nossos assentos de sempre para o rodeio. O café estava fechado, assim como o restaurante do Knox. A equipe do Eloise estava de plantão, então conseguimos nos juntar para tomar algumas cervejas e comer cachorro-quente.

O rodeio de Quincy era uma tradição de longa data, assim como o Natal ou o Dia de Ação de Graças. Era um dos poucos eventos a que sempre fazíamos questão de ir juntos, mesmo que significasse fechar os negócios. Porém, naquela noite, embora estivesse cercado pela minha família, eu havia sentido falta de alguma coisa.

Só mais tarde, quando eu olhara para o outro lado da arena e vira Winn na cerca, é que eu tinha entendido: o que faltava era ela.

Outra mudança.

Ela deveria estar ao meu lado, não sozinha.

Especialmente naquele dia.

Eu queria ter sabido antes sobre os pais dela. Ela provavelmente havia trabalhado o dia todo para se distrair. Naquele momento, se a única maneira que eu tivesse de ajudar fosse continuar fornecendo distrações, então faria tudo ao meu alcance.

— Seu secador de cabelo é melhor do que o meu. Acho que vou ter que roubá-lo — disse ela, saindo do quarto principal para o corredor.

Depois que saímos da cadeira de balanço e entramos, eu a levara para o quarto para alguns orgasmos antes do banho. Enquanto eu me vestia e ia para a cozinha preparar café, ela se arrumara também.

Geralmente ela ia para casa tomar banho. Naquele dia, não. Naquele dia, ela não iria sair da minha vista.

— O secador de cabelo é graças à Talia. — Eu ri e lhe entreguei uma caneca fumegante. — Minhas irmãs costumam dormir aqui quando temos algum evento familiar no rancho. Assim elas não precisam dirigir até o centro se tiverem invadido a adega dos meus pais. Talia decidiu que, já que elas eram as únicas pessoas que iriam usar os quartos de hóspedes, seria bom terem coisas para se arrumar aqui.

Winn bebeu o café.

— É muito fofo da sua parte deixá-las dormir aqui.

Dei de ombros.

— Quando se trata das minhas irmãs, tenho isso em comum com o meu pai: elas mandam e eu obedeço.

— Ainda assim, é fofo.

— Que tal ovo pro café da manhã? — Eu fui até a geladeira. — Bacon ou salsicha?

— Tanto faz. Posso ajudar?

Balancei minha cabeça em negativa e peguei a salsicha.

— Pode se sentar.

Ela se sentou em um banco na ilha da cozinha, assistindo enquanto eu fazia ovos mexidos. Depois de servir, me sentei ao lado dela e comemos em silêncio. Eu não era de falar muito quando tinha comida na minha frente. Gostei de perceber que ela era do mesmo jeito.

Espera. Aquela era a primeira refeição que fazíamos juntos? Parei de mastigar e olhei para ela.

— O que foi? — perguntou ela, pegando um guardanapo para limpar a boca.

— Nós nunca comemos juntos antes.

— Teve aquele almoço no meu primeiro dia de trabalho.

— Esse não conta.

— Então, não, acho que não. Nós geralmente não jantávamos e íamos direto para a cama.

O sexo sempre vinha em primeiro lugar. Mas eu tinha a sensação de que fazer refeições juntos era algo que deveria estar rolando havia semanas. Que eu deveria ter levado ela para um encontro de verdade, como um jantar no restaurante do Knox ou na minha churrascaria favorita fora da cidade.

— Talvez devêssemos sair para jantar.

Ela me encarou por um minuto, como se estivesse tentando decidir se eu estava brincando ou não.

— Estou falando sério — continuei.

O olhar dela suavizou.

— Tá bom.

— Que tal sairmos para explorar um pouco hoje? — perguntei depois de terminarmos de comer.

— Claro. — Ela assentiu e apontou para as próprias roupas. Eram a calça jeans que ela estava usando na noite anterior e uma das minhas camisetas pretas, que ficava gigante nela e por isso ela dera um nó na altura do quadril. — Preciso passar em casa para me trocar?

— Não, você está ótima. Já andou a cavalo antes?

— Não.

— Quer aprender?

— Na verdade, não. — Ela sorriu quando eu dei risada. — Talvez outro dia.

Se e quando aquele dia chegasse, eu lhe ensinaria.

— Vamos fazer outro tipo de passeio, então.

Depois que nossos pratos do café da manhã estavam na lava-louças, fomos em direção ao celeiro.

— Que tal um quadriciclo? Já dirigiu um desses?

— Também não.

— Quer ir comigo? Ou dirigir o seu?

Ela analisou a máquina enquanto eu enchia o tanque de gasolina.

— Vou com você.

— Boa escolha.

Passei a perna pelo assento e dei um tapinha na parte traseira para ela se sentar atrás de mim. Depois, liguei o veículo e peguei a estrada.

Dirigimos por cerca de uma hora, seguindo as velhas trilhas ao redor do rancho. Winn segurava minha cintura, às vezes apoiando a cabeça no meu ombro, enquanto o sol aquecia nossa pele e o vento soprava o cabelo daquele rosto lindo, até eu parar perto de uma cerca.

— Este é o limite do rancho — falei.

— Tudo isso é seu? Daqui até a sua casa? — Ela indicou a direção de onde viemos.

— E um pouco além. — Apontei para a esquerda, depois para a direita. — Aqui é o centro. Sabe o tanto que percorremos? Tem o dobro da distância nas duas direções.

O rancho Eden era basicamente um retângulo que se estendia pela base das montanhas em um dos melhores lugares sob o céu azul de Deus.

— Todos os ranchos são grandes assim?

— Poucos. — Me levantei do assento e saí da máquina para ir até a cerca, onde um ramo de flores silvestres se misturava com a grama alta. Colhi uma flor branca e uma amarela e levei até ela. — Expandimos ao longo dos anos. Compramos terras novas.

— Como ao lado de Indigo Ridge.

— Exato. Depois de algumas gerações comprando terras que estavam disponíveis, agora temos um dos maiores ranchos da região.

— É lindo. — Ela aproximou as flores do nariz. — Obrigada por me levar para sair hoje.

— De nada. — Apoiei o quadril na lateral do quadriciclo, observando o pasto. — Faz tempo que não faço isso. Só passear por aí. Sem ter algo para resolver.

— Faz muito tempo que não preencho um dia inteiro com algum tipo de trabalho.

— E em Bozeman? O que você fazia lá para relaxar?

— Saía com amigos. Fazia trilhas na região. Tive uma horta durante um verão. Mas Skyler estragou isso para mim.

— Como ele estragou?

— Ele reclamou que era muito trabalhoso. Que, em vez de deixar as noites livres para nos encontrarmos com nossos amigos, ir ao cinema ou algo que ele gostava de fazer, eu queria ficar em casa e cuidar da horta. Talvez eu comece outra na minha casa aqui. Não que eu tenha muito tempo livre.

— Talvez nesta época, ano que vem, você tenha.

— Sim. — Ela sorriu e cheirou as flores de novo. — Talvez.

— Ele tentou entrar em contato de novo? — perguntei.

— Não. Ele parou de ligar, eu acho. Sempre me esqueço de carregar aquele celular. Mas não recebi mais mensagens para falar sobre nós ou a casa. Acho que a visita dele aqui foi o ponto-final, mas com ele não dá para saber. Ele pode ser bem imprevisível, o que foi um dos motivos de eu ter ficado com ele por tanto tempo. Ele era grosseiro e distante por meses a fio. Eu jurava que era o fim. Parecia que ele sabia quando eu estava prestes a terminar, porque daí virava uma pessoa completamente diferente. Me fazia rir. Era carinhoso e atencioso. Quando penso nos oito anos que passamos juntos, era como se vivêssemos apenas em extremos.

Ele parecia ser um babaca manipulador, mas guardei o meu comentário para mim porque suspeitei que a Winn já soubesse disso.

— Ele conhecia meus pais — disse ela. — Esse foi outro motivo para eu continuar com ele. Porque eles o conheciam. Acho que na verdade o mais certo é dizer que ele os conhecia. Para qualquer outra pessoa, meus pais seriam apenas fotos e histórias. E outra pessoa seria um estranho para meus pais. Não é um bom motivo para ficar com alguém, mas...

— É compreensível.

Era parecido com o motivo de eu nunca ter levado ninguém para apresentar aos meus pais. Porque não tinha achado alguém que eu quisesse gravar na memória deles.

Mas Winn... talvez fosse a hora de aceitar o convite da minha mãe e levar Winn para jantar com a família.

— Por que você terminou? — perguntei. — Você não me contou na noite em que ele apareceu na sua casa.

— Ele estava transando com outra pessoa. — Ela bufou. — Eu descobri porque ela ligou no telefone de casa procurando por ele. Acredita? Ela achou que eu sabia porque o marido dela sabia.

— Ela era casada?

— Sim. Aparentemente eles tinham um acordo. Apenas sexo. O marido dela concordou, mas Skyler devia saber que eu jamais aceitaria isso, então ele escondeu tudo.

— Escroto.

— Pois é — murmurou ela. — Não tenho certeza, mas aposto que ela o largou e por isso ele veio visitar.

— Ele achou que você o aceitaria de volta? — *Idiota.*

— Skyler se safava de muitas coisas. Ele deve ter achado que, em algum momento, eu o perdoaria. Que em algum momento eu escolheria uma data pro casamento. Sei lá. Depois que meus pais morreram, eu me afastei dele. Ele não tentou me trazer de volta.

Porque ele era um filho da puta idiota.

— Aquilo doeu — disse ela, brincando com as flores nos dedos. — Nós fizemos muitas promessas um para o outro. Oito anos é bastante tempo para viver a vida em função de alguém. Finalmente eu entendi que estávamos vivendo próximos um do outro, mas não juntos. Eu não podia contar com ele. As promessas se desfizeram. Quando comecei a me separar, fazer minhas próprias coisas, não havia muitos laços a desfazer. Era basicamente a casa, e isso não passava de burocracia.

Naquele momento, eu estava pensando em criar laços tão fortes com ela que ela nunca pudesse ir embora.

— No fim deu tudo certo — disse ela. — Fico feliz de estar em Quincy.

— Fico feliz que esteja aqui também.

Me levantei, voltando para o assento e tomando o guidão. Assim que me acomodei, os braços de Winn deram a volta em mim e a parte interna das coxas dela pressionou as minhas.

Ela encaixava em mim. Perfeitamente. Em mais jeitos do que no assento do quadriciclo.

— Vamos continuar? — perguntei, olhando para trás. — Ou quer voltar?

— Vamos continuar.

Sorri, feliz por ela estar gostando daquilo, e dei a partida.

Uma hora depois, o sol estava nos castigando. Seguimos em direção a Indigo Ridge, cruzando os pastos e passando de uma cerca a outra. A montanha ficou para trás, e o único motivo de eu ter ido tão longe era mostrar mais um limite do rancho, assim ela teria uma noção do tamanho da propriedade.

A face traseira da montanha era uma grande elevação, um morro coberto de verde. Porém, não havia muita sombra nas partes planas. Fiquei preocupado que ela se queimasse com o sol, sem chapéu, por isso segui de volta para casa.

Desacelerei ao chegar no portão, pronto para descer e abri-lo para nós, quando olhei para a floresta e vi uma nuvem de fumaça subindo em meio às árvores. Era no local da cabana do Briggs.

— Que merda é essa?

Era julho. Fogueiras em julho não apenas eram desnecessárias, mas eram perigosas.

— O que foi? — perguntou Winn, seguindo o meu olhar. — Não existem restrições sobre fogueiras nesta época?

— Sim.

Dei a volta com o quadriciclo em meio às árvores e peguei a estrada. Sentimos o cheiro de madeira queimada e fogueira quando chegamos ao topo do morro e entramos na clareira onde ficava a cabana.

Briggs estava em pé ao lado de uma pilha de pedaços de pinheiro em chamas, com fumaça saindo do meio. O brilho laranja e vermelho do fogo estalava no ar, soltando fagulhas no vento.

Estacionei e corri na direção do meu tio.

— Briggs, que porra é essa?

Ele tinha uma pá na mão. Uma mangueira na outra.

— Harrison? O que está fazendo aqui? Não ouvi você chegar.

Harrison? *Caralho*. Tomei a pá da mão dele, enfiei no solo e joguei terra nas chamas.

— Ei! Eu estou...

— Tentando tacar fogo na montanha inteira.

— É uma pilha de restos de madeira. Está sob controle.

Eu o ignorei e joguei terra o mais rápido que pude. Depois, peguei a mangueira da mão dele e molhei o fogo. O vapor subiu e estalou quando atingiu a pilha.

Uma tosse discreta fez eu me virar e ver Winn atrás de mim.

— O que eu faço? — perguntou ela.

Entreguei a mangueira para ela.

— Quem é você? — Briggs perguntou para ela. — Harrison, quem é essa? O que você está fazendo com outra mulher? A Anne sabe disso?

— Eu sou o Griffin, Briggs. Griffin — gritei em resposta. — Essa é Winslow, e você está atrapalhando. Sai da frente.

Ele se encolheu diante do volume da minha voz e se afastou.

Merda. Meu pai devia ser quase idêntico a mim quando tinha a minha idade. Eu tinha que ser paciente. Precisava ir com calma. Mas uma fogueira em julho? Nós esperávamos até o meio do inverno, quando já havia quase um metro de neve cobrindo o chão, para fazer fogueiras.

O barulho do motor de uma caminhonete subiu pela estrada e o carro do meu pai apareceu e parou ao lado do quadriciclo. Ele saiu voando do banco do motorista e correu na nossa direção.

— O que está acontecendo? Eu vi fumaça.

Esperei até ele estar perto o suficiente para lhe entregar a pá, porque estava tão puto que não conseguia ver um palmo à minha frente.

— Fala com o seu irmão. Ele acha que eu sou você.

Sem dizer mais uma palavra, peguei a mão livre da Winn e a puxei para longe da mangueira. Ela me seguiu, subiu no quadriciclo em silêncio e se segurou enquanto eu acelerava pela estrada, para longe da cabana.

— Que merda. — Balancei a cabeça com o coração acelerado.

Winn me apertou de leve. Ela me ouvira.

Fomos direto para a minha casa. Estacionei no celeiro e permiti que o silêncio se prolongasse depois de ter desligado o motor. Depois, deixei minha cabeça cair.

— Está piorando. Eu não queria acreditar. Ontem ele estava tão... normal. No desfile. No rodeio.

Briggs estivera parecido com o homem que eu conhecera a vida inteira. Ele tinha rodado pela cidade com o meu pai para ajudar. Tinha ficado na arena do rodeio conversando com os amigos e bebendo cerveja.

— Ele parecia tão normal que eu achei que talvez estivesse exagerando. Que talvez eu estivesse vendo coisas onde não existiam. Mas...

— Você não estava.

Balancei a cabeça.

— Alguma coisa tem que mudar.

Ou meu pai fazia algo ou eu mesmo teria que fazer.

— Sinto muito. — Winn suspirou e beijou meu ombro.

Eu me virei e segurei o rosto dela. Aqueles olhos azul-índigo arderam nos meus. Viram os medos. As dúvidas. As frustrações. Eles me ofereciam um lugar para guardar tudo aquilo. Um lugar para simplesmente... ser eu mesmo.

Ela havia me dito de manhã que eu carregava muito peso nas costas. Era verdade. Mas, naquele momento, ela estava ali para me ajudar a carregar.

Beijei seus lábios, depois a ajudei a ficar em pé.

— Estamos cheirando a fumaça.

Peguei a mão dela e a levei para a casa e direto para o banheiro. Abri o chuveiro. Tiramos nossas roupas sujas e ficamos sob o jato de água como duas pessoas que já tomaram banho juntas mil vezes. Fácil. Confortável. Quando o sabão escorreu por nossos corpos, o cheiro de fogo e o estresse da minha família desapareceram pelo ralo.

Minhas mãos encontraram a pele molhada de Winn na mesma hora em que seus lábios encontraram os meus. O desejo por ela subiu com o vapor e, quando a levantei, pressionando suas costas contra a parede de azulejos, e entrei no seu corpo quente, nada mais importava.

Nada de drama. Nada de família. Nada de fogo.

Só Winn.

Gozamos juntos, com nossos corpos trêmulos e gemendo em frenesi sob a água até ela esfriar.

Ela bocejou e eu lhe entreguei uma toalha limpa.

— Cansada? — perguntei.

— Vou ficar bem.

— Quer tentar dormir um pouco? — Porque eu gostaria de tirar um cochilo. Nossa conversa na cadeira de balanço parecia ter acontecido dias antes, e não horas.

— Não sei. — Ela encontrou meu olhar no espelho e o medo nos olhos dela me atingiu como um soco no estômago.

Me aproximei e segurei o rosto dela, meus dedos entrelaçando seu cabelo molhado nas têmporas.

— Vou te abraçar. Se você tiver um pesadelo, não vou soltar.

O corpo dela relaxou e ela apoiou a testa no meu peito.

— Tá bom.

Com um movimento rápido, eu a peguei no colo e a aconcheguei no meu peito. Depois a levei para o quarto, a deitei na cama bagunçada e fechei a persiana.

Ela dormiu primeiro. Não me permiti pegar no sono antes dela. Enquanto eu ouvia sua respiração estabilizar, mergulhei com ela.

Cada vez mais fundo. Ela foi primeiro. Eu a segui.

Aconteceu tão naturalmente, aquele movimento em direção à Winn. Como se eu tivesse saído para um passeio e, ao olhar para trás, para onde havia começado, percebesse que, em vez de viajar por alguns metros, tivesse percorrido quilômetros.

Cada vez mais fundo, até não ter mais volta.

Eu estava na dela.

Completamente na dela.

CAPÍTULO QUINZE

WINSLOW

— Você vem aqui hoje à noite?

Griffin estava descalço, a um degrau abaixo de mim em sua varanda. Ele ainda ficava mais alto que eu, mas assim eu tinha acesso mais fácil à sua boca.

— Talvez. — Me aproximei e beijei sua bochecha com a barba por fazer.

O cabelo dele estava uma bagunça, mechas apontando para todos os lados onde meus dedos estiveram antes.

Griffin havia acordado primeiro e fora para a cozinha fazer café. Em vez de tomar café da manhã, ele me sentou no balcão e me devorou.

Meu homem sabia como usar a língua.

— Quer que eu vá para a sua casa desta vez? — perguntou ele.

— Vamos ver como vai ser o dia. — Minha cama estivera deserta havia uma semana. Eu amava a minha casinha, mas amava a do Griffin também.

Era relaxante ali no rancho. Sereno. Eu não havia percebido como meus pensamentos eram barulhentos, como minha vida era barulhenta — mesmo nos momentos solitários — até chegar ali, passar horas na cadeira de balanço e limpar a minha mente.

Minha cabeça estava cheia de casos e estresses da delegacia. Apesar dos meus esforços para acalmar aqueles sentimentos, eu ficava preocupada em me enturmar e construir minha reputação.

Assim que chegava ao rancho Eden, o barulho cessava. As preocupações sumiam. Ou talvez não tivesse nada a ver com o lugar, e sim com o homem parado no degrau à minha frente.

— Tenha um bom dia. — Eu lhe dei um beijo de despedida.

— Você também. — Ele apoiou o quadril no corrimão, os braços cruzados sobre o peito largo, enquanto me observava descer a escada e ir até meu carro.

Era cedo e o ar da manhã estava fresco. A previsão do tempo prometia um dia escaldante. Quando liguei o Durango, desejei ter outro dia livre para aproveitar o verão.

Mas eu tinha trabalho a fazer, então fui em direção à cidade.

Griffin tinha lavado minhas roupas no dia anterior e, apesar de duvidar que alguém fosse notar que eu estava vestindo as mesmas roupas que usara no feriado, parei em casa rapidamente para checar se estava tudo em ordem por ali e me trocar.

A mudança de turno tinha encerrado quando cheguei à delegacia. A equipe da noite já devia estar dormindo quando me servi uma xícara de café e observei o ambiente silencioso. Após o feriado, teríamos a equipe reduzida por uns dias para que todos pudessem descansar.

Exceto eu. Soltei um resmungo ao ver os arquivos espalhados na minha mesa quando entrei no meu escritório. Ainda não merecia férias.

Um arquivo parecia sempre voltar para o topo da pilha.

Lily Green.

Eu o abri, e uma foto do seu corpo morto estava no topo. Um mês antes, aquela foto me fazia estremecer. Mas eu a encarei por tempo o bastante até que a única emoção que ela me proporcionava era uma tristeza profunda.

— Ah, Lily. — Eu virei a foto e olhei para a imagem seguinte. Era a última selfie que ela postara no Instagram, no feriado do Memorial Day.

Lily Green era bonita. As mechas de seu cabelo loiro pareciam raios de sol. Seu sorriso brilhava como uma estrela. Talvez fosse tudo uma ilusão. Talvez o sorriso e os olhos brilhantes fossem uma máscara que ela vestia para o mundo.

Era fácil forçar sorrisos. Era simples mentir e dizer para as pessoas que você estava ótima quando, na verdade, cada batida do coração lhe causava dor.

Eu tinha passado um mês procurando por sinais de que Lily estivera deprimida. Havia interrogado amigos e família. Partira em uma busca fracassada por algum namorado. Tinha vasculhado suas redes sociais e até obtido seu histórico de mensagens e faturas do cartão de crédito.

Mas eu não tinha encontrado nada.

Talvez porque não houvesse nada a encontrar.

Nenhuma confissão oculta. Nenhum namorado secreto. Era mais provável que ela tivesse saído com os amigos para se divertir, depois conhecido um cara. Considerando que eu fizera o mesmo com Griffin na minha primeira noite na cidade, não era algo impossível.

Talvez ele tivesse ido embora e a deixado para trás, sofrendo em silêncio.

Até que tinha sido demais.

Toquei nas beiradas da foto dela e fechei o arquivo.

Ficar obcecada com o suicídio da Lily não me levaria a lugar algum. Por causa do tempo que tinha passado, havia um limite para as perguntas que eu poderia fazer sobre os outros suicídios. Meu trabalho não era cutucar feridas a menos que fosse completamente necessário. Se pais, amigos e entes queridos estavam se curando, eu respeitava o processo.

Eu mesma estava passando por aquele processo.

Alguns dos meus piores momentos no ano anterior tinham sido em Bozeman, quando eu estava vivendo um dia normal e alguém me parava na rua para me dizer que sentia muito pela minha perda. Mesmo se a intenção fosse boa, toda vez que isso acontecia era como um tapa na cara.

As pessoas lidavam com o luto de jeitos diferentes. Alguns aceitavam as demonstrações de afeto e apoio. Outros, como eu, guardavam o sentimento no fundo do coração e só abriam mão de pequenos pedaços quando estavam prontos.

No dia anterior, contando para Griffin sobre a morte dos meus pais, eu abrira mão de um pedaço.

Lily Green merecia o máximo de energia que eu pudesse lhe dar. Mas Melina Green merecia espaço para se curar. E, naquele dia, aquilo significava deixar o caso de lado por um tempo.

Então, guardei o arquivo em uma gaveta, junto com os outros casos de suicídio, e segui em frente com a limpeza da minha mesa.

Quando saí da delegacia às seis da tarde, minha caixa de entrada do e-mail estava quase vazia, eu havia participado de três reuniões e todo relatório que eu precisava revisar e aprovar tinha sido concluído. A recepção dos policiais aos meus comentários sobre os relatórios havia sido melhor do que eu imaginara. A falta de detalhes já era menos perceptível, mas ainda podia melhorar.

Dois dos arquivos que eu tinha recebido, ambos sobre incidentes no feriado, precisavam de revisões, então os deixei com anotações nas mesas dos policiais responsáveis. A delegacia estava silenciosa naquele dia. O turno da noite havia chegado e, além dos despachantes no telefone, os outros policiais estavam patrulhando.

Peguei minha bolsa e saí com as chaves na mão para trancar meu escritório, quase esbarrando no policial Smith no corredor.

— Opa, desculpa.

— Olha por onde anda — murmurou ele, se afastando.

Aquele cara.

— Policial Smith — chamei de volta enquanto ele saía.

Ele bufou e se virou, com as mãos fechadas apoiadas nos quadris. Ele estava usando roupas normais, calça e camiseta de exercício.

— O quê? Não estou de plantão. Só estou usando a academia.

Eu o encarei, as bochechas coradas, o cabelo suado. Durante meu primeiro mês ali, eu tinha sido simpática. Tinha sido educada e profissional, na esperança de que iria conquistar todos, incluindo Tom.

Pode me chamar de otimista, mas eu estava começando a fazer progresso com a equipe. Eles não precisavam me tratar como uma amiga, e seria melhor se não o fizessem, mas estavam começando a entender que eu era a chefe.

E que eu não ia a lugar nenhum.

Quando olhei para Tom Smith e sua expressão impaciente, percebi que não ganharia seu respeito nem sua lealdade. Ele havia tirado uma conclusão e não iria mudar de ideia.

— O seu relatório de sábado está incompleto. Deixei as anotações na sua mesa. Espero a nova versão amanhã.

Suas narinas inflaram.

— Tanto faz.

— Chefe. A resposta certa é "*Sim, chefe*".

Mais um inflar das narinas. Mais um grunhido. E então ele foi embora.

Esperei até ouvir a porta abrir e fechar com força. Depois, soltei o ar que estava segurando. No dia seguinte, iria me certificar de ter uma boa descrição da vaga dele pronta caso ele pedisse demissão. Ou caso ele me forçasse a demiti-lo.

Peguei meu celular na bolsa e mandei uma mensagem para Griffin.

Minha casa.

Por mais que eu quisesse uma noite tranquila no rancho, eu tinha uma garrafa de vinho em casa me esperando.

O centro de Quincy estava cheio de turistas andando pela Main Street enquanto eu seguia para casa. Tinha ocorrido um furto naquela manhã em uma loja de utensílios de cozinha. Duas multas de velocidade, uma para um morador e outra para alguém de fora. Tirando aquilo, a vida na minha nova cidadezinha parecia maravilhosamente simples.

Naquela noite, ela parecia ser minha.

Eu tinha ouvido de alguns policiais veteranos em Bozeman que era fácil ficar propenso a ver apenas o mal. Que começávamos a procurar por crimes em todo lugar. Talvez aquilo acontecesse comigo no futuro. Ou talvez aquela cidade pequena, mesmo com suas falhas, afastasse tais tendências.

Quincy era um lar.

Dobrei a esquina na minha rua, sentindo uma paz no coração. Que sumiu assim que vi uma caminhonete conhecida estacionada na calçada. E uma repórter loira conversando com o meu ex.

— Merda — murmurei quando estacionei na entrada. — Os dois? Eu devia ter ido pro rancho.

Skyler me encontrou na porta do carro e a abriu para mim.

— O que você quer? — perguntei, passando por ele e indo em direção à casa.

Ignorei Emily Nelsen completamente. Griff tinha mencionado que ela morava no bairro. A julgar pela calça legging e pela regata, ela havia saído para correr e vira Skyler. Ela devia estar atrás de fofoca para usar no seu precioso jornal. Talvez dissesse que eu estava traindo o Griffin.

— Winnie. — Skyler tocou meu cotovelo quando chegamos nas escadas da varanda.

Quão irônico era que, no dia anterior mesmo, eu tinha falado do Skyler para o Griffin?

— O quê?

— Vamos conversar. Por favor.

— Sobre a casa? Venda. Não me importo. Mas eu não a quero.

— Não. Vamos conversar sobre nós.

— Não existe "nós".

De canto de olho, vi Emily se aproximando. Escrota enxerida.

— Estive preocupado com você. Especialmente ontem.

— E aqui está você, um dia atrasado.

— Achei que estaria ocupada ontem e não queria incomodar.

Ou ele já tinha planos e não queria cancelá-los.

— Se você realmente se importasse com o aniversário do acidente dos meus pais, não teria planejado uma viagem para jogar golfe no feriado do ano passado. Ou talvez aquela viagem fosse apenas uma desculpa para você transar com a sua amante.

Ele ficou tenso.

— Eu te disse. Era apenas sexo.

— Não para mim.

— Não era um caso de verdade.

— Ah, então você não meteu seu pênis na vagina dela de verdade?

— Meu Deus, Winnie. — Ele estremeceu. — Precisa falar assim?

— Sim. Vá embora, Skyler. — Eu passei por ele. — E você também — falei para Emily.

Ela arregalou os olhos.

— Precisa de alguma coisa? Uma história nova? — perguntei. — Porque não tem nada aqui. Sinto te decepcionar.

— Eu estava de passagem e vim dar um oi — balbuciou ela.

Eu acenei.

— Oi.

— Vamos conversar lá dentro, com privacidade — disse Skyler em um tom mais baixo.

— Não. Você não vai entrar. Nós terminamos. Há meses. Não entendo por que você está aqui e não sei o que preciso fazer para você sumir...

— Oito anos. Ficamos juntos por oito anos. Tínhamos uma casa juntos.

— Uma casa que você se recusa a vender.

— Eu não consigo. — Ele jogou as mãos para o ar. — Passo pela porta e ainda sinto seu cheiro. Ainda vejo você na sala de estar. Eu sei que fiz merda. Não estive presente quando deveria. Não entendi isso até chegar em casa e não ser mais minha casa, porque você não estava lá. Não devemos a nós mesmos tentar?

— Tentar o quê? Não íamos dar certo, Skyler. Existe um motivo para nenhum dos dois ter insistido em se casar de verdade. Existe um motivo para nunca termos seguido em frente com esse compromisso. Não íamos dar certo. — Era a verdade que eu me recusara a admitir por oito anos.

Não havia lealdade suficiente em nenhum dos dois lados. Eu não dera prioridade ao nosso relacionamento. Sempre tinha sido algo secundário à minha carreira. Por isso eu fora promovida tão rápido. Eu dava noventa e nove por cento do meu coração ao meu trabalho. Skyler só ficava com as migalhas.

Ele se dedicara da mesma forma à própria carreira. Havia casais que funcionavam desse jeito. Mas não tínhamos uma urgência mútua um pelo outro.

Eu não sabia o que faltava entre nós até conhecer Griffin. Eu não entendia como era desejar alguém. Sentir saudade da voz, do cheiro, do gosto.

Oito anos com Skyler. Um mês com Griffin.

Escolheria Griffin um milhão de vezes.

— Existe um motivo para você ter me traído — falei para Skyler. — Porque não íamos dar certo.

— Winnie. — Ele se aproximou, sua mão passando do meu cotovelo para meu ombro.

— Se você quiser continuar tendo essa mão, é melhor tirá-la de cima dela agora. — A voz retumbante atrás de Skyler me causou um arrepio. O som das botas ecoou enquanto Griffin subia na varanda e se postava ao meu lado.

O olhar que ele lançou para Skyler me fez sorrir.

Griffin Eden com ciúmes era extremamente sexy.

— Não sei quem é você ou o que está fazendo, mas estou conversando com a Winnie — retrucou Skyler, ajeitando a postura.

— E eu estou aqui para fazer ela gozar antes do jantar. Vamos descobrir qual de nós dois ela prefere ter por perto.

Meu queixo caiu.

Emily arquejou alto o bastante para todos nós ouvirmos.

— Vai para casa, Emily — gritou Griffin por cima do ombro de Skyler.

Ela tensionou o corpo, mas não se mexeu.

— Não tem nada aqui para você — continuou Griff. — Nenhuma história. E nem eu. Vai embora.

Ela engoliu em seco, seu orgulho visivelmente ferido. Aquilo poderia ter consequências depois, mas vê-la correndo pela calçada depois de ele ter me escolhido valia a pena.

— Você também — falei para Skyler. — Vai para casa.

Skyler balançou a cabeça.

— Eu entendi. Você queria transar com esse cara por um tempo para ficarmos quites. Tudo bem. Eu posso relevar, se você também relevar...

— Você a perdeu. — A voz de Griffin tinha um tom que eu nunca tinha ouvido antes. Um tom que me fez sentir alívio por ele estar do meu lado e não contra mim. — Você fez merda e a perdeu. Ela é minha. E eu não vou vacilar.

Minha. Meu coração se derreteu.

Nenhum homem me reivindicara assim antes. Skyler, vestindo seu clássico terno preto, levara oito anos para me reivindicar de alguma forma, e mesmo assim nunca disse "ela é minha".

Meu ex olhou para mim e eu o ignorei, ocupada demais me segurando para não abraçar aquele caubói raivoso.

— Griff...

— Abre a porta, Winn.

Contive um sorriso e segui as ordens. Antes de entrar, olhei para Skyler uma última vez.

— Venda a casa. Esqueça isso. Me esqueça. Por favor.

Skyler engoliu em seco. Então assentiu.

— Obrigada.

Peguei a mão de Griffin e o puxei para dentro de casa. Ele fechou a porta com força e passou a mão pelo cabelo.

— Eu queria muito dar um soco nele.

— Não dê um soco nele.

Skyler não ficou esperando daquela vez. Tão rápido quanto a Emily, ele desapareceu. E para sempre, eu imaginava.

— Então, isso foi, hum... — Desconfortável? Incrível? Esclarecedor? *Todas as alternativas.*

— Sim.

Griff se aproximou, eliminando a distância entre nós em um único passo. Depois, sua boca estava na minha, fazendo meu coração acelerar e meus joelhos tremerem.

Ele havia me reivindicado. Um toque da sua língua e aquelas palavras que ele dissera para Skyler correram pelo meu corpo.

Ela é minha.

Ele também era meu.

Já estava escuro lá fora quando saímos do quarto. Como prometido, Griffin me fez gozar antes do jantar. Três vezes, na verdade.

— Vamos pedir comida? — Abri minha geladeira. — Ou você quer torradas com queijo?

— Pizza. — Ele envolveu meus ombros, seu peito nu contra minhas costas. Depois, fechou a geladeira. — Com certeza pizza.

Me apoiei nele.

— Vamos conversar sobre o que aconteceu mais cedo?

— Devíamos — murmurou ele no meu cabelo.

— Nossa relação não é realmente casual, é?

Ele se mexeu, soltando um dos braços para me virar e ficarmos frente a frente. Aqueles olhos azuis penetrantes arderam nos meus.

— Não. Não é.

— Ok.

Aquela palavra parecia simples demais. Eu dizia "ok" para um café. Para uma taça de champanhe. Não para o Griffin propondo, bem... o que quer que ele estivesse propondo. Não era nada, por enquanto. Mas a promessa de um futuro precisava de algo além de um simples "ok".

— Tudo bem para você? — perguntou ele.

— Sim. — Outra palavra pequena demais. Ou talvez fosse a palavra perfeita.

Nós dois havíamos começado com um "sim" sussurrado na orelha dele quando gozamos juntos no banco detrás da caminhonete.

— Eu quero te levar para jantar — declarou ele. — Um encontro.

— Tudo bem. — Minha cabeça estava girando — Hoje?

— Não. — Ele sorriu e pegou o celular no bolso da calça. Depois de tocar na tela algumas vezes, ele o encostou na orelha.

Meu próprio celular tocou na sala, então passei por Griffin enquanto ele pedia pizza e corri até onde tinha deixado minha bolsa no chão. Encontrei meu celular pessoal primeiro, mas ele estava descarregado havia dias. Continuei procurando até achar o celular do trabalho. O número da delegacia apareceu na tela.

Merda.

— Alô — atendi.

— Oi, chefe — disse Mitch, a voz séria. Nenhum traço de riso.

— O que houve?

— Recebi uma ligação de Frank Nigel.

Meu coração acelerou. Frank só ligaria se houvesse uma emergência. Ele devia ter tentado o meu celular pessoal e, quando não atendi, ligou para a delegacia.

— O que aconteceu?

— É o Covie. Ele está no hospital.

CAPÍTULO DEZESSEIS

WINSLOW

— Eu vou morar com você — falei para o vô, segurando a mão dele entre as minhas.

Ele bufou.

— Não vai, não.

— Não gosto de saber que você estava sozinho.

— Eu não estava sozinho. Tenho o Frank.

Balancei a cabeça.

— Não é a mesma coisa.

Se o Frank não tivesse ido até lá por acaso, para pegar emprestada uma chave inglesa, aquela situação poderia ter sido bem diferente.

— Estou bem.

— Você teve um ataque cardíaco.

— Um ataque cardíaco leve. — Ele tentou soltar a mão da minha, mas a segurei firme. Ainda não.

Franzi a testa.

— Não faz diferença.

O vô suspirou.

— Eu te amo, Winnie.

— Também te amo. — Meu queixo começou a tremer. Tinha sido uma longa noite sentada naquela cadeira e eu estava emotiva.

— Não chore.

Assenti e engoli o nó se formando na minha garganta. Sim, eu iria chorar. E muito. Mas iria guardar aquilo para quando estivesse sozinha em casa.

O vô era a única família que eu tinha. O pai era filho único. A mãe também, e os pais dela haviam morrido anos atrás. Não havia tias, tios ou primos para me acolher nos feriados. Ninguém para dizer que me amava.

Eu só tinha o vô. E aquele ataque cardíaco era um lembrete violento de que ele não estaria ali para sempre.

Tinha passado a maior parte da noite observando-o dormir. Ele parecia tão pequeno naquela cama de hospital. O avental azul-acinzentado e as paredes bege apagavam a cor do seu rosto. As luzes fluorescentes destacavam cada linha de expressão, cada ruga.

A vida era feita para acabar, mas eu não estava pronta para perder o vô. Nunca estaria.

As lágrimas nos meus olhos não se importavam com o pedido dele. Uma lágrima rolou em cada bochecha, formando trilhas paralelas.

— Winnie. Estou bem.

Soltei a mão dele para enxugar o rosto.

— Eu sei.

— Como a médica disse, está na hora de melhorar minha dieta e reduzir o estresse.

O vô estava em ótima forma para sua idade. Não estava acima do peso e não ficava sem fôlego nas nossas caminhadas pós-jantar. Mas parecia que aquilo não importava para suas artérias obstruídas. O colesterol dele estava alto demais e ele tinha um trabalho estressante.

— Seria mais fácil se você tivesse alguém para ajudar a manter a casa em ordem.

— *Pff.* — Ele bufou. — A casa não é um estresse. Mas...

— Mas o quê?

Ele olhou para o teto, a cabeça afundando nos travesseiros.

— Talvez seja hora de eu me aposentar.

— Você ama ser prefeito.

— Eu amo, querida. Amo mesmo. — Ele me deu um sorriso triste. — Mas estou velho, e ser prefeito é estressante. Sinto que às vezes eu já fiz exatamente o que precisava fazer. Criei a nova geração que vai cuidar da cidade. Incluindo você.

Funguei, impedindo que outra lágrima caísse.

— Vamos começar com a sua dieta. Ainda não estou pronta para ter outro chefe.

Ele riu.

— Combinado.

— Bom dia. — Uma batida na porta e a médica entrou no quarto. Não era a mesma médica que estivera aqui quando Griffin e eu chegamos, mas eu conhecia seu rosto. — Oi, meu nome é Talia Eden.

— Oi. — Endireitei a postura, me levantando para apertar sua mão. — Sou a Winslow Covington.

— Prazer em conhecê-la. — Seus olhos eram do mesmo tom de azul dos olhos do irmão. Talia era tão bonita quanto Griffin. Seu cabelo volumoso e castanho estava preso em um rabo de cavalo que balançou enquanto ela entrava, indo até a cama do vô. — Como está se sentindo, Covie?

— Bem.

Ela tirou o estetoscópio do pescoço e o pressionou na pele dele, por baixo do avental.

— Inspire fundo.

Ele seguiu as instruções até ela terminar o exame.

— Quanto tempo eu tenho, doutora? Três meses? Seis?

— Não é engraçado — briguei.

O vô sorriu.

— Eu vou ficar bem.

— Seus sinais vitais estão bons — disse Talia. — Você teve mais alguma dor no peito?

— Não — respondeu o vô.

— Vou te manter aqui por hoje — explicou ela. — Só para monitorar. Se tudo estiver em ordem até amanhã de manhã, vou te liberar para ir embora.

Ele assentiu.

— Tudo bem.

— Vocês têm alguma pergunta?

O vô balançou a cabeça em negativa. Eu levantei a mão.

— Meu Deus — resmungou o vô, revirando os olhos.

— Perguntas são minha especialidade. — E eu disparei minhas dúvidas sem timidez.

As primeiras perguntas estiveram na minha cabeça desde a noite anterior, quando eu chegara ao hospital. Elas saíram da minha boca como um vômito de palavras. *Como podemos prevenir que isso aconteça de novo? Ele pode tomar algum remédio? Ontem à noite o médico falou sobre mudanças na alimentação. Você tem uma lista de comidas para evitar?*

Talia nem piscou. Ela ouviu todas e respondeu cada uma imediatamente.

— Vou pedir para a enfermeira trazer alguns panfletos. São bem genéricos, mas tem alguns sites muito bons neles que dão vários detalhes.

— Obrigada.

— De nada. — Ela sorriu. — É um prazer finalmente conhecer você.

— Você também.

Talia foi até a porta e, assim que a abriu, a voz de dois homens irritados entrou no quarto. Ela pigarreou e as vozes pararam.

Eu e o vô trocamos olhares. Nós conhecíamos aquelas vozes.

Segui Talia até o corredor e encontrei Griffin na frente da porta.

Os braços dele estavam cruzados e seu cenho, franzido. Fúria irradiava do seu peito largo enquanto ele encarava o corredor por onde Frank tinha saído andando.

— O que está acontecendo? Por que o Frank está indo embora?

Frank desapareceu pela porta que levava às escadas sem olhar para trás.

— Deixa para lá, Griff — disse Talia.

— Não está tudo bem. — Griff balançou a cabeça. — Ele diminuiu você. Ele foi falar com o seu chefe.

— O quê? — Olhei de um para o outro, esperando uma explicação que ninguém me deu. Por que Frank iria falar com o chefe da Talia?

— Por favor, deixa para lá. — Ela se aproximou e colocou o braço nos ombros dele. — Agradeço por você ficar irritado por mim, mas não precisa.

O queixo de Griff enrijeceu.

Talia riu e lhe deu um soco no braço.

— Te vejo mais tarde.

— Tá bom — murmurou ele em resposta.

— Tchau, Winslow.

— Obrigada por tudo — falei, acenando enquanto ela se afastava pelo corredor até a estação das enfermeiras. Quando ela estava longe o bastante, me aproximei de Griffin. — O que aconteceu?

— Frank descobriu que Talia ia ser a médica do Covie hoje, então ele foi falar com o chefe dela e pedir outra pessoa.

— O quê? — Talia parecia ser perfeitamente competente. Jovem, mas quantas pessoas pensaram o mesmo sobre mim quando assumi minha posição como chefe? — Por que ele faria isso?

— Porque ele é um babaca? Não sei. Quando ela estava lá dentro, ele veio para cima de mim. Me disse que minha irmã não era qualificada o suficiente para ser a médica dele.

— Eu não entendo. Por que ele diria isso?

— Este é o primeiro ano de residência da Talia. Ela saiu da faculdade de medicina e os médicos seniores daqui aceitaram contratá-la para que ela conseguisse a experiência de que precisa. Porque, diferentemente do Frank, eles entendem que, se não trouxerem novos médicos, não vai ter gente para substituí-los quando se aposentarem. Talia conhece e ama essa comunidade. Ela é inteligente. É uma boa médica.

— Você não precisa defendê-la para mim. — Eu me aproximei e toquei o braço dele. — Frank não tinha o direito de fazer isso.

Ele descruzou os braços e os passou pela minha cintura para me puxar para perto.

— Eu só não quero que você pense que tê-la como médica do Covie o coloca em perigo. Ela sabe que tem coisas a aprender. Ela vai pedir ajuda se achar que não consegue lidar com algo.

— Não estou preocupada.

— Desculpa. — Ele soltou um grande suspiro e passou o outro braço ao meu redor. — Como você está?

— Cansada — respondi e bocejei.

Quando me encostei no peito dele, apoiando meu peso em seu corpo, a exaustão tomou conta de mim, como se tivesse brotado do chão e só estivesse esperando aquele momento para subir pelas minhas pernas, enrolando-se como um cipó em uma árvore. Inspirei fundo. O cheiro de Griffin era reconfortante.

— Você está cheiroso.

Ele tinha tomado banho de manhã e o cheiro de sabonete ficara na sua pele.

Já eu provavelmente cheirava a álcool gel e hospital.

— Eles vão manter o vô aqui até amanhã.

— Por que não vai para casa e descansa um pouco?

— É o meu plano. Eu queria esperar para falar com a médica... com a Talia, antes.

Ele me abraçou por alguns segundos e eu fechei os olhos, deixando-o ser minha força. Ao ouvir o barulho das rodas de um suporte de soro fisiológico, me afastei. Um homem vestindo um avental de hospital e um roupão saiu do quarto ao lado arrastando os pés.

— Quer dar oi para o vô? — perguntei.

— Com certeza. — Ele pegou minha mão e a segurou com força, como fizera na noite anterior. Como se soubesse que eu precisava daquilo.

Tínhamos chegado quando o vô estava no pronto-socorro. Quando os médicos ficaram confiantes de que o ataque cardíaco tinha passado, o levaram para fazer uma série de exames. Havia demorado horas, e Griffin ficara ao meu lado na sala de espera, segurando minha mão o tempo inteiro.

Frank também havia ficado, e qualquer animosidade que eles tinham um com o outro fora deixada de lado naquela noite. Obviamente, a trégua tinha acabado em algum momento depois de levarem o vô para um quarto e eu ter insistido para o Griffin ir para casa.

— Oi, Covie. — Griffin não soltou a minha mão quando entramos no quarto. Ele usou a outra para apertar a mão do vô. — Como você está?

— Melhor. Estou em boas mãos com a sua irmã como minha médica.

— Concordo completamente.

Me aproximei da cama do vô, mas, assim que minha bunda tocou no cobertor branco, ele apontou para a porta.

— Fora. Vai logo. Agora. — Ele estalou os dedos para mim.

— Depois que você tomar café da manhã.

Ele fez uma careta. Quando não me mexi, ele percebeu que eu não iria ceder. Eu queria ficar por perto para ajudá-lo com a refeição. Com sorte, Frank iria voltar. Eu queria descobrir por que ele não gostava da Talia. Não fazia sentido, e eu não queria que ele criasse um estresse desnecessário para o vô.

— Vocês precisam que eu traga alguma coisa? — perguntou Griffin.

— Não. — Eu bocejei de novo.

— Vai para casa, Winnie — pediu o vô. — Eu estou bem.

— Vou daqui a pouco — prometi.

— Vou embora para você conseguir descansar um pouco, Covie. — Griffin colocou a mão no ombro do vô. — Fico feliz que esteja bem.

— Eu também — respondeu o vô.

— Te acompanho até a saída. — Levantei-me da cama com minhas pernas pesadas e fui com Griffin até o corredor.

— Não demore aqui. — Ele tocou as minhas sardas no nariz.

— Pode deixar. Logo vou para casa tomar banho e tirar um cochilo daqueles.

— E depois vai passar no trabalho antes de voltar para cá.

Inclinei minha cabeça.

— Sou tão previsível assim?

— É. — Ele se abaixou para beijar minha testa. — Me liga mais tarde.

— Ligo, sim.

Esperei até ele descer o corredor e desaparecer pela mesma porta que o Frank tinha saído mais cedo. Quando a porta fechou, me permiti alguns instantes para me sentir cansada.

Três batidas do coração. Quatro. Então, o som de passos me obrigou a me virar.

— Oi, Frank.

Não forcei alegria na minha voz porque, bem... ele me irritou. Eu me sentia grata por ele ter encontrado o vô no sofá. Por ele não ter esperado um minuto sequer quando o vô disse que estava com dores no peito. Ele simplesmente colocara o vô no carro dele e o trouxera para o hospital.

Mas por que ele tinha que causar tanto drama? Justo naquele dia?

Ele viu a irritação no meu rosto; eu estava cansada demais para fazer um bom trabalho disfarçando.

— Griffin te contou que eu pedi outro médico que não a Talia, não foi?

— Sim, ele disse. Por que fez isso? Nós a conhecemos e ela parece muito capaz.

— Ela não é uma médica de verdade.

— Ela está fazendo residência.

— Ou seja, é basicamente uma estagiária. Você não quer que ele tenha o melhor possível?

— Claro que quero. — Mas eu também confiava que o hospital sabia como contratar uma equipe. Era o mesmo respeito que eu esperava ter na minha posição.

— Então não deixe os Eden te enganarem. Eu não sei o que está acontecendo entre você e o *Griffin*. — Frank praticamente cuspiu o nome dele. — Só... tenha cuidado. Fique de olhos abertos.

Pisquei, em choque.

— De olhos abertos para o quê?

Frank olhou para trás para se certificar de que estávamos a sós. Depois, se aproximou e falou mais baixo.

— Griffin já ficou com muitas mulheres da cidade. E de fora também.

Franzi o cenho. Aquilo não era algo com que eu precisasse me preocupar naquele momento. Ou em qualquer momento. Porém, antes que eu pudesse dizer para o Frank que aquilo era problema meu, e não dele, ele continuou falando.

— Briggs bateu na esposa. Por isso que ela o deixou.

As engrenagens na minha mente pararam de súbito.

— O quê?

— Ela era a melhor amiga da Rain. Demorou muito tempo para ela confessar que ele era abusivo. Ela chegou lá em casa uma noite, chorando. Contou tudo para a Rain. No dia seguinte, ela foi embora.

— Foi embora? Para onde?

— Não sei, Winnie. Ela foi embora. Foi há muito tempo, mas por isso que estou te dizendo para tomar cuidado. Talvez ela o tenha deixado e precisado cortar todas as relações com Quincy. Mas isso acabou com a Rain. Ela perdeu a melhor amiga. E não podia fazer nada em relação ao Briggs.

Apertei a ponte do meu nariz.

— Mais alguma coisa?

— Além do fato de ele estar perdendo o juízo e ninguém parecer se importar que ele roda pela cidade com espingardas no carro? Não.

Então o Griffin e a família não eram os únicos que tinham notado os sinais de demência do Briggs. Eu mantive a boca fechada porque não era da minha conta.

Frank colocou a mão no meu ombro.

— Como você está?

— Estou bem. Cansada.

— Que tal ir para casa? Eu fico com o Covie por um tempo.

— Tem certeza?

— Claro. Mas talvez seja bom você carregar o celular para eu conseguir falar com você se algo acontecer.

Assenti. Depois da noite passada, prometi que nunca mais deixaria meu celular ficar sem bateria.

Nós dois entramos no quarto do vô e, depois de um longo abraço de despedida, eu o deixei com o Frank e segui em direção ao estacionamento.

Só que, no momento em que me sentei atrás do volante, meu cérebro entrou no modo hiperativo. Não conseguiria dormir, não depois do que o Frank tinha me contado.

Será que o Frank tinha tirado o dia para causar drama? Ou o Briggs tinha mesmo batido na esposa? Griff havia falado abertamente sobre a demência do tio. Por que ele não contara nada sobre a ex-esposa dele? A menos que Griff não soubesse de nada. Talvez Briggs tenha se casado quando Griffin era criança.

Mas Briggs era a única pessoa que morava relativamente perto de Indigo Ridge. A saúde mental dele estava deteriorando e, se ele tinha um histórico de violência, bem... Aquilo mudava tudo.

Saí do estacionamento e dirigi rumo à delegacia. As notícias voavam em Quincy, e fui bombardeada por perguntas sobre o vô quando passei pela porta. Janice estava praticamente em pânico.

Depois de assegurar a todos que ele estava bem, fui para o meu escritório, fechei a porta e liguei o computador.

Puxar o histórico de Briggs parecia uma traição. Minha pele formigava enquanto o arquivo carregava, e eu estremeci na minha cadeira. Porém, assim que o relatório apareceu na minha frente, comecei a ler todas as informações.

Data de nascimento. Endereços. Números de telefone. Relacionamentos. E histórico criminal.

Vazio. Sem registro de violência doméstica. Sem multas por velocidade. Nem mesmo uma multa de estacionamento em local proibido nos últimos dez anos.

Fechei o arquivo e fitei minha mesa, perdida em pensamentos.

— Hum.

Talvez o Frank estivesse enganado.

Peguei uma caneta, sem motivo além de ter um objeto para mexer. O clique consistente, como o som do metrônomo da minha professora de piano do quinto ano, acalmou meus pensamentos. Deixei aquilo bloquear todo o barulho para poder apenas... pensar.

Se tivesse sido uma briga, sem uma violência de verdade, era improvável que um mandado de prisão tivesse sido expedido. Ou talvez a esposa de Briggs tivesse contado apenas para Rain. Talvez ela tivesse pedido segredo, para garantir sua segurança.

Peguei meu celular da bolsa e procurei pelo nome do Griffin, com meu dedo pairando sobre a tela. Mas deixei para lá.

Era a família dele. Era a vida dele.

Caso ele não soubesse sobre o Briggs, eu não queria que descobrisse assim. Não por meio da fofoca do Frank. E, se ele soubesse, então devia haver um motivo para não ter me contado.

Naquela noite. Iríamos conversar a respeito naquela noite.

Depois que eu fizesse uma visita.

A culpa me seguiu enquanto dirigi para fora da cidade. Um nó foi crescendo no meu estômago à medida que eu me aproximava do rancho. Quando virei na estrada de cascalho que levava à casa de Briggs, estava suando, mesmo com o ar-condicionado ligado no máximo.

Griffin sabia já havia um tempo que eu tinha planos de conversar com seu tio. Eu dissera aquilo no dia que ele me trouxera as botas da Lily Green. Então por que parecia que eu estava quebrando a sua confiança? Ele não podia vir junto. Aquilo era uma visita oficial.

Aquilo era eu fazendo meu trabalho.

Engoli minhas dúvidas quando estacionei ao lado da caminhonete do Briggs. O lugar onde havia fogo no domingo virara um círculo de grama preta, com uma pilha de cinzas no meio. As toras de madeira queimadas tinham sido removidas. Mesmo dias depois, eu podia jurar que ainda conseguia sentir o cheiro de pinho queimado.

Andei até a cabana e me aproximei da entrada. Antes que eu pudesse bater na porta, ela se abriu de supetão e o corpo grande de Briggs Eden apareceu no batente. Será que o Griffin ficaria daquele jeito em trinta anos? Eles tinham o mesmo nariz. O mesmo formato nos lábios. Mas o Briggs tinha uma aparência mais grosseira, talvez por morar sozinho por tanto tempo.

— Olá. — Estiquei minha mão para cumprimentá-lo. — Sou Winslow Covington. Nos conhecemos há alguns dias. Eu vim aqui com o Griffin.

O olhar de Briggs foi para a minha mão esticada, depois para o meu rosto.

— Quem?

— Winslow Covington. Sou a nova chefe de polícia de Quincy.

Nenhum sinal de reconhecimento.

— Eu estava aqui no dia da fogueira.

— Ah, hum... desculpa. — Ele balançou a cabeça e apertou minha mão. — Acabei de acordar de um cochilo e ainda estou meio grogue. Sabe como é.

— Claro.

— Pode entrar. — Ele abriu passagem e fez sinal para eu entrar. — Winslow, certo?

— Isso mesmo.

— Aceita uma água?

— Seria ótimo. Obrigada.

Ele foi até a cozinha e pegou dois copos que não combinavam de um armário.

A cabana cheirava a gordura de bacon e ovos fritos. Meu estômago apertou — eu não tinha comido nada desde o almoço do dia anterior.

Uma frigideira de ferro fundido estava no fogão. Havia um pote de vidro na bancada da cozinha com flores silvestres. A sala principal era um grande espaço aberto. Em um lado, ficava a cozinha e a sala de jantar. No outro, ficava a sala de estar com dois sofás e uma TV em um suporte no canto.

A mesinha de centro tinha dois livros alinhados no tampo. Os DVDs embaixo da TV estavam perfeitamente organizados em uma linha reta. Havia uma estante na parede que, diferentemente do resto da casa, estava uma bagunça.

Aquela estante parecia pertencer à minha casa ou ao meu escritório, não àquela cabana pequena. Havia um monte de jornais enrolados. Livros espalhados. Um martelo que parecia novo. Um quebra-cabeça. Um pote de canetas.

A bagunça era insana. Enquanto algumas pessoas tinham a gaveta da bagunça, Briggs tinha as prateleiras da bagunça. Havia uma pilha de contas ainda fechadas. Um canivete gasto. E uma bolsa feminina.

Por que ele tinha uma bolsa feminina? E por que parecia tão familiar? Me aproximei e analisei o couro amarelado macio que destacava a costura cor de chocolate nas extremidades.

— Isso é muito bonito. — Tirei da estante e virei para mostrar para Briggs. — Sua esposa ou namorada tem um ótimo gosto.

— Não sou casado. — Ele riu e me trouxe um copo de água. — Não mais. Minha esposa me deixou há anos. Nós, é... tínhamos alguns problemas. No fim das contas, a vida de solteiro me serviu bem.

Sorri e tomei um gole da água. Não podia simplesmente perguntar se ele batia nela e se aquele era o motivo de terem tido *problemas*. Aquela visita não era para confirmar ou negar a fofoca do Frank. Briggs parecia lúcido. Naquele dia, eu precisava discernir que tipo de pessoa ele era. E talvez descobrir por que ele tinha aquela bolsa.

— Então foi você quem fez isso? Você trabalha com couro?

— Nossa, não. Não tenho paciência para aprender algo assim. Eu fui feito para trabalhar com a terra. — Sua expressão mudou quando ele riu. A aparência grosseira suavizou. As rugas ao redor dos olhos ficaram mais profundas. — Eu encontrei isso numa trilha em Indigo Ridge. Achei que era bonito demais para deixar na trilha.

Não havia nenhum sinal de sujeira na bolsa. Ou ele havia limpado depois de achar, ou...

Ou...

Eu não queria nem pensar na alternativa. Eu não queria que essa bolsa tivesse sido guardada como troféu, em vez de ter sido encontrada.

— Se importa se eu olhar a costura por dentro? — perguntei.

— Fique à vontade. — Um telefone tocou nos fundos da cabana. — Vou atender ali.

— Claro. — Eu o esperei sair e filmei a bolsa com meu celular, movendo-a para capturar todos os ângulos possíveis.

O acabamento de seda roxa estava tão limpo e impecável quanto a parte externa, e o cheiro era de couro novo. A aba frontal tinha um monograma com um "H".

A parte interna estava vazia, exceto por uma carteira no fundo. Uma carteira quadrada e verde-menta com um zíper dourado. Uma carteira tão feminina quanto aquela cabana era masculina.

Tirei a carteira da bolsa. O zíper estava aberto. Dentro, havia uma nota de vinte dólares e uma carteira de motorista.

A carteira de motorista de Lily Green.

CAPÍTULO DEZESSETE

GRIFFIN

— Está vestido? — Knox gritou da porta de entrada.

— Não — menti.

Ele entrou mesmo assim.

— Está sozinho?

— Sim.

— Droga. Achei que ia conhecer a chefe de polícia. Estou me sentindo excluído.

— O Mateo ainda não a conheceu também. — Apontei para o pote de plástico em sua mão. — O que é isso?

— Café da manhã. — Ele colocou o pote no balcão da cozinha antes de ir em direção à cafeteira. — Lembra no Natal, quando aquela doceira da Califórnia ficou hospedada no hotel? A gente tem se falado por e-mail, trocado receitas. Eu a convenci a me mandar a receita do rolinho de canela dela. Fiz hoje cedo e levei alguns para o pai e para a mãe. Pensei em trazer para você também.

— Valeu. — Tirei a tampa do pote e minha boca começou a salivar com o cheiro de canela, massa e açúcar. Cada rolinho era do tamanho da minha cabeça.

Knox tinha trazido dois, provavelmente pensando que Winn estaria ali.

— Você parece tão cansado quanto eu — comentou.

— Estou mesmo. — Bocejei em resposta.

O café que eu estava tomando desde as quatro da manhã ainda não tinha batido. Não havia dormido bem na noite passada, me remexendo de um lado para o outro. Toda vez que meu braço tocava o lado vazio da cama, eu acordava, preocupado com a hipótese de Winn ter levantado por causa de mais um pesadelo. Então, me lembrava de que ela dormira no hospital. Pouco depois de eu pegar no sono de novo, tudo se repetia.

Finalmente, quando o amanhecer começou a entrar pela minha janela, decidi me levantar e ir trabalhar no escritório.

— Como está o Covie?

— Melhor. Winn ficou no hospital com ele de novo ontem. — Apesar das minhas mensagens pedindo para ela ir dormir em uma cama, em vez de em uma cadeira. Se eu estivesse no lugar dela, porém, teria feito o mesmo. — Parece que o Covie vai para casa hoje.

— Que bom.

— Também acho. — Eu não queria que Winn passasse por aquela perda.

— Quais são as novidades? — perguntou Knox, tomando um gole do café. — Parece que eu não te vejo há anos.

— Você estava sentado do meu lado no rodeio.

— Você sabe o que eu quero dizer.

— Sim, eu sei.

Desde que a Winn invadira minha vida, ela vinha sendo um foco constante. Antes dela, eu ia no restaurante uma ou duas vezes por semana e deixava o Knox me alimentar.

— Você está levando a sério desta vez, não está? — perguntou ele.

— Estou, sim.

— Caramba. — Ele piscou, incrédulo. — Achei que você ia negar.

— Não com a Winn.

— Se lembra daquela vez quando tínhamos uns dez ou doze anos? Fizemos um pacto de que nunca íamos nos casar.

— Eu lembro. — Dei risada ao lembrar. — Meninas são nojentas. Meninos são os melhores.

— Íamos construir uma casa na árvore e morar nela para sempre. — Knox riu. — E aí chegamos na puberdade e os planos da casa na árvore foram descartados.

Nós dois fomos relativamente populares na escola Quincy High, e nenhum de nós passava muito tempo sem uma namorada. O Knox tivera relacionamentos mais sérios, mas eu fora um típico adolescente — só queria saber de sexo.

Tinha sido assim a minha vida inteira. E foi assim que tudo começou com a Winn.

Mas, se existia uma mulher para levar para a vida, era ela.

Achei que não tinha tempo para adicionar outra pessoa, outra peça, na minha vida. Mas estar com ela não era trabalho. Ela se encaixava perfeitamente.

Eu não era mais tão jovem. Minha família era grande, barulhenta e cansativa na maioria das vezes. Mas a ideia de construir o meu próprio legado, ter meus próprios filhos, parecia cada vez mais interessante.

Balancei a cabeça. Precisava dar um passo para trás. Íamos começar com apresentações para a minha família. E um encontro. Ela merecia um primeiro encontro.

— Vou levar Winn para jantar no restaurante. Hoje, se ela topar.

— Seria ótimo. — Knox foi até a ilha da cozinha e se sentou em um banco.

Sua barba por fazer tinha crescido, estava quase uma barba cheia. Seu cabelo nunca estivera tão longo, descendo pela nuca, e era tão bagunçado quanto o meu. Com tatuagens pretas em seus bíceps que saíam pelas mangas da camiseta, ele parecia mais um dos motoqueiros que passavam por Quincy no verão a caminho de Sturgis do que um empresário local e chefe de cozinha.

Mas acho que devia ser aquilo que as pessoas pensavam sobre mim também. Eu usava calças jeans sujas e botas gastas para tocar aquele rancho milionário.

— A mãe e o pai me contaram sobre o Briggs hoje de manhã — disse Knox. — Parece que está difícil.

— Está mesmo. — Suspirei. — E a pior parte é que está acontecendo muito rápido.

— Ele tem vindo no restaurante para almoçar. Duas, três vezes por semana. Parece bem.

— Acho que, na maior parte do tempo, está bem mesmo. Mas isso não importa se, quando ele está mal, tenta tacar fogo no rancho inteiro.

— Concordo. O pai disse que vai fazer umas ligações hoje.

— É a coisa certa a se fazer. Você faria o mesmo por mim.

— Faria. — Knox assentiu. — Assim como você faria por mim.

Eu deixei o assunto morrer. Não queria falar sobre aquilo. Não queria imaginar o meu irmão ter que passar por algo assim.

Knox e eu éramos os mais próximos em idade. Com apenas dois anos de diferença, éramos inseparáveis quando crianças. Exploramos o rancho, construímos fortes e caçamos monstros invisíveis com nossas arminhas de pressão.

Nós dois tínhamos nos irritado com nossos pais por terem tido três meninas. E, quando o Mateo nasceu, nove anos depois de mim, não brincamos tanto com ele. Éramos babás dele no tempo que passávamos juntos.

Eu amava o Mateo, mas minha conexão com Knox era mais forte. Eu tinha ligado para ele quando ficara bêbado em uma festa no meu último ano da escola e precisara de uma carona para casa. E ele tinha ligado para mim para tirá-lo da cadeia quando se metera em uma briga de bar alguns anos atrás. A mulher no bar estava brigando com o namorado e, quando o cara deu um tapa nela, o Knox foi ensinar bons modos para o filho da puta.

As noites de bebedeira eram coisa do passado. No presente, a gente apenas se sentava na minha varanda e tomava umas cervejas. Às vezes ele dormia lá, em vez de ir dirigindo para sua casa na cidade.

— Você vai trabalhar hoje? — perguntei.

— Sempre. E você?

— Todo dia.

Jim, Conor e outros ajudantes já tinham passado por ali naquele dia. Com todos eles trabalhando, eu havia decidido ficar mais perto de casa. Principalmente porque eu queria estar por perto caso Winn aparecesse.

— Por falar em trabalho... — Knox terminou de beber seu café. — É melhor eu ir. Tem muita coisa me esperando. Estamos lotados esses dias.

— Isso é bom, né?

Ele sorriu.

— Não poderia ser melhor.

O sonho do Knox era ter o próprio restaurante. Ele sempre tinha amado estar na cozinha junto com a mãe, absorvendo tudo o que ela tinha a oferecer. Quando ele anunciara que iria estudar gastronomia, nenhum de nós tinha ficado surpreso.

— Eu vou para o jantar hoje. Com ou sem a Winn. Talvez depois, se você estiver livre, a gente possa ir no Willie's tomar umas.

— Combinado. — Ele se levantou, acenou e foi em direção à porta.

Terminei minha xícara de café, peguei minhas botas de trabalho e fui ao celeiro.

Meu plano era passar uma ou duas horas lá fora, depois tomar um banho e, se não tivesse notícias da Winn nesse meio-tempo, ir para a cidade. Era o recorde de tempo que eu havia passado sem vê-la durante uma semana. Com toda aquela situação com o Covie, estava preocupado.

Ela não tinha respondido a última mensagem que eu enviara de manhã, perguntando como estava. Ela devia estar ocupada ajudando o avô a sair do hospital e ir para casa. Mesmo assim, eu me preocupava.

Minha mãe uma vez me dissera que nos preocupamos com aqueles que mais amamos.

Com a Winn, eu sempre ficaria preocupado.

Era algo que eu tinha que resolver. Aprender a lidar. Winn tinha um trabalho perigoso e, apesar de não sair em patrulhas à noite, às vezes ela estaria na rua com os malucos por aí. Era o motivo de eu ter ficado acordado no feriado. Eu sabia que ela estava na rua e aquilo me mantivera acordado até ela chegar.

Aquelas preocupações eram uma constante na minha cabeça. Mesmo uma hora de trabalho braçal no celeiro não acalmou a minha mente como de costume.

Eu estava limpando o estábulo do Júpiter quando ouvi o som de pneus se aproximando da casa. Eu saí no sol e o aperto no meu peito se desfez quando Winn desceu do carro Explorer à paisana do trabalho.

— Oi, meu amor. — Eu fui na direção dela e a puxei para os meus braços. — Como você está?

Seu corpo ficou tenso e ela se afastou.

— Bem.

— Ah, desculpa. — Eu passei a mão no meu peito suado, tirando os pedaços de feno do meu cabelo e da minha camiseta. — Como foi no hospital? Como está o Covie?

— Ele está bem. Em casa e confortável por enquanto.

Ela encontrou meu olhar por um segundo, depois suas írises azuis pararam no meu ombro. Ela parecia tensa, o cenho franzido. Havia olheiras escuras embaixo dos seus olhos e o rubor do seu rosto tinha sumido.

— Você conseguiu dormir?

— Não muito. — Ela balançou a cabeça, depois arrumou a postura. — Eu preciso falar com você sobre uma coisa.

— Ok — falei devagar. — Sobre o quê?

— O seu tio.

— Briggs? Aconteceu algo?

Ela assentiu.

— Eu vou levá-lo para um interrogatório.

— Interrogatório? Por quê?

— Eu fui vê-lo ontem.

Pisquei, tentando entender o que estava acontecendo. Estava preocupado com ela, achando que ela estava no hospital com o Covie. Achando que estava em casa sozinha, tentando dormir. Mas ela estava no rancho. No meu rancho.

— Você foi na cabana. Ontem, depois de hospital. Sem mim?

— Eu te disse há semanas que ia falar com ele.

— Sim, mas poderia ter me avisado. — Não tínhamos chegado a um ponto em que compartilhávamos esse tipo de coisa?

— Eu precisava fazer isso sozinha.

— Sozinha. — Como assim? Dei um passo para trás e cruzei meus braços no peito. — Por quê?

— Existe um boato de que ele tem um histórico de violência contra mulheres.

— Um boato. — Bufei. — Agora eu entendi. Você estava ouvindo o veneno do Frank. Não teve violência nenhuma. A esposa do Briggs o deixou porque era uma escrota mimada. Ela achou que ele iria assumir o rancho e ficaria com o dinheiro. Quando percebeu que ele não tinha interesse em cuidar do lugar e iria deixar meu pai com tudo, ela fugiu. Com todo o dinheiro do meu tio, por sinal. E, antes de ir embora, ela decidiu foder com a reputação dele.

Todo mundo que conhecia o Briggs sabia da verdade. Ele nunca teria batido na esposa. Ele a amava e, quando ela o deixara, partira seu coração.

— Você devia ter falado comigo primeiro — explodi. — Para saber a verdade.

Winn ficou tensa.

— Estou falando com você agora.

— Para quê? Para me dizer que vai arrastar meu tio para um interrogatório por causa de um problema conjugal de décadas atrás?

— Vou levá-lo para falar sobre Lily Green e Harmony Hardt.

Meu coração parou.

— Por quê?

— Quando eu estava na cabana, encontrei uma bolsa e uma carteira. A bolsa era da Harmony. A mãe dela confirmou ontem à tarde. A carteira era da Lily.

— Você vasculhou a cabana do meu tio. — Era o equivalente a me dar um tapa na cara.

— Não. Ele me convidou para entrar e eu vi a bolsa na estante.

A estante que estava sempre tão bagunçada e cheia de tralhas que eu não notava o que havia ali. Os itens mudavam constantemente, e eu só prestara atenção na estante nas vezes em que tinha ido à cabana e a visto organizada.

— A carteira estava dentro da bolsa — disse Winn. — Ele me deu permissão para olhar.

Essa informação era para fazer eu me sentir melhor, como se ela não tivesse traído minha confiança?

Balancei a cabeça, meus molares rangendo com tanta força que meus dentes doíam.

— Não acredito que você fez isso.

— Estou fazendo o meu trabalho.

— Você está acreditando na palavra da porra do Frank Nigel em vez de na minha.

Ela estremeceu.

— Não, não estou.

— Eu te disse que esse otário odeia minha família. Eu o conheço minha vida inteira e ele sempre me tratou como merda no seu sapato. — Se ela queria entrar na roda de fofocas, então precisava saber de todos os fatos, para equilibrar as coisas. — Sabia que o motivo de ele ser tão babaca com Talia é porque ele deu em cima dela quando ela estava com dezoito anos e ela o mandou pastar?

Winn pareceu incrédula.

— Eu, hum... não.

— Ou que ele vai no café quando a Lyla é a única pessoa trabalhando lá e faz ela se sentir desconfortável? Ele te contou como ela teve que ir duas vezes para os fundos e ligar pro Knox aparecer por lá para ela não ter que ficar sozinha com o Frank?

— Não. Ele... — Ela balançou a cabeça. — O quê? O Frank? Eu o conheço minha vida inteira. Ele pode flertar por aí, mas é inofensivo.

— O Briggs também.

Ela abriu a boca e a fechou logo em seguida, parando um momento para refletir.

— Eu só queria te avisar sobre isso.

— É um pouco tarde demais, não acha?

Enquanto eu havia me preocupado com ela no dia anterior, imaginando seu sofrimento por causa do ataque cardíaco de Covie, ela estivera na minha propriedade, conversando com meu tio, mesmo sabendo que estávamos lidando com problemas familiares.

— Eu não tinha que vir aqui, na verdade. — A expressão dela ficou mais severa. — Na verdade, eu não deveria ter falado nada para você, mas, por causa do nosso relacionamento, não queria que soubesse por outra pessoa.

— Nosso relacionamento. — Travei minha mandíbula. Um relacionamento que achei que fosse sério o bastante para ela vir falar comigo antes de sair acreditando nas merdas que o Frank falava.

Winn ergueu as mãos no ar.

— Eu preciso ir.

— Tudo bem.

Me recusei a olhar para ela enquanto ela voltava para a SUV, engatava a ré e desaparecia na estrada. Quando o barulho do motor sumiu com a distância, chutei uma pedra.

— Merda.

Aquilo iria dar confusão. Uma confusão do caralho. E se Briggs dissesse algo errado? Por que ele estava com a bolsa da Harmony Hardt? E a carteira da Lily Green?

Eu não teria a chance de perguntar para ele antes. Winn já devia estar a caminho da cabana. E, assim que ela o levasse para a delegacia, a cidade inteira iria saber. Um dos policiais daria com a língua nos dentes e, antes que eu e minha família tivéssemos respostas, Briggs iria ganhar mais uma grande mancha na sua reputação que o marcaria até o fim da sua vida. Assim como a que a ex dele tinha deixado.

Décadas depois, ainda havia pessoas que acreditavam que ele tinha batido nela. E pessoas como Frank, que não gostavam que nossa família fosse tão presente em Quincy, só pioravam tudo.

A roda de fofocas estava prestes a girar sem parar.

— Merda! — gritei, depois me virei e corri para dentro da casa. Peguei as chaves no balcão e fui até minha caminhonete.

Os pneus deixaram uma nuvem de poeira quando acelerei pela estrada de cascalho até a casa dos meus pais.

Poderíamos ter conversado na cabana. Winn poderia ter interrogado ele lá com um de nós presente. Por que ela teve que levá-lo para a cidade?

Briggs provavelmente havia achado a bolsa e a carteira em uma das trilhas. Assim como as botas da Lily. No dia em que eu tinha levado aquilo para o escritório da Winn, ela me dissera que iria conversar com o Briggs. E deveria mesmo. Mas era realmente necessário levá-lo para a delegacia?

Acelerei.

E se Briggs estivesse tendo um episódio, se não estivesse tão lúcido como de costume, o que diria para ela? Parecia que Winn estava dando uma pá para o homem cavar a própria cova. Tudo porque tinha que fazer algumas perguntas.

As malditas perguntas. Winn se recusava a chamar a morte de Lily de suicídio. Mas todo mundo sabia que era. A cidade inteira. Então por que ela não deixava o assunto quieto?

Aquilo não era nada mais do que um caso de achados e perdidos. Uma bolsa e uma carteira. Oras, a bolsa provavelmente havia ficado na trilha por anos, juntando poeira e chuva.

Se eu implorasse, será que ela levaria o Briggs para a casa dos meus pais? Poderíamos conversar à mesa da cozinha deles, onde meu tio ficaria confortável.

Eu peguei meu celular do bolso e selecionei o nome dela. A ligação foi direto para a caixa postal.

— Porra. — Acelerei ainda mais.

O nó no meu estômago aumentou.

Talvez eu não estivesse puto pelo simples fato de que Winn iria falar com o Briggs. E sim por estar morrendo de medo de que talvez houvesse um motivo.

Ela não o levaria para a delegacia se não houvesse algo de errado. Certo?

O que havia naquela bolsa? Por que o Briggs não a entregara depois da morte de Harmony Hardt? Por que ele guardara a carteira de Lily Green? Ele sabia que aquelas meninas tinham morrido.

Porra. Se ele tivesse algo a ver com a morte delas...

Não. As coitadas daquelas meninas tinham se matado. O último chefe de polícia havia investigado. Harmony Hardt estava deprimida. De acordo com suas amigas próximas, ela estava tendo algumas flutuações de humor.

Sua morte não tinha nada a ver com meu tio. Meu tio gentil e amoroso que estava perdendo a lucidez.

Minha mãe estava de joelhos no jardim, puxando ervas daninhas de um canteiro de flores, quando estacionei ao lado do carro do meu pai. Ela devia ter percebido que algo estava errado porque se levantou, tirou as luvas de jardinagem e as jogou na grama quando foi me encontrar na varanda.

— O que aconteceu?

— Cadê o pai?

— Está assistindo ao jornal. Você está me assustando, Griffin. São seus irmãos?

Balancei a cabeça.

— Não, é o Briggs.

— Ah, não. — Ela suspirou. — Entra.

Eu a segui para dentro. Meu pai estava em sua poltrona na sala de estar com a TV ligada passando as últimas notícias, os óculos no rosto e um jornal no colo.

— Oi, filho. — A sobrancelha dele franziu quando olhou para mim e para minha mãe. Ele baixou o apoio de pé da poltrona e se levantou. — O que aconteceu?

Coloquei as mãos nos quadris.

— Temos um problema.

CAPÍTULO DEZOITO

WINSLOW

— Posso te oferecer um café ou uma água? — perguntei para o Briggs.

— Não, mas obrigado. — Ele balançou a cabeça, olhando meu escritório. Seu corpo largo assomava-se na cadeira do outro lado da mesa. Ela parecia tão pequena quanto no dia em que Griffin tinha se sentado nela.

— Obrigada por ter vindo aqui comigo hoje. — O sorriso que lhe dei foi o mais cheio de simpatia que consegui.

Briggs apontou para a bolsa e carteira na minha mesa.

— Então você quer falar sobre essas coisas?

— Sim.

Os dois itens estavam em sacos de evidência. Quando eu chegara na cabana do Briggs uma hora antes, simplesmente pedira para ficar com aqueles itens para uma investigação. Ele tinha concordado, me poupando do trabalho de obter um mandado. Depois, eu perguntara se ele me acompanharia até a delegacia para discutir como os conseguiroa. De novo, ele tinha concordado.

Briggs estava focado e lúcido naquele dia. Como no dia anterior. Quando bati na sua porta pela manhã, ele brincou que teve mais visitas da polícia naquela semana do que na vida inteira.

Era compreensível por que Griffin amava tanto o tio. Ele havia passado a viagem inteira — no banco do carona do carro à paisana, porque, apesar de eu ter minhas dúvidas, não iria colocá-lo no banco detrás — me perguntando se eu estava gostando de Quincy e contando histórias sobre sua vida no rancho.

Parecia ser um homem gentil. Uma pessoa que morava sozinha porque gostava da própria companhia. Um irmão e tio coruja — a maioria das histórias que contara incluía um ou mais dos sobrinhos e sobrinhas.

Parecia errado estar com ele ali para tratar de um assunto tão ruim. Ou talvez eu me sentisse assim por causa da reação de Griffin.

— Você se importa se eu gravar esta conversa? — perguntei, gesticulando para o gravador portátil ao lado do meu celular.

— Nem um pouco.

— Obrigada. — Coloquei o gravador entre nós e apertei o botão vermelho. Depois de uma pequena introdução com os nossos nomes e a data, fiz uma breve descrição da bolsa e da carteira, para ter o registro. — Você disse que encontrou esses dois itens quando estava fazendo trilha, certo?

Briggs assentiu.

— Isso mesmo.

— Onde estava fazendo trilha?

— Indigo Ridge. Caminhei por aquela área a minha vida inteira. É meu lugar favorito. A vista do topo é impressionante.

— Aposto que é. Talvez um dia eu vá até o topo.

— Eu levo você até lá. — Foi uma oferta sincera.

— Seria ótimo. — Foi uma resposta sincera.

Caso Briggs me levasse para uma trilha, eu duvidava que iria me empurrar do penhasco.

Não deveria haver um nó no meu estômago caso eu desconfiasse que aquele homem fosse um assassino? Não deveria haver uma faísca de nervosismo correndo pelo meu corpo? Não havia nada. Meus instintos me diziam que tinha algo de errado na morte de Lily Green. Porém, sentada frente a frente com um homem que não deveria ter a carteira dela, um homem que morava o mais próximo possível de onde ela havia morrido, nenhum centímetro do meu corpo me sinalizava que ele era perigoso.

Mas eu não era paga para usar apenas os meus instintos. Estava ali porque tínhamos que seguir as evidências. Elas haviam me conduzido até ali. E eu iria continuar procurando até o fim.

— Briggs, como deve saber, três mulheres foram encontradas ao pé de Indigo Ridge.

— Sim. É terrível. Aquelas crianças... eram apenas crianças. — Sua voz estava cheia de empatia.

— É realmente terrível.

Uma linha se formou entre suas sobrancelhas grisalhas.

— Você não acha que eu tive algo a ver com isso, acha? Eu nem sequer conhecia essas meninas.

— Me fale mais sobre como você encontrou a bolsa.

Ele virou a cabeça, encarando o objeto.

— Achei que queria a bolsa porque tinha sido roubada ou algo assim. A mesma coisa com a carteira. Achei que ia me dizer quando chegássemos aqui. Entendi agora. Você acha que eu tive algo a ver com a morte dessas meninas, não acha?

Em vez de responder, me inclinei para a frente e apoiei os cotovelos na mesa.

— Quando você encontrou a bolsa?

— Não sou um assassino. — Ele rangeu os dentes e não respondeu à minha pergunta. — Estou perdendo a cabeça. Perdendo quem eu sou. E saber que não tem nada que eu possa fazer para impedir isso é um teste de humildade para um homem. Estou cara a cara com a minha própria mortalidade, srta. Covington. Não estou assassinando meninas inocentes. — Seu rosto ficou rosado. Seus ombros enrijeceram.

— Vamos apenas conversar sobre a bolsa.

— De quem era?

— Harmony Hardt.

Ele baixou o olhar.

— Foi essa a mulher que o Harrison achou? Ou foi o Griffin?

— Griffin — respondi. — Quando você encontrou a bolsa?

— Que dia é hoje?

— Quarta.

— No domingo.

O dia da fogueira.

— Tem certeza? Nesse domingo passado?

— Sim. Eu fui fazer trilha de manhã cedo. Voltei para casa. Coloquei na minha estante para organizar depois. Saí para fazer algumas coisas no quintal, e bom... você estava lá.

Então ele teve um episódio.

— A carteira estava dentro da bolsa quando você a encontrou?

— Não.

— Onde encontrou a carteira?

— No mesmo lugar no domingo. Estavam juntas.

Harmony Hardt tinha morrido anos antes de Lily Green. Aqueles itens não deveriam estar juntos.

A menos que Lily Green tivesse uma bolsa igual à de Harmony Hardt. Eu imaginei que o monograma H fosse de Harmony, mas talvez fosse o logo de uma marca. Para identificar a bolsa, eu tinha começado com a mãe de Harmony. Quando ela a reconhecera, eu não tinha ido checar com Melina Green.

Eu iria fazer uma parada antes de levar Briggs para casa. E investigar melhor a origem dessa bolsa.

— Você encontrou a carteira ou a bolsa primeiro? — perguntei.

— A carteira. Estava no meio da minha trilha de sempre. Quase pisei nela.

— Onde estava a bolsa?

— Em um arbusto cerca de dez metros depois.

— Na trilha?

Ele assentiu.

— Sim.

Minha mente estava acelerada, várias possibilidades e cenários passando por ela como uma luz estroboscópica. Não fazia sentido ele ter encontrado os dois artigos tão perto um do outro.

Briggs poderia estar mentindo, apesar de a sua admissão apenas tornar tudo mais suspeito. Uma mentira mais crível seria que ele havia encontrado a bolsa anos atrás e a carteira mais recentemente, ambas em trilhas diferentes.

Supondo que ele falava a verdade, por que os dois itens estavam juntos?

Seria parte de um padrão de suicídio? Talvez uma das jovens tivesse começado com um símbolo, deixando algo para trás. Mas não fazia sentido. A bolsa estava em uma condição muito boa para ser de Harmony.

E, depois da Lily, eu tinha vasculhado a área inteira atrás de evidências. Havia passado horas lá procurando pelos sapatos dela. Eu provavelmente não os tinha encontrado porque Briggs chegara antes. Mas eu também não tinha encontrado a bolsa nem a carteira.

Quem mais andava subindo naquela montanha?

— Essa sua trilha é popular? — perguntei.

— Não muito.

— Você achou as botas na mesma área?

— Não. Elas estavam mais perto da minha cabana, em uma clareira. Eu provavelmente não as teria visto se não tivesse parado para colher umas flores silvestres. As botas estavam bem ao lado delas.

Eu teria que investigar os dois locais. Talvez houvesse mais coisas por lá. Talvez houvesse algo a mais.

— A trilha onde você encontrou isto. — Gesticulei para a bolsa e a carteira. — É a que vai até o cume? Aquela perto da estrada?

— Não, são diferentes. Você pode chegar no topo pela minha trilha, mas é um caminho mais longo. Tem um atalho na que você está falando, a cerca de cento e oitenta metros do penhasco. Eu raramente pego essa porque vou mais alto.

Os caminhos se misturavam como fios na minha mente enquanto eu tentava visualizar o que ele estava me falando.

— Existe um mapa desses caminhos?

— Não, mas eu posso desenhar um.

Abri a gaveta da minha mesa, tirei um bloco de notas e um lápis e entreguei para Briggs.

Enquanto ele desenhava o mapa, analisei seu rosto.

Ele era culpado? *Ele tinha feito aquilo?*

Eu já havia me perguntado aquilo antes, em outros interrogatórios.

Certa vez, eu havia interrogado um homem acusado de estuprar uma mulher em um beco atrás de um bar, no centro de Bozeman. Ele fora muito cooperativo. Parecia inocente. Preocupadíssimo com o que tinha acontecido porque a vítima era uma colega da faculdade. Mas ele era culpado. Ele tinha me olhado nos olhos e jurado que não tinha nada a ver com aquilo.

Era da minha natureza acreditar no lado bom das pessoas, mas eu não tinha acreditado naquele filho da puta nem por um segundo. Uma amostra de DNA confirmara minha suspeita.

Ele tinha feito aquilo?

No caso daquele maldito, sim.

No caso do Briggs? *Não. Talvez. Não sei.*

Se não houvesse a questão da sua capacidade mental, seria mais fácil decidir. Mas e se ele tivesse feito algo terrível e não conseguisse nem se lembrar? E se tivesse ido fazer trilha e encontrado uma menina perdida? E se tivesse sido violento com ela?

E se ele tivesse sido violento com a esposa e Frank tivesse razão sobre ele ser o responsável pela partida dela? Mas e se Griffin tivesse razão sobre o Frank e tudo aquilo fosse fofoca espalhada por inimigos em uma cidade pequena?

A verdade devia estar em algum lugar no meio disso tudo, escondida, e eu precisava encontrá-la.

Briggs terminou o desenho e me entregou o bloco. O mapa era simples e direto. Ele circulou a área onde encontrou a bolsa e a carteira. Marcou onde encontrou as botas. Com base nos desenhos, não havia motivo para as meninas estarem na trilha dele. Se elas tivessem estacionado na estrada e pegado a mesma trilha que eu seguira para investigar a região, elas não deveriam ter chegado nem perto de onde Briggs encontrara a bolsa e a carteira.

A menos que ele estivesse mentindo.

Supostamente, ele estava com a carteira havia dias. Ele soubera da morte de Lily Green. Por que não entregara imediatamente à polícia?

— Você olhou dentro da carteira? — perguntei.

— Não, eu... Eu ia. Depois meio que esqueci. — Ele esfregou a nuca. — Depois do fogo.

— A bolsa está em boas condições. — Eu apontei para ela. — Não parece ter passado muito tempo jogada por aí.

— Provavelmente não ficou. Couro desse tipo teria se estragado na primeira chuva que caísse.

Das duas uma: ou ele a encontrara bem antes do que me contou, ou alguém colocara essa bolsa na montanha com a carteira. Sim, ambas poderiam ser da Lily. Mesmo assim, ela havia morrido no começo do mês anterior. Tivemos noites de chuva desde sua morte. Aquela bolsa e aquela carteira estariam em péssimo estado se estivessem largadas por aí desde junho.

Havia uma chance de que tivessem ficado protegidas, talvez sob uma árvore. Supondo que aquela bolsa fosse da Lily. Supondo que ela tivesse pegado a trilha errada. Supondo que ela tivesse jogado longe a bolsa e a carteira antes de seguir para o penhasco.

Eram muitas suposições.

— Você tem visto alguém naquelas trilhas ultimamente?

Briggs negou com a cabeça.

— É propriedade privada. A única pessoa que passa por ali regularmente sou eu.

— Tem certeza?

Seus olhos travaram nos meus por um segundo e vi o entendimento cair sobre eles.

Se havia evidências de algo terrível ali, ele seria meu principal suspeito. Ele tinha os recursos. A oportunidade. O único elemento faltante — e o principal — era a motivação.

Invasão era uma possibilidade, embora fosse fraca. Talvez ele tivesse visto alguém no rancho e a raiva tomara conta dele.

Era uma teoria.

Eu odiava teorias assim. Geralmente queriam dizer que eu não estava vendo algo.

A confusão na minha cabeça estava começando a gritar tão alto que eu queria tampar meus ouvidos.

Que caralhos estava acontecendo? Se Lily realmente tivesse cometido suicídio, alguém devia ter estado com ela naquela noite. Ela havia transado com alguém.

Briggs?

Aquilo explicaria por que nenhum dos seus amigos sabia de um namorado. Talvez ela estivesse saindo escondida até as montanhas para ter um caso com um homem mais velho.

Talvez...

Havia muitos "talvez". Mas, se ele estava com as botas dela lá no topo, fazia sentido os pés de Lily não estarem feridos. Ela as estaria usando até... o quê? Até ele a empurrar? Até ele a jogar do penhasco?

— Pode me falar onde estava na noite do dia primeiro de junho? — perguntei, odiando o fato de que seus ombros caíram imediatamente.

— Em casa.

— Sozinho?

— Até onde eu sei.

— Estava fazendo alguma coisa? Lendo? Falando com alguém? Vendo um filme?

Ele olhou para mim e havia tanta vergonha em seu olhar que meu coração apertou.

— Eu não tenho feito muita coisa ultimamente. Eu, hum... Eu tenho certeza de que estava em casa. Mas não lembro exatamente o que estava fazendo.

— Tudo bem. — Eu lhe ofereci um sorriso triste. — É difícil se lembrar de coisas específicas que aconteceram há tanto tempo.

Ele baixou o olhar para o colo.

Era o relacionamento de Briggs com Griffin que fazia eu me sentir daquele jeito em relação a ele. Era o motivo de ele estar no meu escritório, e não em uma sala de interrogatório com outros policiais como testemunha.

— Isso é tudo de que eu preciso por enquanto. — Parei de gravar, guardei o aparelho em uma gaveta, a tranquei e peguei minhas chaves. — Vou te levar para casa agora.

Ele se levantou e, sem dizer nada, me seguiu para fora do escritório até o estacionamento.

Não havia outros policiais na delegacia, apenas Smith na porta. Eu tinha escolhido exatamente aquela hora para não ter um público ali quando trouxesse o Briggs.

A volta para a cabana foi um contraste gritante com a ida para a cidade. Briggs manteve as mãos juntas no colo, como se tivesse algemas invisíveis nos pulsos.

Quando parei na frente da sua casa, ele foi abrir a porta, mas parou, hesitante, olhando para mim pela primeira vez desde que deixamos a delegacia.

— Eu não acho que machuquei aquelas meninas.

A incerteza em suas palavras era como uma facada no coração.

Sem saber o que dizer, fiquei em silêncio enquanto ele saía do carro e desaparecia dentro de sua casa.

Encarei a porta da cabana por alguns minutos.

É impossível saber o que acontece entre quatro paredes a menos que se more lá. Porém, no caso de Briggs, eu imaginava que ele vivia — por opção própria — uma vida simples.

Ele tinha aquilo em comum com o sobrinho.

A vontade de ir até Griffin, sentir seus braços ao meu redor e me livrar daquela sensação ruim era tão forte que, quando passei pela cidade, mantive as duas mãos no volante para ter certeza de que continuaria no caminho.

Ele estava bravo. Eu estava com raiva.

Não haveria conforto em seus braços naquele dia.

A delegacia estava silenciosa quando voltei. Me sentei à minha mesa e ouvi a gravação da minha conversa com Briggs. Depois, comecei a trabalhar.

A bolsa e a carteira foram levadas para coleta de impressões digitais. Mesmo com a gravação, fiz anotações detalhadas sobre minha conversa com Briggs e sobre como encontrei as coisas na casa dele. Depois, saí para visitar Melina Green.

Ela estava na estação das enfermeiras quando cheguei na casa de repouso, sorrindo enquanto conversava com uma colega de trabalho. O sorriso desapareceu quando me viu. Ela se recuperou rapidamente, acenando quando me aproximei, mas o dano estava feito.

Eu sempre seria o rosto do pior dia da vida dela.

Era um fardo que eu precisava carregar.

Melina estava se recuperando e eu era um lembrete indesejado da dor. Com o tempo, haveria outras como ela. Outras que iriam estremecer quando me vissem em um restaurante. Outras que iriam mudar de direção quando me vissem andando pela calçada.

— Oi, Melina. Desculpa te incomodar. Você tem cinco minutos?

— Claro.

Pulei o papo furado quando a puxei de canto, mostrando logo o vídeo da bolsa. Ela não a reconheceu e me garantiu que, se Lily tivesse comprado aquela bolsa, teria adorado mostrá-la para a mãe, porque ela era aquele tipo de filha.

Quando me despedi, os olhos de Melina estavam marejados.

Era cedo quando deixei a casa de repouso. Havia burocracias a fazer na delegacia. Eu tinha relatórios para revisar. O processo do orçamento municipal para o próximo ano estava começando e eu precisava analisar os dados fiscais que a Janice tinha preparado para mim.

Mas eu não voltei para a minha mesa.

Fui para casa, precisando de algumas horas sozinha no meu próprio espaço para processar meus sentimentos. Depois, iria ver o vô e fazer jantar para ele.

Mas passar aquele tempo sozinha não estava no meu futuro.

A caminhonete de Griffin estava estacionada na frente da minha casa. Assim que me aproximei da entrada da casa, ele saiu pela porta do motorista e marchou até minha varanda. Mesmo com minhas portas fechadas, consegui ouvir as pisadas fortes das suas botas na calçada.

Respirei fundo, reunindo todas as minhas forças para aquela briga. Não tinha dormido muito na noite anterior — não apenas porque a cadeira do hospital era dura, mas também porque estava agonizando sobre como contar para Griffin que ia levar o Briggs para um interrogatório.

Sem dizer uma palavra, o alcancei na varanda, coloquei a chave na fechadura e entrei.

Ele me seguiu até a sala de estar, ondas de fúria irradiando de seu peito.

Deixei minha bolsa cair no chão ao lado dos meus sapatos, depois encarei Griffin, pronta para acabar logo com aquela briga.

Provavelmente seria a nossa última. Seria o fim.

Mais tarde, à noite, quando estivesse sozinha na minha cama, iria lamentar a perda do Griffin. Meu caubói forte que carregava tanto peso nas costas. Sentiria falta dele. Choraria ao pensar no que poderíamos ter sido. Provavelmente choraria mais do que chorara por Skyler.

Mesmo furioso, Griffin era lindo. Seu queixo reto estava tenso. Seus olhos, escondidos sob o boné de beisebol que eu amava tanto, estavam frios.

— Você falou com o Briggs. — Era uma acusação, não uma declaração.

— Sim.

— Meus pais falaram com o advogado deles. Ele precisa estar presente para qualquer outra conversa que você tiver com meu tio.

— Sem problemas. Briggs poderia ter pedido para ter um advogado presente hoje.

Griff olhou para a parede, sua mandíbula pulsando enquanto as narinas inflavam.

— Todo mundo já sabe. Passei no café. Lyla disse que haviam lhe perguntado cinco vezes por que o Briggs tinha sido preso hoje. Agora minha família está recebendo mil ligações, tendo que explicar para todo mundo que ele não foi preso, que era apenas uma reunião normal.

A porra do policial Smith. Ele tinha sido o único a me ver escoltar o Briggs para o meu escritório. Até a Janice estava fora da delegacia, almoçando. Smith, aquele babaca, iria aprender uma lição sobre confidencialidade no dia seguinte.

— Sinto muito. Tentei ser discreta.

— Discrição teria sido ter essa conversa em qualquer lugar fora da delegacia. Discrição seria ter falado comigo primeiro.

— Eu falei com você primeiro — respondi, irritada, dando um passo para a frente e apontando um dedo em seu peito. — Eu fui te ver hoje de manhã. Você acha mesmo que quero humilhar o Briggs?

Ele não respondeu.

— Vou considerar isso um sim — falei.

— Eu sei como essa cidade funciona. Tem muita fofoca.

— Algo que você me explicou várias vezes. Por isso que a única pessoa na delegacia era o policial Smith. Eu questionei o Briggs no meu escritório com a porta fechada. Ninguém estava presente. Gravei a conversa. Apenas eu. Mas tenho um trabalho a fazer.

— Um trabalho.

— Sim, um trabalho. — Joguei minhas mãos no ar. — Sabe quantas regras eu quebrei por ter te contado primeiro? Se alguém descobrisse, iria comprometer minha investigação.

— Que investigação? O que você acha que vai descobrir? Aquelas meninas se mataram, Winn. É triste para caralho. É terrível. Mas, porra, é a verdade. Foi suicídio.

— Mas e se não for? — Minha voz ecoou pelas paredes. — E se não for isso, Griff?

— Você acha que meu tio as matou?

— Não, não acho — admiti. Para ele. Para mim mesma. — Isso não quer dizer que eu possa ignorar as questões. E se? E se fosse a sua irmã que tivesse sido encontrada em Indigo Ridge? E se fosse Lyla ou Eloise ou Talia? Eu não consigo viver com todas essas dúvidas. Não quando tenho o poder de acabar com elas.

Ele soltou o ar dos pulmões em um grande suspiro.

— Não estou te culpando por fazer perguntas. Apenas pelo jeito que você as fez.

— Não posso ser uma policial para todos em Quincy exceto para você. E, se você recuasse um pouco e parasse de agir como uma mula teimosa, e se lembrasse de que eu sou mais do que a mulher com quem você dorme, perceberia que está me pedindo algo impossível. Não sou assim, Griffin. Não é assim que você gostaria que eu fosse.

— Não estou...

— Está, sim. — Eu suspirei. — Sim, está sim.

Ele congelou. Minutos se passaram.

A qualquer instante, ele sairia por aquela porta e iria embora da minha vida. Já doía perdê-lo. Meu Deus, como doía.

Mas ele não me deixou. O corpo dele murchou e ele arrancou o boné e o jogou pela sala. Depois, passou a mão pelo cabelo.

— Você tem razão.

O alívio foi tão grande que eu ri.

— Eu sei.

Ele apoiou os punhos fechados no quadril.

— Estou puto.

— Lide com isso.

— Vou lidar. — Griff passou o braço pelos meus ombros e me puxou para o seu peito. — Desculpa.

Talvez eu devesse ter lutado por um pedido de desculpas mais elaborado, mas dois segundos apoiada em seu corpo forte e quente e eu deixei para lá. Depois do ataque do coração do vô, das duas noites de insônia e da conversa com o Briggs, eu não tinha forças para brigar com o Griffin. Então passei meus braços pela sua cintura fina, pressionei minha bochecha no seu coração e só... respirei.

— Você me deixou louco, mulher. Louco para caralho.

— Quer dar um tempo? Desistir disto aqui?

Ele se afastou e colocou as mãos no meu rosto, tocando meu cabelo e minhas têmporas.

— Não acho que poderia desistir de você nem se eu quisesse.

— Mesmo se a gente brigar?

— Especialmente quando a gente brigar.

Não era uma declaração de amor. Não era uma promessa de compromisso. Mas aquela afirmação me emocionou tanto que meus olhos se encheram de lágrimas.

Meus pais costumavam brigar. Minha mãe dizia que eram brigas *normais*.

Quando estava no ensino médio, quando todos os pais dos meus amigos estavam se divorciando, me convenci de que meus pais fariam o mesmo. Um dia, eu os ouvira discutindo sobre alguma coisa. Com o tempo, esqueci dos detalhes, mas, quando minha mãe me encontrara chorando no meu quarto à noite, ela se sentara comigo e prometera que era uma briga normal.

Ela havia dito que um dia esperava que eu encontrasse um homem que brigasse comigo. Que me amasse mesmo quando sua vontade fosse me esganar. Que nunca desistisse de brigar, porque o que teríamos seria forte o bastante para enfrentar algumas palavras irritadas.

— Eu também não quero desistir — murmurei.

— Ei. — O polegar dele pegou duas lágrimas que caíram. — Você não pode chorar, Winn. Isso vai acabar comigo. Não chora, meu amor.

Funguei para me livrar do formigamento no nariz.

— Os últimos dias foram difíceis.

— Pode se apoiar em mim.

Ele beijou minha testa, depois me abraçou de novo, me apertando tão forte que, se meus joelhos cedessem, eu nem iria me mexer.

Me apoiei nele.

E, pela primeira vez em muito tempo, eu sabia que o homem me segurando não me deixaria cair.

CAPÍTULO DEZENOVE

GRIFFIN

— Qual é a graça? — perguntei.

Winn estava segurando o riso desde que tínhamos saído do mercado.

— Nada.

O movimento no canto da boca dizia o contrário.

— Fala logo, amor.

— É só que eu nunca andei na sua caminhonete.

— Tá... — respondi devagar, parando na frente da minha casa. — Por que isso é tão engraçado?

— Porque ela é imunda. — Ela soltou aquela risada linda. — Você é o homem mais limpo e organizado que eu já vi. Se eu deixar uma migalha no balcão, você limpa. Nunca vi seu cesto de roupa suja cheio. Quando você faz a barba, não deixa um pelo na pia. Mas essa caminhonete...

Dei de ombros.

— É uma caminhonete de rancho.

Mantê-la limpa era praticamente impossível. Trabalhar com terra o dia inteiro significava que eu sempre traria terra nas minhas botas. Era a mesma coisa com feno e palha. E, na maior parte do tempo, eu preferia baixar as janelas do que usar o ar-condicionado, então a poeira entrava na conta.

— Eu gosto dessa bagunça. — Ela soltou o cinto de segurança e se inclinou sobre o painel para beijar meu rosto. — Faz você ser real.

— Sou o mais real possível com você, Winslow. — Eu coloquei uma mecha de cabelo dela atrás da sua orelha.

Aqueles olhos azul-escuros suavizaram e ela apoiou a bochecha na palma da minha mão.

Nenhum de nós dois se mexeu. Só ficamos sentados ali, sentindo o toque, nosso olhar fixo um no outro enquanto mergulhávamos na quietude daquele momento.

Momentos assim tinham sido raros nas últimas duas semanas.

Tínhamos evitado falar sobre Briggs durante aquele período. Era algo sensível para nós dois.

Winn fez o que precisava fazer. Tinha razão em me colocar no meu lugar. Meus pais também concordaram com ela. Sim, eles ligaram para um advogado, mas nenhum deles a culpava por ter feito algumas perguntas para o Briggs.

Desde então, ela passara um bom tempo explorando Indigo Ridge e as trilhas que iam da montanha para a cabana do Briggs. Ela me pedira permissão primeiro, mostrando o mesmo respeito que teria com qualquer outro proprietário da terra. Fora isso, fizera o que precisava fazer enquanto eu trabalhava no rancho.

Estávamos no auge da colheita de feno. As ceifadeiras e enfardadeiras funcionavam a todo vapor. O fim de julho era uma época caótica. Estávamos sempre movendo o gado de pasto para garantir que a grama não crescesse demais durante o verão quente. As ervas daninhas tinham que ser retiradas. Equipamentos precisavam de conserto. Um dos nossos tratores havia quebrado no começo da semana, então eu tinha passado quase dois dias com o nosso mecânico, ambos cobertos de graxa, trabalhando para consertá-lo.

Quando chegava em casa à noite, eu estava morto de cansaço.

Winn estivera ocupada trabalhando na delegacia e passando tempo com Covie. Ela saía toda manhã e a preocupação com ela se instalava em mim, escondida pela minha rotina. A distração do trabalho ajudava, mas eu só conseguia respirar de verdade quando ela estava ali. Sob meu teto. Na minha cama.

Eu gostava que a minha casa estivesse se tornando a dela também. Algumas vezes naquela semana, ela havia chegado antes de mim. Eu a encontrara lá dentro, vestindo uma das minhas camisetas, com os sapatos largados na porta e a camisa do uniforme jogada no chão do lado do cesto de roupas, em vez de dentro dele. Uma vez, ela estava na varanda bebendo uma taça de vinho.

Mais cedo ou mais tarde, eu queria que ali fosse seu único santuário. Considerando que o restante dos seus móveis tinha chegado na casa dela na cidade, achei que era um bom sinal o fato de ela ainda não os ter montado.

— É melhor levarmos essas compras para dentro — disse ela.

— Sim.

Ela se aproximou para me dar mais um beijo e saiu do carro.

Eu a encontrei atrás da caminhonete, abrindo a caçamba. Ela apoiou as sacolas plásticas no antebraço, eu fiz o mesmo e a segui. Depois, saímos para pegar a segunda leva — minha geladeira e despensa estavam quase vazias.

— O que é isso? — perguntou ela, pegando a calota velha que Mateo havia encontrado algumas semanas atrás.

— Lixo. Sabe o terreno que eu comprei perto de Indigo Ridge, do outro lado da rua?

— Sei. — Ela passou o dedo pela palavra "Jeep" impressa no metal.

— Aquele cara tinha um milhão de carros velhos estacionados por lá. Mateo encontrou isso na beira da estrada que levava até a montanha. Acho que vou passar o resto da vida encontrando peças enferrujadas.

— Ah. — Ela jogou a calota no fundo da caçamba antes de pegar a última sacola.

Trabalhamos juntos na cozinha para desempacotar tudo. Era simples. Chato e sem graça. Mas algo no ato de ir fazer compras juntos, empurrar um carrinho pelos corredores, trabalhar paralelamente na cozinha, fazia eu me apaixonar mais.

Talvez porque parecesse que aquela casa estava esperando por ela aquele tempo todo.

— Compramos tanta comida. — Ela ficou em pé na frente da geladeira aberta. — E eu não faço ideia do que quero jantar.

Eu ri.

— Carne com batatas? Posso grelhar uns bifes.

— Perfeito. O que eu posso fazer?

— Beijar o cozinheiro.

Ela fechou a porta da geladeira e foi até onde eu estava em pé, diante do balcão, para se encaixar no meu peito. Suas mãos tocaram minha cintura e se moveram para dentro da minha camiseta. Assim que as palmas tocaram a pele das minhas costas, minha boca era dela. Nossas línguas começaram uma guerra deliciosa.

Segundos antes de arrancar a camisa dela, congelei ao ouvir a porta da frente abrir.

— Griffin, se o seu pau estiver para fora, esse é o seu aviso de cinco segundos para guardá-lo antes que as meninas cheguem. — A voz de Knox ecoou pelo corredor.

Tirei minha boca da de Winn e sequei meus lábios.

— Vai embora — falei para Knox.

Ele me ignorou e apareceu na entrada. Quando chegou na cozinha, foi na direção da Winn.

— Oi, eu sou o Knox.

Winn limpou a garganta e se afastou, deixando exposto o volume na minha calça.

— Oi. Sou a Winslow.

— Prazer em conhecê-la. — Ele apertou a mão dela, depois olhou para mim. — Finalmente.

O jantar no restaurante que eu havia prometido nunca aconteceu. Em parte porque estávamos bem ocupados. Em parte porque nós dois parecíamos gostar de ficar trancados sozinhos.

— As meninas estão trazendo o jantar. — Knox foi até a geladeira e pegou uma das minhas cervejas. — E eu vou aproveitar uma noite rara em que eu não sou responsável pela comida.

— Espera aí. — Ergui um dedo. — Que jantar?

— Minha mãe viu que você estava em casa e que o carro da Winslow estava aqui. Então decidimos invadir. — Ele se virou para Winn. — Para deixar claro que não ficamos chateados com a coisa toda do Briggs e que a única que poderia se chatear com isso era você.

O corpo de Winn relaxou.

— Obrigada.

— Por nada. — Knox piscou para ela.

Suspirei, grato pela grande demonstração de apoio, mesmo não estando muito empolgado de ter a casa cheia.

— Então todo mundo vem aqui?

Knox negou com a cabeça.

— Nossos pais já tinham planos.

— E se nós tivéssemos planos?

— Vocês têm? — perguntou Knox para Winn.

— Não. — Ela riu. — Só jantar.

— Viu? — Ele acenou com a cerveja para mim, depois bebeu e voltou para a geladeira com o intuito de pegar uma para mim. — Beba isso e relaxe. Agradeça que demos bastante tempo para vocês.

Peguei a garrafa, abri a tampa e ofereci para Winn.

— Acho que você vai precisar disso.

— As meninas vão trazer sangria — disse Knox.

— Ah, eu vou esperar então. — Winn dispensou minha cerveja.

— Mas... — Knox ergueu as sobrancelhas. — Eloise fez a sangria.

Estremeci.

— Amor, é melhor ficar na cerveja. Ou então eu abro um vinho para você.

— Qual o problema com a sangria da Eloise? — perguntou Winn.

— Minha mãe gosta de dizer que passou o dom da culinária para os filhos, mas, como ela passou muito para Knox e Lyla, não sobrou nada para Eloise e Mateo.

— Existe a possibilidade de que a sangria te mate — disse Knox.

Winn pegou a garrafa de cerveja da minha mão.

Fui até a geladeira para pegar uma para mim. Assim que tirei a tampa, a porta da frente se abriu e o som das vozes aumentou como se alguém tivesse encontrado um botão de volume na casa e aumentado até o máximo.

— Meu Deus, como elas são barulhentas — murmurou Knox.

— Você não pode reclamar. — Eu lhe lancei um olhar sério. — Foi ideia sua.

— Na verdade, foi minha. — Lyla entrou na cozinha com três potes de plástico com diferentes tons de verde. — Oi, Winslow.

— Oi, Lyla. — Winn acenou e fiquei feliz que ela estivesse levando tudo numa boa.

Winn iria ser uma grande parte da minha vida — quanto a isso, não havia dúvidas — e minha família invadia meu espaço. Era o que eles faziam. Oras, eu fazia o mesmo. Apesar de que eu costumava passar para vê-los no trabalho em vez de simplesmente aparecer na casa deles.

Talia entrou em seguida, carregando uma bandeja de hambúrgueres. Eloise veio junto, trazendo uma jarra de sangria.

— Oi, Winn. — Talia pôs os hambúrgueres na ilha da cozinha, depois deu a volta para abraçá-la. — Tudo bem? Como está o Covie?

— Tudo bem. E ele está ótimo. Levemente irritado com a quantidade de vegetais que incluí na sua vida.

— Que bom. — Talia soltou Winn, dando espaço para Eloise, que também a abraçou.

— Oi, Winn.

— Oi, Eloise. Como está o seu hotel?

— Incrível. — Minha irmã mais nova estava radiante. — Tecnicamente, o hotel é dos meus pais, mas...

— O hotel não funcionaria sem você. — Eu me aproximei para lhe dar um abraço lateral. — Oi, maninha.

Os olhos azuis de Eloise brilharam enquanto ela sorria para mim.

— Ei, irmãozão.

— Você está bem?

Ela assentiu, se apoiando em mim.

— Só ocupada. Sabe como é no verão.

O Eloise Inn era o coração de Quincy.

E Eloise era o coração do hotel.

— Eloise é minha irmã favorita — falei para Winn.

— Hum... — Winn arregalou os olhos e observou meus outros irmãos. — Você deveria dizer isso em voz alta?

— Todos temos favoritos. — Knox riu. — Lyla é a minha.

— Griff é o meu — disse Lyla, abrindo a tampa de um pote e enchendo a cozinha de um aroma que fez meu estômago roncar.

— Todos vocês têm favoritos. Sério? — Winn deu risada, depois apontou para as gêmeas. — E vocês não são as favoritas uma da outra?

— Eu *amo* a Lyla porque dividimos um útero — explicou Talia. — Mas o meu favorito é o Matty.

— Cadê o Mateo? — perguntei, com um braço ao redor da Eloise enquanto tomava um gole da minha cerveja.

Naquele instante, a porta da frente se abriu de repente.

— Vai começar a festa!

— Ele era o encarregado da cerveja. — Knox se aproximou e tocou meu ombro. — Espero que os lençóis dos quartos de hóspedes estejam limpos.

— Socorro. — Inclinei a cabeça para trás e olhei para o teto.

Não apenas meus irmãos invadiram minha casa para jantar como também iriam ficar bêbados e dormir ali.

Aí sim eu entendi por que meus pais não foram.

Eles provavelmente pensaram que o jantar viraria uma zona.

E virou mesmo.

Eloise convenceu todo mundo a experimentar a sangria, prometendo que ninguém iria morrer por causa disso. Demos várias risadas céticas, mas no fim a jarra estava vazia e minhas irmãs estavam bêbadas.

— Vamos fazer uma fogueira. — Talia pulou do assento no deque do quintal. Ela desceu correndo os degraus que iam até a lareira externa.

— Sim! — comemorou Lyla. — E fazer *s'mores*.

— Não. — Balancei a cabeça. — O clima está seco demais para uma fogueira.

— Sem graça. — Eloise estava falando arrastado da cadeira ao meu lado. Seus olhos mal conseguiam ficar abertos. — Winn, seu namorado é um mala.

Winn riu, sentada no meu colo.

— Ele não é tão ruim.

— Sem ofensa, Winn — disse Mateo do seu assento ao lado da Eloise —, mas a sua opinião não conta. Você é a única que vai ver o Griff Divertido hoje.

— Eca. — Talia fingiu vomitar.

— Essa foi demais, Mateo. — Lyla estremeceu.

Winn enfiou o rosto no meu ombro e riu.

— Mateo, lembra quando o Griff era o irmão divertido? — perguntou Eloise.

— Griff nunca foi divertido.

— Como é que é? — Eu me inclinei para a frente e encarei todos eles. — Eu comprei cerveja para vocês quando eram menores de idade.

Mateo bufou.

— Quando eu tinha vinte anos. Seis dias antes de eu fazer vinte e um. Isso não é divertido.

Winn arrumou a postura.

— Contribuindo com delinquência de menores?

— Esquece isso. — Cobri as orelhas dela com minhas mãos. — Vocês estão foda hoje.

Knox saiu da casa com duas cervejas e me entregou uma.

— Acho que você precisa disso.

— Valeu — murmurei. — Vou começar a trancar a porcaria da porta.

Winn se acomodou mais, beijando minha bochecha.

— Você está se divertindo.

— Sim, estou. — Sorri, puxando-a para perto quando ela bocejou.

O sol tinha se posto havia horas. As estrelas estavam fazendo seu show noturno, brilhando dos seus tronos na noite escura.

Eu estava exausto. Apesar de o dia seguinte — já era o dia seguinte, na verdade — ser domingo, minha lista de afazeres era enorme. Mas eu não queria estar em nenhum outro lugar além de naquela cadeira com Winn no meu colo, ouvindo meus irmãos e irmãs me zoarem sem dó.

— O que mais podemos contar para Winn? — perguntou Lyla.

— Nada — resmunguei. — Já deu.

Eles já haviam contado todas as histórias constrangedoras da minha vida. *Babacas*.

— E aquela vez no primeiro ano da escola que ele foi pego no flagra com aquela menina debaixo das arquibancadas durante o jogo de futebol? — perguntou Mateo.

— Não, obrigada. — Winn dispensou. — Vamos pular essa, por favor.

— Não fui eu — protestei. — Foi o Knox.

— E foi uma noite boa. — Ele riu. — Eu perdi minha virgindade naquela noite.

— É mais informação do que eu gostaria. — Eloise se levantou da cadeira. — Preciso ir dormir.

— Eu te ajudo. — Cutuquei Winn e nós dois nos levantamos, porque parecia que Eloise estava prestes a desmaiar.

— Onde cada um vai dormir? — perguntou Mateo.

Quando eles começaram a discutir quem ficaria em qual quarto, levei Eloise para dentro e Winn me acompanhou.

O corredor dividia minha casa na metade e a cozinha ficava nos fundos. Em uma metade, ficava a sala de estar, o escritório e o quarto principal. Na outra, havia três quartos de hóspedes e dois banheiros.

O arquiteto que eu contratara para desenhar a casa tinha achado graça da quantidade de quartos. Nos encontramos na cidade para discutir as plantas e, durante o almoço, meus pais e cada um dos meus irmãos apareceram para dar suas opiniões sobre o projeto.

Por anos, eu morei em um loft no segundo andar do celeiro perto da casa dos meus pais. Era onde o Mateo morava naquele momento. Quando fiquei mais velho, decidi que tinha chegado a hora de construir minha própria casa.

Sabendo que aquela seria minha casa para sempre, investi uma grana. Quis bastante espaço, não apenas para a família que eu poderia ter como para a que eu já tinha.

O primeiro quarto de hóspedes tinha um beliche e uma cama de solteiro com uma mesinha de cabeceira. Nas paredes havia painéis de cortiça reciclada, assim como na lateral do meu celeiro. As linhas em tons de cinza e marrom davam personalidade para o quarto a ponto de eu não precisar comprar quadros.

Puxei os cobertores da cama de baixo e abri espaço para Eloise se deitar.

— Vou pegar um copo de água para ela. — Winn saiu do quarto enquanto eu ajudava minha irmã a tirar os sapatos.

— Eu amo ela, Griffin. — Eloise me deu um sorriso sonhador. — Mas, quando vocês casarem e tiverem filhos, não joga fora o meu beliche.

— Tá bom. — Eu ri e a cobri com os lençóis. Assim como fazia quando ela era criança e meus pais saíam para jantar e me deixavam de babá.

Winn voltou com a água.

— Boa noite, Eloise.

— Boa noite, Winn.

Beijei a testa da minha irmã, depois saímos do quarto e desligamos a luz.

— Vem, amor. — Peguei a mão da Winn e a levei pelo corredor, passando pela sala de estar e pela cozinha.

O teto arqueado do quarto principal tinha vigas grossas de madeira, iguais às da sala de estar. A lareira no canto do quarto era feita de pedra e ia do chão ao teto. As portas largas abriam até a ponta do deque, onde meus outros irmãos ainda estavam conversando e rindo.

Assim que fechei a porta ao passarmos, Winn começou a abrir os botões da camisa de flanela que ela roubara do closet quando ficara com frio lá fora.

— Estou acabada — disse ela. — Espero que eles não se importem de a gente ter desaparecido.

— Não vão. — Eu me aproximei dela e assumi a tarefa de abrir os botões. Depois, desci a camisa dos ombros dela, deixando-a cair nos seus pés.

— Eu esqueci como era isso.

— O quê?

— Encontros de família.

— Quer dizer que esqueceu como esses encontros podem ser barulhentos e chatos?

— E maravilhosos e divertidos.

Coloquei minhas mãos no cabelo dela, massageando sua cabeça.

— Você tinha encontros assim com seus pais?

— Tinha, sim. — Ela me lançou um sorriso triste, a cabeça dela se apoiando no meu toque. — Eram com os amigos deles, porque eles não tinham irmãos, mas, quando eu era criança, eles faziam churrascos e todo mundo passava horas rindo. Como hoje. Hoje foi divertido. Eu precisava disso.

— Fico feliz.

— Você se divertiu?

— Muito. Mas eu não queria que você tivesse ouvido algumas daquelas histórias.

Ela riu.

— Você realmente correu pelado pela Main Street com uma máscara de gorila?

— Sim — murmurei.

Knox tinha contado para ela da vez em que eu perdi uma aposta no meu último ano do ensino médio e o preço era correr pelado pela Main Street. Ainda bem que não havia uma regra sobre o que eu poderia usar na cabeça, então eu pegara emprestada a máscara de uma fantasia de Halloween de um amigo.

— Até hoje acho que minha mãe não sabe que fui eu.

— Eu quero estar presente no dia em que ela descobrir.

Meu coração dançou no meu peito.

— Vai estar.

— Sua família é incrível. Você é muito sortudo.

— Eu sei. — Assenti.

Era cedo demais para dizer que aquela família era dela também. Que, naquela noite, cada um dos meus irmãos tinha escolhido um momento tranquilo, como Eloise fizera antes de dormir, para me dizer que amara a Winn.

— Agora eles querem você na vida deles.

Ela travou os olhos nos meus.

— É mesmo? E você?

— Ah, eu já quero você na minha vida há muito tempo. — Desde a noite em que a conhecera no Willie's. Eu não tinha percebido na época, mas, daquela noite em diante, ela era minha.

— O que estamos fazendo, Griffin?

— Achei que era meio óbvio. — Me apaixonar por ela havia sido fácil.

— Sim — sussurrou ela. — Acho que é mesmo.

Abri minha boca para dizer as palavras, mas hesitei. Não naquela noite. Não com minhas irmãs e meus irmãos lá fora, com suas risadas ecoando pela casa. Não antes de termos nosso primeiro encontro.

As palavras viriam com o tempo.

Então levei meus lábios aos dela, começando com um movimento leve. O calor aumentando aos poucos, mas intensamente, como o sol em um belo dia de verão.

Sem roupas, sua pele nua contra a minha, gozamos juntos. Assim que deslizei meu corpo dentro do dela, não havia mais nada que pudesse nos separar.

Não precisávamos de palavras. Seus olhos focaram os meus quando seus dedos dos pés se curvaram sobre minhas panturrilhas, seu corpo tremendo.

Não precisávamos de palavras.

Naquela noite, viver aquelas palavras era suficiente.

CAPÍTULO VINTE

WINSLOW

— Vou passar um tempo com o vô hoje — falei para Griffin enquanto tomávamos café da manhã na ilha da cozinha.

— Tenho que ir para o lado sul do rancho. Temos uns cavalos pastando lá, e preciso conferir se o riacho ainda tem água suficiente para eles. Se estiver seco demais, e acho que vai estar, considerando o calor que fez esta semana, vou ter que trazê-los mais para perto da fonte. Quer vir comigo?

— Quanto tempo demora?

— Quase o dia todo.

Por mais incrível que fosse a ideia de passar o sábado com Griff no rancho, eu não havia passado tempo o suficiente com o vô nas últimas duas semanas. Ou na minha própria casa. Desde a noite do jantar improvisado com os irmãos Eden, eu não tinha passado mais do que cinco minutos em casa, e tinha ido só para pegar a correspondência.

— Acho melhor não. Preciso ir para casa e fazer faxina. Está empoeirado e abafado lá. Talvez montar o móvel da TV que está na caixa.

— Ou... — Griffin soltou o garfo e se virou para me olhar. — Você não monta o móvel da TV.

— Minha TV está no chão.

— Mas aquela ali não está. — Ele apontou para a tela plana na parede acima da lareira da sala de estar dele.

— Em algum momento eu vou querer assistir televisão em casa e não quero ter que sentar no chão para ficar na altura certa.

— Quantos minutos você passou assistindo TV em casa no último mês?

— Zero.

— Exato.

— Mas eu já comprei o móvel. Por que não montaria?

— Porque você não precisa dele.

— Preciso, sim.

— Winslow. — Ele falou meu nome de um jeito que fazia parecer que eu não estava entendendo algo.

— Griffin.

— Você assiste televisão aqui. Você dorme aqui. Suas coisas estão espalhadas pelo banheiro e suas roupas estão no chão do closet.

— Eu preciso lavar roupa.

— Precisa. E, quando você for lavar roupa, vai usar a máquina no fim daquele corredor. — Ele apontou para a lavanderia.

— Não entendi. Você prefere que eu não use sua máquina?

— Não é isso. — Ele riu, balançando a cabeça. — É toda sua. Assim como o banheiro é seu. O quarto. O chão do closet. Essa cozinha. Aquela TV. Essa casa é sua.

Pisquei.

— Hã?

Ele riu de novo e colocou a palma na curva da minha nuca.

— Pensa um pouco. Se você quiser ficar com a sua casa na cidade por um tempo, tudo bem por mim. Se quiser pôr à venda antes do fim do verão, quando o mercado de imóveis tem sua queda com o fim da temporada, podemos falar com o corretor e usar o trailer a cavalos para fazer a mudança para cá.

Meu queixo caiu quando ele se levantou, beijou minha testa e desapareceu no quarto, provavelmente indo pegar meias para seguir com o dia.

Ele tinha acabado de me convidar para morar juntos? Para morar ali? Na verdade, não. Ele não tinha me convidado. Não havia nenhuma pergunta no meio de suas declarações enigmáticas.

Eu queria morar ali? *Sim.* Eu amava aquela casa. Amava a sensação reconfortante de sair da rodovia e pegar a estrada de terra silenciosa. Amava o pôr do sol na varanda e acordar nos braços do Griffin.

Mas era cedo demais, não era? Eu tinha morado com Skyler por anos. Tinha acabado de separar a minha vida da de outro homem. E eu amava a minha casinha na cidade.

Aquela casinha charmosa com a porta vermelha que eu estava negligenciando havia semanas.

Griffin, já com meias nos pés, se aproximou. Eu ainda estava congelada no meu assento.

Acenei para ele se afastar quando foi pegar os pratos.

— Deixa que eu limpo.

— Tá bom. — Ele beijou minha cabeça. — Vejo você mais tarde. Jantamos juntos?

Assenti.

— Tenha um bom dia, amor.

— Você também — murmurei, as palavras saindo no piloto automático.

Foi só quando ele saiu pela porta e o barulho da caminhonete sumiu que eu saí do transe e enchi a lava-louças. Depois, fui para o quarto e peguei uma pilha de roupas para lavar.

Fiz algumas tarefas de casa por algumas horas, esperando para colocar minhas roupas na secadora. Limpei a sala. Passei aspirador nos quartos. Passei pano no chão.

Eu devia me mudar para lá? Talvez ele perguntar de fato fosse desnecessário.

Todas as calcinhas que eu tinha estavam naquela casa. A maioria estava no cesto de roupas ou perto dele. Mas as outras estavam em uma gaveta no closet. Ele me dera três gavetas, metade da cômoda. O mesmo valia para o banheiro.

Eu fazia faxina. Fazia compras no mercado para levar depois do trabalho. O Durango ficava estacionado na frente sempre que eu estava de plantão e usava o carro da delegacia. Tudo o que faltava era aquele ser meu endereço oficial.

Porém, eu sentia que, se aquilo tudo não desse certo, eu ainda tinha para onde ir.

No fundo, talvez aquele fosse o problema. O motivo de eu não conseguir me ver dizendo sim.

Porque ele ainda não havia dito aquelas três palavras essenciais. Nem eu.

Toda vez que ele me beijava, toda vez que fazíamos amor, eu as sentia.

Então por que eu não conseguia dizê-las?

Mesmo depois que a secadora apitou e minhas roupas estavam na gaveta ou penduradas nos cabides, eu ainda não sabia o que fazer. Então fui à cidade para visitar o homem cujos abraços de urso sempre me faziam sentir melhor.

O vô abriu a porta da frente da casa antes mesmo de eu terminar de estacionar. Quando saí do carro, ele levantou a mão, me fazendo parar na calçada.

— Olha, eu vou te avisar desde já, Winnie. Comi bacon no café da manhã. A casa e minhas roupas estão cheirando a bacon. Eu sei que não está na minha dieta, mas não estou nem aí, vou comer uma vez por semana. Talvez duas.

— Ok. — Dei risada e fui em direção aos seus braços abertos.

Como esperado, bastou um abraço para me acalmar.

— Como está se sentindo hoje? — perguntei.

— Produtivo. Cortei a grama. Limpei o quintal. Agora, quero relaxar com a minha garota favorita.

— É melhor que você esteja falando de mim.

Ele riu, passando um braço pelos meus ombros para me puxar para perto.

— Você sabe que estou.

Nos acomodamos no deque do quintal, observando o rio correr. O movimento preguiçoso e as ondas que se formavam nas margens eram quase tão tranquilizantes quanto o pôr do sol na varanda de Griff.

Minha varanda. Poderia ser a minha varanda.

— Você está bonita hoje — disse o vô.

— Sério? — Eu estava usando uma regata branca, shorts jeans e tênis.

— Não são suas roupas, meu bem. — Seu olhar foi gentil. — Você está feliz aqui? Em Quincy?

— Estou. Quincy faz bem para mim.

— Talvez seja o Griffin.

— Talvez. — Um sorriso se formou nos meus lábios. — Ele me convidou para morar com ele.

— É? E o que você disse?

— Nada ainda. Não sei direito o que fazer. É meio cedo.

— *Pff*. Cedo é relativo.

— Eu morei com Skyler por anos. Não acha que eu deveria ficar sozinha por um tempo?

— Winnie, você pode ter morado com Skyler, mas acredite quando eu digo que você já estava sozinha.

Abri a boca para argumentar, mas as palavras morreram na minha língua. O vô tinha razão. Eu havia morado com o Skyler, estávamos noivos, e eu com certeza estava sozinha.

— Vocês coexistiam — continuou o vô. — Não é o mesmo que ter um companheiro.

— Acho que eu não sabia que estava tão sozinha assim em Bozeman — admiti. — Desde a mãe e o pai.

E então, desde a primeira noite em Quincy, eu tivera Griffin. Ele me afastara da solidão tão rápido que eu não tinha percebido o quanto precisava que alguém entrasse na minha vida e mudasse tudo.

— Você passou por uma situação terrível — disse ele.

— Você também.

Ele se esticou e pôs a mão na minha.

— Não é a mesma coisa.

Pela primeira vez em semanas, refleti sobre o acidente. Fazia... quanto tempo fazia? O último pesadelo de que eu me lembrava tinha sido depois do feriado, no começo de julho. O motivo para aquela trégua eram as semanas de sono tranquilo e Griffin.

— Eu tomei uma decisão ontem. — O vô apertou a minha mão. — Quero que você seja a primeira a saber.

— Você vai se aposentar.

Ele assentiu.

— Está na hora. Essa bobagem que me aconteceu colocou as coisas sob perspectiva.

— Bobagem? — Revirei os olhos. — Você teve um ataque do coração.

— Foi leve.

— Um ataque do coração, seja leve ou fulminante, não é uma bobagem.

— Que seja. De qualquer modo, isso me fez perceber que prefiro passar o resto da vida sem desgosto. Vejo um pessoal mais velho sentado no café da Lyla todo dia de manhã, conversando sobre o clima e as fofocas da cidade. Acho que isso seria bom para mim.

— Você vai ficar entediado.

— Com certeza. Provavelmente vou te enlouquecer. Aparecer sem avisar. Visitar e ficar mais do que deveria.

Dei risada.

— Nesse caso, eu apoio totalmente a sua aposentadoria.

— Que bom.

— Estou orgulhosa de você, vô. De tudo que fez por Quincy.

— Quer saber, Winnie? Estou orgulhoso de mim também. Foi uma boa época como prefeito. Uma época boa e longa. Mas você tem que me prometer uma coisa.

— Qualquer coisa.

Ele se aproximou.

— No dia que você demitir Tom Smith, vai me contar primeiro.

— Combinado. Bom, vou contar para Tom Smith primeiro. Você em segundo.

— Antes do Griff.

— Antes do Griff. — Pisquei para ele. — Espero que meu próximo chefe seja tão incrível quanto você.

— Você é tendenciosa para falar.

— Não, não sou.

No meu pouco tempo ali, o vô tinha me dado liberdade para eu fazer meu trabalho. Ele sempre estava disponível para ajudar, mas não ficava controlando a delegacia ou exigindo saber o que estava acontecendo com certos casos.

Eu tinha certeza de que Frank reclamara muito na orelha dele sobre Briggs Eden, mas o vô não havia cedido. Ele confiava em mim para fazer o meu trabalho e tomar a decisão certa.

— Posso falar com você sobre algo confidencial? Enquanto você ainda é meu chefe?

— Sou todo ouvidos.

— É sobre Lily Green. E Harmony Hardt.

Contei para ele sobre a carteira e a bolsa. Sobre como as havia encontrado na cabana de Briggs Eden e tudo o que ele tinha me contado quando eu o levara para conversar na delegacia no mês anterior.

Eram todas as informações que eu não queria contar para o vô logo depois do seu ataque do coração. Além do fato de que minha investigação não tinha levado a nada. Não havia mais pistas nem perguntas a fazer. A fofoca sobre Briggs já tinha praticamente morrido.

— Não havia digitais além das de Briggs — contei. — Nem mesmo das meninas. O que me leva a acreditar que alguém colocou as coisas lá para Briggs encontrar.

— Por quê?

— Não tenho certeza.

Aquilo estava me incomodando havia um mês. Dava voltas e voltas na minha cabeça, mas nada fazia sentido. Eu tinha até ligado para o Cole em Bozeman, porque queria a opinião do meu antigo parceiro sobre o caso.

Cole estava tão empacado quanto eu.

E, sem evidências, eu continuava empacada.

— Talvez alguém esteja tentando incriminar o Briggs — falei. — Conectá-lo a Lily e Harmony. Aquela bolsa poderia ser uma réplica da bolsa da Harmony. Talvez fosse da Lily.

Sem impressões digitais, não dava para ter certeza. Eu tinha tentado encontrar uma compra recente na fatura do cartão de crédito da Lily, mas não havia nada que mostrasse que ela havia comprado uma bolsa de couro. Até tinha passado em algumas lojas no centro para perguntar se eles a tinham vendido e ninguém reconhecera a bolsa.

— Se a bolsa fosse da Lily, isso explicaria por que estava em boas condições — continuei. — Talvez ela tivesse comprado e nunca tivesse mostrado para a mãe. — Aquilo também explicaria por que estava junto à carteira. — Ela deve ter jogado fora antes de...

— Coitada. — O vô balançou a cabeça.

— Tem mais uma hipótese. Talvez Briggs estivesse lá na noite em que elas morreram, e tenha pegado a bolsa da Harmony e a carteira da Lily.

— E depois deixado os troféus na estante para você ver? — O vô soltou um suspiro. — Essa é um pouco difícil de acreditar.

— Talvez ele não se lembre de onde as encontrou. Talvez não estivesse lúcido.

— Com a Lily, é provável. Com base em tudo o que você me falou, ele está piorando. Mas Harmony Hardt morreu há anos. Eu não acho que Briggs esteja tendo sintomas severos há tanto tempo assim. Me deixe ser advogado do diabo aqui. E se ele estivesse lá? E se ele tiver algo a ver com isso?

— Não há evidências disso. — Já especulações, eu tinha várias. — Alguém pode estar incriminando ele. Alguém que queria que eu pensasse que ele está envolvido com as mortes.

— Quem?

Dei de ombros.

— A única pessoa que eu ouvi falar mal dele foi o Frank.

— E isso é fofoca antiga. — O vô fez um sinal de descaso, não dando bola para o assunto. — Frank é um bom amigo, mas, cá entre nós, ele sempre teve uma implicância com os Eden. É inveja. Pura inveja. Então tudo o que Frank te falar sobre eles, filtre um pouco.

— Eu fiz isso. — Suspirei. — Eu só... Sinto como se estivesse decepcionando essas meninas.

— Você quer respostas.

— Quero muito. — Para as famílias delas. — Tem uma peça faltando. Se Lily tivesse deixado um bilhete ou se houvesse algum sinal de que ela estivesse passando por algo, talvez eu não me sentisse assim. Mas não consigo deixar as coisas como estão.

— Você precisa conseguir. — O vô colocou a mão no meu braço. — Estou falando isso como seu chefe. Você fez tudo o que pôde para solucionar as mortes. Mas, Winnie, as pessoas passam por momentos difíceis. Você sabe disso.

— Eu sei.

— E nem sempre isso faz sentido.

— Você tem razão. — Meus ombros caíram. — Eu estava pronta para deixar esses casos de lado. Para seguir em frente. Mas a bolsa e a carteira apareceram e eu... ah. Odeio becos sem saídas.

— Eles existem no mundo para torturar mulheres como você.

— É verdade.

— O que o Griffin acha disso tudo?

Desde a nossa briga no mês anterior, Griff não tinha falado mais nada sobre o Briggs além de me atualizar sobre o que os médicos diziam.

Harrison o levava regularmente para consultar um especialista. Não havia muito que pudessem fazer, mas eles o registraram em um estudo clínico e todo mundo estava esperançoso de que aquilo iria desacelerar a demência. Mas era cedo para saber, e o tratamento era longo.

— Griff sabe que eu tenho um trabalho a fazer e ele respeita a minha postura — expliquei.

— Porque ele é um homem bom.

— É, sim.

— Muito melhor do que o Skyler. — O vô cuspiu o nome com a boca torta.

— Achei que você gostasse do Skyler.

Ele arqueou a sobrancelha.

— Não. Ele nunca foi bom o bastante para você. Seus pais concordavam comigo.

— O quê? — Meu queixo caiu. A mãe e o pai sempre foram tão legais com o Skyler. Eles sempre nos convidavam para jantar. Nos ajudaram na mudança. — Por que você acha isso?

— Ele é um babaca. — Ele riu. — Nós costumávamos falar dele pelas suas costas.

— É sério? — Bati em seu ombro. — Por que ninguém me falou antes?

— Nós sabíamos que você iria perceber em algum momento. Mas acho que o seu pai estava perdendo a paciência. Quando vocês ficaram noivos, ele quase surtou. O safado nem teve a coragem de pedir a bênção dele.

Eu não acreditava no que estava ouvindo. Encarei o perfil do vô, sem piscar, enquanto ele observava o rio fluindo como se não tivesse acabado de soltar uma bomba.

Meus pais não gostavam do Skyler. Se qualquer outra pessoa me contasse aquilo, além do vô, eu não acreditaria.

De certa forma, porém, o fato de eles terem chegado à mesma conclusão que eu, só que mais cedo, fez eu me sentir melhor.

— Nossa. — Balancei a cabeça. — E o Griffin? Tem alguma coisa que você queira me contar agora?

O vô se virou e me lançou um sorriso triste.

— Eles teriam amado Griffin.

Pressionei a mão no coração quando meus olhos lacrimejaram. O pai teria largado tudo para me ajudar a me mudar para a casa do Griffin. A mãe teria amado ficar sentada na varanda e ver o sol se pôr atrás das montanhas.

— Eu queria que eles pudessem ter conhecido o Griff — sussurrei.

— Eles o conheceram.

— O quê? Quando?

— Ah, anos atrás. Eles vieram visitar. Você estava ocupada trabalhando, então só eles vieram naquele fim de semana. Nós fomos ao Willie's tomar um drinque. Harrison e Griffin estavam lá.

— Griff não me contou isso.

— O bar estava cheio e ele é bem popular. Mas me lembro de a sua mãe comentar que ela queria um homem assim para você. Um caubói sexy. Seu pai atazanou ela por horas por causa disso. Disse que ia para casa comprar um par de botas para usar pelado em casa.

— Meu Deus!

Enfiei meu rosto nas mãos, dividida entre rir e chorar. Porque aquilo era a cara deles. E só de saber que eles tinham conhecido Griff, tinham visto o rosto dele... Eu não sabia por que aquilo era tão importante para mim, mas era.

As lágrimas ganharam do riso e, quando algumas rolaram pelo meu rosto, o vô colocou a mão no meu ombro.

— Sinto saudade deles — falei.

— Eu também — disse ele.

— Obrigada por me contar tudo isso.

— Não falamos o suficiente sobre eles, querida.

— É minha culpa.

Foi muito difícil por muito tempo.

— Eu gostaria. Se você quiser.

Assenti.

— Eu também gostaria disso, vô.

Ele apertou meu ombro e se levantou.

— Que tal um lanche? Estou com fome.

— Eu pego.

— Você fica.

O som do rio foi minha trilha sonora enquanto eu relembrava minha conversa com o vô. Por tempo demais, eu mantivera meus pais só para mim. Guardara as lembranças deles como se fossem segredo. Mas nós precisávamos trazê-los para nossas vidas.

Griffin podia não os ter conhecido como o Skyler conhecera, mas não queria dizer que não era possível. Ele iria conhecê-los por meio das minhas memórias. Por meio do meu amor, eles seriam parte do nosso futuro.

O vô retornou com um prato cheio de uvas roxas, torradas integrais e cenouras baby. Eram coisas que eu havia comprado para ele naquela semana.

— Você está com pressa para ir para casa? — perguntou ele quando o prato ficou vazio.

— Não. Por quê?

— Que tal uma partida de gamão?

— Seria divertido. — Fazia tempo que eu não jogava. Desde antes de o pai morrer. Gamão era o jogo favorito dele e do vô. Depois, o pai me ensinara.

Eu e o vô jogamos por horas, até o calor da tarde nos levar para dentro, para a mesa de jantar, onde jogamos uma última partida.

— Foi divertido. — Ele sorriu quando guardou o tabuleiro.

— Foi mesmo. Mas é melhor eu ir para casa.

— Qual casa?

— Do Griffin — corrigi, abraçando sua cintura. — Obrigada, vô.

— Te amo, querida. — Ele me abraçou apertado, depois me soltou. — Tenha uma boa noite.

— Também te amo. Tchau.

Nós tínhamos jogado por mais tempo do que eu esperava. Quando saí, já era hora do jantar. Eu tirei meu celular pessoal de um bolso — o celular da delegacia estava no outro; apesar de ser um saco carregar dois celulares, depois do ataque do coração do vô, eu não saía mais sem ambos, e sempre com a bateria cheia.

Eu ia ligar para Griffin para perguntar se ele queria que eu parasse no centro e pegasse algo para jantarmos, mas, antes mesmo de conseguir desbloquear a tela, o barulho de metal contra metal soou da casa do vizinho.

— Oi, fofinha — disse Frank da garagem. Ele estava usando uma calça jeans suja de graxa. Um pano vermelho estava pendurado no bolso da frente.

— Oi. — Guardei o celular e sorri, controlando o suspiro irritado que cresceu em mim.

A atitude dele com Griffin no hospital ainda me incomodava, mas era o Frank. Era o melhor amigo do vô e o cara que, na minha ausência, estivera presente para levá-lo até o hospital.

— Tudo bem com você? — perguntei, entrando na garagem. O cheiro de metal e óleo era tão forte que torci meu nariz.

— Ah, bem. — Ele bateu no Jeep. — Esse veículo ainda vai me matar. Ainda mais se a Rain continuar perdendo peças.

Eu ri.

— Como ela perde peças?

— Meu Deus, se eu tivesse as respostas para resolver o mistério que é minha maravilhosa esposa. — Ele riu e chutou um pneu com a bota.

— Frank... Ah, Winnie! — Rain enfiou a cabeça para fora da porta que ligava a casa à garagem. Quando ela me viu, saiu correndo e me puxou para um abraço. Ela estava usando um avental amarrado na cintura e segurava um amaciador de carne.

— Oi, Rain.

Eu a tinha visto algumas vezes desde minha mudança para Quincy, todas durante minhas visitas ao vô. Ela era uma daquelas mulheres sortudas que parecia não envelhecer. O cabelo dela era do mesmo tom de castanho-claro de sempre, a pele lisa com exceção de algumas linhas ao redor dos olhos e da boca. O abraço dela era tão forte quanto eu me lembrava da infância.

Minha mãe sempre brincava que, para uma mulher magra, Rain era forte como um touro.

— Está cozinhando? — Notei o martelo para carne.

— Estou. — Ela o balançou. — Filé de frango frito. O favorito do Frank. Como você está, passarinha?

— Bem. — Sorri ao ouvir o mesmo apelido que ela usava para me chamar quando eu era criança. — Frank estava me falando sobre algumas peças perdidas do Jeep. Você fez uma limpeza geral na garagem?

— Nunca. — Ela riu. — Isso é bagunça dele.

— Então como você perdeu peças do carro? — perguntei.

— Dirigindo — respondeu Frank. — Em algum momento nesse verão, ela perdeu uma calota.

Uma calota. O pneu que ele tinha chutado estava sem a calota. Meus olhos voaram para a roda da frente. Estava com a calota que eu tinha visto na caçamba da caminhonete do Griffin algumas semanas antes, quando fomos fazer mercado. A que ele me disse que o Mateo havia encontrado na estrada de Indigo Ridge.

— Eu vi uma calota assim... — Travei meu olhar nos olhos de Rain. — Não sabia que você dirigia o Jeep.

O sorriso dela fraquejou.

— Ora, é claro. É meu único carro.

Por que ela pegaria a estrada de Indigo Ridge? Era propriedade privada.

Senti um arrepio na minha nuca. Uma inquietação. Eu não precisava de um espelho para perceber que tinha ficado pálida.

Rain deve ter percebido também.

— Frank, feche a porta.

Demorei três segundos para entender a frase. Demorei três segundos para olhar para meus amigos da vida toda e entender o que estava vendo. Porque, naqueles três segundos, Frank apertou o botão da porta da garagem no visor do motorista do Jeep.

E Rain ergueu o martelo.

Demorei três segundos para abrir mão da minha parcialidade e entender que aquelas pessoas — vizinhos, amigos — não eram o que pareciam ser.

Três segundos. Tarde demais.

Então as luzes se apagaram.

CAPÍTULO VINTE E UM

GRIFFIN

Olá, você ligou para Winslow Covington. Por favor, deixe uma mensagem e eu vou retornar sua ligação o mais rápido possível. Se for uma emergência, por favor, chame socorro imediato.

Rosnei ao ouvir a mensagem da caixa postal. Conferi de novo a hora.

Sete e quarenta e oito.

As noites de verão em Montana eram longas e teríamos luz por quase mais uma hora, mas estava ficando tarde. Ela havia perdido o jantar. Ela concordara em jantar, certo? Eu a deixara em choque pela manhã, mas Winn não era de desmarcar sem ligar antes.

Durante a última hora, eu estivera supondo que algo tinha acontecido na delegacia. Talvez um acidente ou algum policial que não aparecera para trabalhar. Porém, conforme o tempo passava e ela não retornava minhas ligações, o nó no meu estômago ia se tornando insuportável.

Cliquei no número do Covie e liguei pela terceira vez. Tocou quatro vezes e caiu na caixa postal.

— Merda.

Notícias ruins chegavam rápido em Quincy. Se tivesse acontecido algum acidente ou algo importante, alguém na minha família já estaria sabendo. Então comecei com a fonte de informações mais confiável. *Meu pai.*

— Alô — atendeu ele.

— Oi, sou eu.

— Oi, e aí, como estava o riacho hoje?

— Seco. Movi os cavalos. Tá tudo certo. Escuta, você ouviu alguma novidade na cidade hoje?

— Hum, não. Por quê? O que aconteceu?

— Nada. — Suspirei. — Winn não está em casa e não está atendendo. Pensei que talvez tivesse acontecido algum imprevisto e eu só não estivesse sabendo ainda.

— Nenhuma notícia. Quer que eu ligue para algumas pessoas?

— Não. Ainda não. — Se o meu pai começasse a ligar para os amigos, o rumor de que uma emergência estava acontecendo se espalharia antes de haver uma emergência de verdade.

— Certo — disse ele. — Me manda notícias.

— Mando. Obrigado.

— Liga pra Eloise. Se algo estiver acontecendo, ela vai saber antes de todo mundo.

— Boa ideia. Tchau, pai.

Assim que a linha ficou silenciosa, liguei para minha irmã e perguntei a mesma coisa.

— Estive na recepção a tarde inteira — disse ela. — Não vi nada de mais acontecendo.

Se uma frota de viaturas tivesse passado pela Main Street com as luzes acesas, ela teria visto.

— Ok. Valeu.

— Você está preocupado — observou ela.

— Estou, sim.

— Vou ligar para algumas pessoas.

— Não, não...

Antes que eu pudesse terminar, ela desligou na minha cara.

— Droga.

Não tinha como impedir a Eloise e, se eu bem conhecia o meu pai, ele estava fazendo o mesmo naquele momento. Se Winn estivesse simplesmente andando por aí, ela não iria gostar de estar sendo caçada assim.

— Então ela precisa atender a porra do telefone — murmurei, digitando seu número de novo. Chamou e chamou.

Winn vinha mantendo o celular carregado e próximo de si desde o ataque do coração do Covie. Mas, quando ouvi a caixa postal pela décima vez, desliguei e andei pela cozinha.

Ela está bem. Aquilo devia ser parte do trabalho dela. Um desaparecimento aleatório e proposital quando ela estava ocupada demais para atender minha ligação. Era provável que estivesse lidando com algo importante e minhas ligações constantes a estivessem distraindo.

Mas, caramba, eu estava surtando ali.

Nós íamos ter que criar um sistema ou algo assim. Uma mensagem, alguma coisa para sinalizar que ela estava bem.

Ela jamais deixaria de ser uma policial.

Eu jamais deixaria de me preocupar.

— Foda-se. — Peguei minhas chaves e um boné do balcão e fui em direção à porta.

Ela devia estar na casa dela, montando aquele maldito móvel da TV e surtando com a ideia de morarmos juntos. Sim, era cedo para algo daquela magnitude. Mas meus sentimentos por ela não iriam mudar. Então por que não morar sob o mesmo teto?

Afinal, ela já estava praticamente morando ali. Ela limpara a casa naquele dia e o cheiro de produto de limpeza estava no ar. Senti o cheiro de alvejante nos banheiros.

Talvez eu devesse ter perguntado. Dito de uma forma mais eloquente. Mas ignorar minhas ligações não resolveria nada. Era demais esperar por uma mensagem?

A viagem até a cidade foi longa — liguei para cada número dela duas vezes. Meu peito estava pesado, meu coração, acelerado. O nó no meu estômago estava gigantesco quando virei na rua dela e a garagem estava vazia. Todas as luzes da casa estavam apagadas.

— Droga, Winn.

Não me dei ao trabalho de parar na casa. Em vez disso, acelerei e dei a volta no quarteirão. A delegacia era minha próxima parada, mas o Durango também não estava na vaga dela. Não parei para entrar também. Eu iria ligar para lá em seguida, mas primeiro queria checar com o Covie, então segui pelo rio.

A rua do Covie estava tão silenciosa quanto a da Winn e meu coração saiu pela garganta quando vi o carro dela estacionado na frente.

— Puta merda, graças a Deus.

Jesus. Eu estava prestes a ter um troço.

Saí da caminhonete e me forcei a não correr até a porta dele. Não toquei a campainha, eu a soquei, porque, quando minha pressão voltou ao normal, a raiva tinha substituído a ansiedade.

Não havia motivo para ela não me atender. Nem o Covie.

Ouvi os passos dele perto da porta. Eu estava praticamente tremendo quando ele a destrancou.

Porém...

Se ela estava lá dentro, por que a porta estava trancada?

— Griffin? — Covie inclinou a cabeça. — O que está fazendo aqui?

Ela não estava lá dentro. *Merda*.

— É a Winnie? — perguntou ele, ficando pálido na hora.

— Ela não está em casa. Tentei ligar para você.

— Eu peguei no sono com a TV ligada. Ela saiu daqui há horas para encontrar você para jantar. — Ele olhou por cima do meu ombro para o carro dela. — Não percebi que o carro dela ainda estava aqui.

— Você ouviu alguma coisa da delegacia? Algum acidente ou algo assim?

— Não, nada. Você ligou para ela?

— Umas cem vezes. — Passei minha mão pelo cabelo.

Não devia ser nada, mas todas as células do meu corpo vibravam, me dizendo que havia algo errado.

— Vou ligar para a delegacia. — Covie gesticulou para eu entrar, me deixando na entrada enquanto ia correndo até a sala de estar. O abajur ao lado da sua poltrona era a única luz acesa na casa. A TV estava mutada no filme que ele estava assistindo. Sua mão livre estava tremendo enquanto ele ligava. — Oi, aqui é o Walter. Estou procurando pela Winslow. Ela está na delegacia ou saiu para atender um chamado?

Diz que sim.

O pânico em seu olhar fez meus joelhos tremerem.

— Tá, ok. Obrigado. — Ele encerrou a ligação e balançou a cabeça. — Ela não está lá. Mitch vai perguntar para algumas pessoas e me ligar de volta.

— Eu vou continuar procurando.

Talvez ela tivesse saído para dar uma volta. Talvez ela tivesse ido ao rio e escorregado. Se os telefones dela estivessem molhados, isso explicaria por que não tinha ligado de volta.

— Eu vou com você. — Covie me seguiu até a porta e calçou um par de tênis.

A escuridão caía mais rápido do que eu gostaria.

— Ela iria andando para algum lugar? Será que encontrou alguém que precisava de ajuda?

— Não sei — disse Covie, me seguindo pela calçada.

Estávamos a poucos passos da minha caminhonete quando ouvimos um barulho alto no vizinho.

Nossos rostos se viraram para a casa dos Nigel.

— Mas que... — Covie levantou um dedo no ar. — Vou checar com o Frank.

Não tínhamos tempo para nos preocuparmos com o maldito do Frank.

— Covie...

— Dois segundos. Talvez ele a tenha visto sair.

— Ok — resmunguei e o segui pelo gramado que separava as casas.

A porta da garagem estava aberta, mas a luz estava apagada.

Frank estava sentado no chão de concreto, um joelho dobrado e a outra perna reta com o pé caído para o lado, como se ele não tivesse força para mantê-lo reto. As costas dele estavam apoiadas em um móvel de ferramentas, seu rosto coberto pelas sombras do ambiente escuro.

— Frank? — Covie correu em direção ao amigo e se abaixou. — O que está acontecendo? Você está machucado?

Frank balançou a cabeça, e seus olhos sem foco estavam revirando mais do que piscando quando ele olhou para mim.

— Sai daqui, Eden.

— Você está bêbado? — Covie se levantou e franziu o cenho. — Estamos procurando pela Winnie. Você a viu?

— Isso é culpa dele.

Do que ele estava falando?

— Como é que é?

— Eu te odeio.

— O sentimento é mútuo. Agora responda à pergunta do Covie. Você viu a Winslow?

— Winnie. — A expressão dele foi de seriedade e fúria para tristeza e lamento. Ele desviou o olhar para o próprio colo. — Ah, meu Deus.

— Ei. — Covie se agachou e tocou o braço de Frank para sacudi-lo. — O que está acontecendo?

Os ombros de Frank murcharam.

— Era apenas por diversão, Walter. Nunca foi nada sério.

— O que era diversão? — perguntou Covie.

— Estamos perdendo tempo.

Eu queria sair daquela maldita garagem. Devíamos estar procurando por Winn, não ouvindo aquele filho da puta bêbado tagarelar.

— Um minuto, Griffin. — Covie ergueu um dedo no ar. — Frank, do que você está falando? Sabe onde está a Winnie?

— Você precisa entender, Walter. — Frank arrumou a postura de repente e segurou os braços de Covie, prendendo-o ali.

Dei um passo à frente, sentindo os cabelos da minha nuca arrepiarem.

— Entender o quê? — perguntou Covie.

— Era apenas sexo. Só sexo. Você sabe que eu gosto de sexo.

Sexo. Com quem? Meu corpo paralisou. Minhas mãos cerraram em punhos. Se Frank tivesse tocado em um fio de cabelo da Winn, nunca iriam encontrar seu corpo.

— Do que você está falando, Frank? — A voz calma de Covie era um grande contraste com a raiva pulsando nas minhas veias.

Cerrei os dentes para me impedir de falar.

Frank não contaria porra nenhuma para mim. Talvez, se tivéssemos sorte, ele iria esquecer que eu estava ali, porque tudo que importava era a Winn.

— As meninas — sussurrou Frank.

Meu coração apertou. *As meninas*. Não havia dúvidas sobre quem ele estava falando. Eu sabia, na minha alma, exatamente de quem ele estava falando.

Lily Green. Harmony Hardt.

Onde estava a minha Winn, porra?

— Frank.

Covie libertou seus braços das mãos do vizinho. Depois, em um movimento mais rápido do que o normal para alguém da idade dele, ele se levantou e puxou Frank com ele.

— Ah! — Frank gritou quando Covie o empurrou contra o móvel.

— Que. Porra. Está. Acontecendo? — gritou Covie.

Frank se apoiou no ombro de Covie, tentando abraçá-lo.

Mas Covie o empurrou de novo. As ferramentas no móvel balançaram.

— Fale. Agora.

— É um vício. Não é minha culpa. Eu gosto de sexo, é só isso. Eu juro.

Engoli em seco.

— Do que ele está falando, Covie?

Se o Frank tivesse estuprado a Winn...

Um borrão vermelho cobriu a minha visão e tive que usar toda a minha força para ficar parado.

— Quem? — perguntou Covie. — Lily Green?

A culpa nos olhos de Frank era prova suficiente.

— Era segredo. Era segredo com todas. Nos encontrávamos fora da cidade, em um hotel. Nos divertíamos. Era isso. Sexo. Elas queriam tanto quanto eu.

— O que você fez com elas? — Era difícil falar com a minha mandíbula tão tensa.

— Nada. Eu não fiz nada. — Os olhos de Frank procuraram os de Covie. — Você precisa acreditar em mim. Eu não fiz nada. Eu não as machucaria.

— Elas estão mortas — cuspiu Covie.

— Eu sei que elas estão mortas, porra! — O grito de Frank preencheu a garagem, ricocheteando pelas paredes.

— Fale. — Covie sacudiu Frank de novo. — Fale. Onde está a Winn?

— Ela não devia ter feito tantas perguntas.

Aquela frase me fez voar pela sala e arrancar Frank da mão de Covie.

— O que você fez com ela?

— Nada. — Ele engoliu em seco, com um medo legítimo no olhar. Porque eu iria matar aquele filho da puta, e ele sabia disso. — Eu não a machucaria.

— Então cadê ela, porra? — gritei.

O fedor de uísque em seu hálito ficou pungente quando ele começou a chorar, soluçando copiosamente. Quando o soltei, ele caiu de joelhos.

— Onde está a Rain? — perguntou Covie para ele.

Frank não respondeu. Ele enterrou o rosto nas mãos e chorou.

Covie correu para a porta que levava à casa, abrindo-a de repente.

— Rain!

Sem resposta.

Ele voltou e analisou o espaço vazio.

— O Jeep dela não está aqui. Talvez tenha ido fazer compras. Vamos ligar para ela. Ver se sabe para onde ele levou Winnie.

O som do rio ficou mais alto quando Covie pegou o celular.

O rio. A imagem mental de Frank segurando a cabeça de Winn debaixo da água explodiu na minha mente. Os pulmões dela se enchendo de água. Seu corpo sem vida flutuando correnteza abaixo. Fechei os olhos com força e fiz a imagem sumir.

Quando os abri, eles pararam no cofre no canto da garagem. Talvez o Frank tivesse tirado uma pistola dali. Talvez ele tivesse pressionado o cano na cabeça dela. Meu estômago revirou.

— Eu pedi para ela não fazer isso dessa vez. — O resmungo de Frank atingiu meu cérebro.

— O quê?

— Eu pedi para ela não fazer isso dessa vez. Essa era diferente. Mas a Winnie sabia. Ela é inteligente demais. Ela sempre foi inteligente demais.

— Espera. — Eu ergui a mão. — Você disse para quem não fazer o quê?

O sussurro dele foi quase inaudível.

— Rain.

CAPÍTULO VINTE E DOIS

WINSLOW

O rastro de sangue cobrindo metade do meu rosto tornava quase impossível abrir os olhos. Com as mãos presas nas costas, eu não conseguia limpar o rosto. Cada piscada era grudenta. Cada respiração falhava. Cada passo era uma tortura.

— Rain...

— *Shhh.*

Ela cutucou a faca no corte na minha cabeça. A ponta de metal mal entrara em contato com a minha pele, mas mesmo um toque fora suficiente para me fazer cair na terra.

O estalar dos meus joelhos nas pedras fez meus ossos vibrarem como o toque de um sino, mas, em vez do som agradável, foi uma agonia. Pura agonia.

Minha cabeça girava sem parar, como um peão prestes a tombar. A escuridão estava prestes a tomar minha consciência, mas a forcei para longe, me obriguei a respirar. *Respire.*

Eu já tinha ficado sem fôlego várias vezes ao malhar ou praticar caratê. Já tinha distendido músculos e ganhado centenas de machucados. Mas aquela era minha primeira concussão. Cada movimento era vagaroso e eu só queria dormir. Só por um minutinho.

Me inclinei para a frente, o chão cedendo, e me virei de modo que, quando caí, bati meu ombro, e não meu rosto. Foi a decisão errada. A dor tomou conta do meu braço. Ou eu tinha deslocado um ombro ou fraturado um osso.

Rain devia ter feito alguma coisa com meu braço quando eu estava inconsciente. Talvez, quando ela e Frank me colocaram no Jeep, ela tivesse me deixado cair. Talvez tivesse pisado em mim ou usado o martelo de novo. Com certeza havia alguma coisa errada, porque meus músculos não queriam funcionar e a dor tinha roubado a força da minha mão esquerda.

Porém, antes que eu pudesse fechar meus olhos e sucumbir à escuridão, a faca de Rain reapareceu, a ponta cutucando a pele macia do meu pescoço.

De algum modo, a dor sempre se destacava.

— Levanta. — Ela agarrou meu cotovelo e me forçou a ficar em pé.

Engoli a vontade de vomitar quando me levantei.

— Por favor.

— *Shhh.* — Ela me empurrou pela trilha. — Ande.

Dei um passo depois do outro, o mais devagar possível. A cada passo, eu inspirava duas vezes.

Pense, Winn. Meu cérebro não queria pensar. Meu cérebro queria dormir. *Acorde. Lute.*

— Por que você está fazendo isso? — perguntei.

— Pare de falar.

— Rain, por favor.

Ela levou a faca até a minha cabeça, para o lugar onde o sangue estava mais grosso.

— Quieta.

Fechei minha boca e assenti, dando mais um passo.

Subindo Indigo Ridge.

Até o topo.

Será que Lily Green tinha morrido assim? Sendo forçada a fazer aquela subida terrível? Teria sido aquele o caminho que Harmony Hardt percorrera também? E as outras?

Não tinha sido suicídio. *Eu tinha razão.* Todo aquele tempo, meus instintos estavam me levando àquela resposta. Mas aqueles mesmos instintos falharam comigo. Eles não me deixaram duvidar do Frank. Nem me permitiram ver os monstros que moravam na casa ao lado.

E já era tarde demais.

O céu acima estava no tom mais puro de azul-marinho. As estrelas pareciam dançar em um círculo sinuoso, mas era só a minha tontura pregando peças em mim. Eu é que estava girando.

Rain havia batido aquele amaciador de carne na minha cabeça e, logo em seguida, a escuridão tomara conta de tudo.

Eu não tinha nem mesmo levantado um braço para bloquear o golpe. Ficaria decepcionada comigo mesma depois. Se eu sobrevivesse.

Aquilo tinha acontecido havia horas. Eu tinha acordado na caçamba do Jeep na base da montanha. Quando ela passara o frasco de sais no meu nariz, os últimos raios de sol estavam sumindo no horizonte. A luz do dia estava quase se apagando. E o luar estava forte o suficiente para iluminar a trilha adiante.

Rain não vacilara em nenhum momento. Ela me empurrara pela trilha a cada passo. Meus pulmões estavam pegando fogo e minhas pernas ardiam. Ela respirava como se estivesse relaxando em um sofá, não subindo uma montanha.

Rain. Como aquilo tinha acontecido? Quem era ela? A dor no meu coração tornava a situação toda ainda mais inacreditável.

— Achei que você me amava — sussurrei.

— Amava você? — Ela bufou. — Gostava de você. Isso sim. Você exagera. Você é como meu marido traidor. Falando palavras de amor para qualquer um.

— Ele as amava?

— Ele era obcecado por elas. Deixava bilhetes. Organizava encontros secretos. Mesmo quando me prometia que ia parar, não parava. Então, esse é o castigo dele.

— Você podia se divorciar dele.

— Isso seria bondoso demais. Sabia que esta costumava ser a trilha favorita dele? Ele me pediu em casamento aqui. Agora, ele pode subir esta montanha e pensar sobre o que fez. Sobre o que ele me fez fazer.

— Eu nunca toquei no Frank.

— Não, mas você fez perguntas. — Ela empurrou meu cotovelo, quase me derrubando. — Você devia ter deixado isso de lado. Elas fizeram por merecer. Ele também. E poderia ter acabado ali se você tivesse feito o que todo mundo nesta maldita cidade faz há anos e acreditasse no que deveria ter acreditado.

Que aquelas meninas, pelo menos algumas delas, tinham se matado. E, sim, todo mundo tinha simplesmente acreditado.

— Eu disse para ele parar. — As palavras odiosas de Rain pareciam ser mais para si mesma do que para mim. — Eu disse que a última vez tinha que ser a última, ou eu iria trazer ele mesmo aqui.

— Se você quiser pegá-lo para trazê-lo aqui no meu lugar, não vejo nenhum problema.

Ela riu, a risada doce e musical que eu conhecia desde a infância. Aquilo lançou um arrepio pela minha espinha.

— Continue andando, Winnie.

— Rain, por favor.

— Não implore. Não combina com você.

Rangi os dentes e dei mais um passo. Depois outro. Mas então parei.

Por que eu estava facilitando? Queria mais é que aquela escrota se fodesse. Com um sorriso nos lábios, caí de joelhos, suportando aquela dor insuportável. Depois, me virei e me sentei.

— O que você está fazendo?

— Descansando um pouco.

Levantei um ombro, esticando o pescoço, tentando limpar um pouco do sangue no meu rosto. Doía para caralho, mas, quando me endireitei, havia uma mancha vermelha na minha regata branca.

— Levanta — gritou ela.

— Não, obrigada, estou bem aqui.

Minha cabeça latejava, mas meu foco estava melhorando. Deixei que aquilo me despertasse. Deixei que me fizesse querer lutar.

No *dojo* onde eu treinava em Bozeman, meus *senseis* e o Cole sempre disseram que o melhor jeito de aprender era enfrentar um oponente melhor do que você. Rain estava numa posição melhor; tinha uma faca. Eu tinha uma concussão.

Mas eu não podia perder aquela luta. Eu não podia morrer naquela montanha.

— Levanta. Agora. — Rain chutou meus calcanhares, a sola das suas botas de caminhada arranhando minha pele.

Estremeci, aceitei aquela dor e adicionei ao restante, transformando-a em combustível.

— Não.

— Vou matar você aqui mesmo.

— E me arrastar o resto do caminho? — Bufei. — Mesmo um policial novato vai conseguir descobrir que meu corpo foi arrastado. Então, a menos que você queira que todo mundo no condado comece a fazer as perguntas que tenho feito nos últimos meses sobre esses supostos suicídios, você não vai me matar aqui.

O ar parou em meus pulmões enquanto eu esperava pela resposta dela. Um movimento audacioso, assertivo, mas o que mais eu tinha a perder?

Griffin.

Eu iria perder o Griffin.

Me encontre, Griff. O meu sumiço no jantar faria ele sair para me procurar, não faria? Ele encontraria meu carro. Falaria com o vô. Com sorte, iriam na casa do Frank e descobririam todas as merdas daquele otário.

Griffin tinha razão sobre o Frank, e eu havia sido parcial demais com o meu histórico familiar para perceber as mentiras.

— Você colocou a bolsa da Harmony e a carteira da Lily na trilha para o Briggs encontrar?

Rain chutou meu quadril e usei toda a força que tinha para não gritar de dor.

— Levanta.

— Ou talvez tenha colocado aqui para eu encontrar, na esperança de que eu fosse pensar que o Briggs as matou. — Me mexi enquanto falava para meu corpo esconder minhas mãos.

A terra era como uma lixa nos meus dedos enquanto eu cavava, procurando por uma pedra afiada ou algo com uma ponta para cortar a abraçadeira plástica que prendia meus pulsos. Policiais preferiam usar algemas porque, mesmo com as mãos presas nas costas, uma pessoa poderia se libertar de outros tipos de amarras. Era só arranjar um espaço e bater com força. Mas eu não conseguia erguer meu ombro, não o suficiente para ter força para quebrar o lacre.

— Quase funcionou. Eu cheguei a suspeitar dele.

— Mas você não fez nada.

— Você não me deixou evidências o suficiente — rosnei, para ela e para a trilha. O lugar que escolhi para me sentar era liso.

— Levanta. Agora. — Outro chute. Outra estremecida. Fora isso, não me mexi.

— Você bateu na cabeça delas como bateu na minha? Foi assim que conseguiu trazê-las aqui para cima?

— Cala a boca.

— Não encontrei nenhum traço de sangue no carro da Lily. Nenhum sinal de resistência. O que você fez? Você a enganou dizendo que ela ia encontrar com o Frank?

Rain apertou os olhos.

— Pare. De. Fazer. Perguntas.

— Isso é um sim — resmunguei. — Deixa eu adivinhar. Você escreveu um bilhete. Disse que era assim que o Frank entrava em contato com elas. — Por isso que eu não tinha encontrado nada nas mensagens ou no histórico de ligações da Lily. — Lily veio aqui para encontrar com o Frank. Talvez você tenha prometido uma noite sob as estrelas. Um piquenique romântico e...

— Cala a boca! — A lâmina da faca brilhou quando desceu e cortou meu bíceps.

Meu grito foi engolido pela noite. Não havia ninguém além dela para ver as lágrimas, então deixei rolarem. Lágrimas desesperadas e raivosas. Mas eu não seria silenciada. Não naquele dia.

— Você bateu nelas, bateu em mim. Por isso que não havia nenhuma droga no corpo delas. — Qualquer ferimento provocado por facas teria sido acobertado pela brutalidade das mortes, assim como uma ferida na cabeça igual a minha. Quando tudo que restava do crânio de alguém era fragmentos, encaixá-los de volta para ver uma ferida menor era praticamente impossível. — Você fez ela subir essa trilha também? Quando ela tirou as botas?

— Por que você se importa?

— Me diga. Antes de tudo isso acabar, você ao menos pode me contar a verdade.

Seus lábios se curvaram.

— Ela ficava escorregando com aquelas botas.

— Você devia ter deixado ela ficar com as botas.

Rain cutucou meu tênis.

— Não vou repetir esse erro com você.

— Boa sorte — respondi, inexpressiva. — Ninguém vai acreditar que eu cometi suicídio.

— Você passou por tanta coisa, não passou? Tentando se encaixar aqui. Aquele término terrível com seu noivo. Os policiais que não te receberam bem. Você está sozinha e dizem por aí que Griffin Eden estava prestes a te largar. Ele está apaixonado por Emily Nelsen há anos.

Bufei.

— Ainda não tinha ouvido essa. — Mas não tinha dúvidas de que o rumor havia sido inventado pela própria Emily.

— Ah, eu admito que a Emily é uma tola, mas ela corre atrás do Griffin há muito, muito tempo. Algumas pessoas vão acreditar que ela finalmente conquistou a atenção dele. Somando isso à morte trágica dos seus pais, é compreensível que você estivesse deprimida.

— Aí é forçar a barra. Forçar demais a barra.

— Faço isso há *muito* tempo.

Olhei para cima e encontrei seu olhar.

— Não funcionou comigo.

— Quase. Teria funcionado com Tom Smith.

— Mas Tom Smith não é o chefe de polícia. — Ergui meu queixo. — Eu sou. E eu vou ver você apodrecer na cadeia por isso. Por aquelas meninas.

Não importava quantas fossem.

A faca na mão de Rain tremeu.

— Eu vou te matar aqui. Arrasto você se precisar.

— Vá em frente.

A mão dela tocou meu cabelo, segurando firme. Cumprindo a promessa, ela começou a me arrastar. A dor era insuportável e eu gritei de novo, um som puro e brutal que arranhou minha garganta quando um chumaço de cabelo se soltou.

— Pare. — Lágrimas mancharam minha vista enquanto meu corpo tremia. — Eu vou andar.

Ela só puxou com mais força.

— Eu vou andar!

Rain levou um segundo para me soltar. Quando seus dedos libertaram meu cabelo, o alívio me fez chorar de novo.

Tropecei nos meus pés, minha cabeça girando ainda mais do que antes. A trilha era mais larga ali do que em outros trechos, mas ainda era bem estreita. Talvez ela nem tivesse que me jogar lá de cima. Talvez a ferida na minha cabeça e aqueles passos inconsistentes me matassem.

Meu Deus, se eu caísse, esperava que não fosse Griffin a me encontrar. Eu não queria que meu corpo quebrado, minha morte, assombrasse seus pesadelos.

— Ande — ordenou Rain, com a faca na lateral do corpo. Meu sangue pingava da lâmina.

Comecei a subir, olhando de novo para trás. Eu poderia correr. Não seria fácil com as mãos presas, mas eu poderia ganhar dela correndo ladeira abaixo. Talvez, se eu conseguisse ganhar tempo, alguém viesse me procurar.

— Você nunca conseguiria fugir — disse Rain, lendo meus pensamentos. Ela se moveu para ficar atrás de mim, bloqueando minha passagem. Se eu tentasse derrubá-la, provavelmente iria tropeçar e sair rolando pela trilha.

Um passo após o outro, Rain me obrigava a seguir. A faca dela cutucava minha lombar quando eu não me movia rápido o suficiente.

Ela teria que soltar meus pulsos em algum momento, certo? Se ela queria fazer parecer um suicídio, não podia manter minhas mãos atadas. Ela não devia ter feito aquilo com Lily, porque não havia sinais de amarras.

Os cortes nos meus pulsos, feitos pela braçadeira, ardiam e latejavam. Eu a havia puxado com força o bastante para deixar marcas, mas não para quebrá-la.

Talvez ela descesse a montanha depois de me jogar para cortar as amarras.

Antes. Por favor, que ela corte antes.

Seria minha única chance de lutar. Não seria bem uma oportunidade, mas provavelmente seria a única.

A trilha fez uma curva e, com aquilo, meu estômago revirou. O cume estava se aproximando.

Porém, chegar até lá seria um pouco mais difícil.

Griffin tinha bloqueado a trilha.

Dei risada quando vi a cerca. Era alta e resistente. O único jeito de passar era pulando por cima. Quando ele tinha feito aquilo? Se sobrevivesse àquela noite, eu o beijaria para agradecer. Eu o beijaria pelo resto da minha vida.

— O que é isso? — Rain cuspiu as palavras quando viu a cerca de arame.

— Um presente do Griffin.

Ela analisou a estrutura, olhando-a de cima a baixo.

— Vai.

— Para onde?

— Por cima. — A faca cutucou meu bíceps. — Escale a cerca.

— Tem arame farpado no topo.

Rain não estava nem aí se eu me cortasse em pedacinhos, mas tinha que escalar também. Olhou para cima, depois para trás.

— Suba. Agora.

Abri a boca para me recusar, mas por cima do ombro dela vi o brilho de uma luz cortando a noite.

Ela seguiu meu olhar e seus olhos se arregalaram.

— Socorro! — gritei.

— Winslow!

Briggs. Ele estava vindo da trilha que o levava à cabana. A luz devia ser uma lanterna.

— Bri...

— Cala a boca. — Rain levou a faca à minha garganta. — Desça. Agora.

Não discuti quando ela me empurrou de volta pelo caminho de onde viemos. Descer era uma coisa boa.

Ela me forçou a ir tão rápido que estávamos praticamente correndo. Quando passamos pelo lugar onde as duas trilhas se encontravam, a faca dela continuava no meu pulso, e a lâmina fazia pequenos cortes na minha pele.

— Mais rápido — sibilou ela.

Procurei freneticamente pela luz do Briggs. Eu a via na trilha, mas ele ainda estava a metros de distância. Longe demais para nos impedir quando cruzamos a outra trilha.

Ele teria que nos seguir montanha abaixo.

Meus joelhos doíam quando ela empurrava, e me controlei sempre que meu calcanhar tocava no chão, preocupada em não aguentar com o que restara da minha força e cair rolando dali.

— Pare. — A mão de Rain segurou meu cotovelo.

O olhar dela foi para trás de nós, conferindo se estávamos sozinhas.

Estive tão concentrada em correr que não observei em que ponto da trilha estávamos. A ladeira atrás de nós era a mais íngreme na trilha, com exceção do cume. O penhasco não era uma parede de pedras como no topo, mas a altura era suficiente para me causar um frio no estômago.

Arbustos envolviam a encosta, as folhas brilhando acinzentadas sob o luar. Eles iriam me machucar, mas provavelmente não me matariam. Não... Seriam as pedras escondidas sob os arbustos que iriam me destruir.

Rain iria me empurrar, correr para o pé da montanha e desaparecer antes que Briggs ou outra pessoa a pegasse.

A faca dela parou na lateral do meu corpo. Ela cutucou meu braço, provocando outra onda de dor excruciante. Ela se aproximou, e sua voz era um sussurro no meu ouvido:

— Acha que vai voar, passarinha?

— Vai se foder — guinchei em resposta.

— Vamos descobrir. — A faca saiu do meu corpo e sua mão livre pressionou minhas costas, pronta para empurrar. Ela era rápida.

Mas eu estava preparada.

Usando toda a força que tinha, me virei e meus pés escorregaram na terra. Meus braços estavam pesados e minhas pernas, cansadas, mas consegui chutar as costas do joelho dela, fazendo com que perdesse o equilíbrio.

— Maldita — gritou ela.

Eu já estava me movendo, tropeçando e forçando minhas pernas a correr.

— Vou pegar você — ameaçou ela, o som dos seus pés se aproximando. Sua mão tocou meus cabelos.

Escorreguei, deslizando mais do que correndo, mas o impulso me levou na direção certa quando fiz uma curva.

Uma nova luz apareceu. Faróis.

Eu me esforcei mais. Mais. Se conseguisse chegar no pé da montanha, Briggs iria...

A mão de Rain pegou meu cabelo. Um dos seus dedos deslizou pelo corte pegajoso acima da minha têmpora, e a dor era tão excruciante que a única coisa possível a fazer era desacelerar.

E lutar.

Pulei nela com meu joelho levantado. Anos de treinamento eram minha salvação. Meu chute foi rápido, certeiro em seu estômago.

Eu não iria morrer naquela noite. Eu tinha coisas para viver. Tinha que me mudar para a casa do Griffin. Tinha que aprender a montar o Júpiter. Tinha que passar mais tardes na cadeira de balanço e mais noites na cama dele.

Rain resmungou, mas continuou em pé. Ela sacudiu a faca, cortando na direção da minha barriga.

Desviei, meus pés instáveis no solo. Minha segunda tentativa de chute quase a acertou no quadril.

Quando, porém, ela balançou a faca de novo, seu golpe foi certeiro. Senti uma onda de agonia no estômago. Um jorro vermelho, molhado e quente manchou minha blusa.

— Winn. — A voz de Griffin soou na minha mente.

— Não. — Rain me esfaqueou de novo, a lâmina entrando pela lateral.

Eu ofeguei, aquela dor se misturando a todas as outras.

Ela pegou meu pulso e puxou com força, me arrastando por cima do corpo dela, tentando me jogar do penhasco.

Caí de joelhos, minha pele rasgando ao atingir uma pedra.

— Winn!

A voz de Griff soou na minha mente de novo. Ou talvez fosse o Briggs.

O olhar de Rain passou por cima da minha cabeça até a base da trilha.

Segui o olhar dela, me virando o máximo que conseguia. Os faróis. A voz. Ele estava ali.

Lutei. Cerrei os dentes, fixei os quadris e plantei os pés. Depois, me joguei para a frente, como se tivesse dado um salto, e me choquei contra seus tornozelos.

Rain tropeçou.

Então foi a vez dela de voar.

Do penhasco. Seus gritos cessaram com o barulho da pancada nas pedras.

Depois, o silêncio. Um silêncio doce quando caí no chão, virando meu olhar para as estrelas dançantes.

— Winn. — A voz do Griffin ficou cada vez mais alta, até ele me alcançar e me pegar no colo.

— Você me encontrou — sussurrei.

Ele se mexeu, pegando o canivete na calça. Um movimento e as amarras nos meus pulsos sumiram.

Tentei levantar um braço para tocar sua bochecha, mas não tinha forças.

— Winn. Meu amor. Levanta. Você precisa ir para o hospital.

Eu me apoiei nele quando seu braço passou pelas minhas axilas, me segurando.

— Ah, merda. — A mão dele pressionou minhas feridas na barriga. — Ok, eu vou te carregar.

Ele fez o movimento para se levantar e a dor que aquilo provocou no meu corpo fez eu gritar mais uma vez.

— Caralho. Isso vai doer. Você vai ter que aguentar por mim, tá bom? — Ele olhou para a trilha. — Briggs!

— Estou chegando!

— Rápido!

Briggs podia chegar. Griffin podia correr. Mas eu não iria aguentar. Ele poderia me carregar montanha abaixo e dirigir até a cidade, mas Rain tinha ganhado.

Havia palavras a serem ditas. Desculpas a pedir. Promessas que eu gostaria que ele fizesse. Mas, no fim, não havia tempo.

— Eu te amo.

— Não, Winn. Não diga isso. — Ele me sacudiu quando me ergueu. Suas botas começaram a se chocar contra a trilha. — Fica acordada.

— Diga para mim. Quero ouvir pelo menos uma vez.

— Não.

— Griffin. — Minha voz falhou. — Por favor.

Ele não desacelerou o passo.
— Eu te amo. Porra, como te amo.
— Obrigada.
Então soltei mais um suspiro.
E as estrelas sumiram.

CAPÍTULO VINTE E TRÊS

GRIFFIN

— Acorda, meu amor. — Meus lábios tocaram os nós da mão dela. — Por que ela não está acordando?

— Ela perdeu muito sangue — explicou Talia.

— Eu não posso perdê-la. — Apertei a mão da Winn. — Não posso...

O nó que estava na minha garganta havia três dias parecia uma corda no meu pescoço.

— Você devia dormir um pouco. — Talia colocou a mão no meu ombro. — Saia dessa cadeira e vá dar uma volta, pelo menos.

Balancei a cabeça.

— Não vou deixá-la aqui.

— Griff...

— Não vou sair daqui.

Talia suspirou.

— Posso te trazer alguma coisa?

— Café.

— Ok. — Ela apertou meu ombro e saiu do quarto.

Ela não foi a única pessoa que tentou me convencer a ir para casa. Meus pais. Meus irmãos. Covie. As enfermeiras. Os médicos. Todo mundo estava tentando me convencer a sair dali.

A soltar a mão dela.

Porque havia uma chance real de que ela não fosse acordar. Ela não tinha acordado nenhuma vez desde que eu a carregara para fora de Indigo Ridge.

— Vamos lá, Winn. Acorda — sussurrei contra a pele dela. Estava fria, e ela parecia pálida demais na cama. O corte na cabeça tinha sido suturado, e haviam limpado o sangue do rosto e do cabelo dela. Mas seus lábios estavam com um tom cinzento terrível. As pálpebras estavam azuis e as bochechas pareciam ocas. — Temos tanto a viver. Mas eu preciso que você acorde.

Nos dias em que eu estivera ali, tinha implorado inúmeras vezes para ela acordar. Talvez, se ela pudesse ouvir a minha voz...

— Encontre o caminho de volta para mim. Por favor. Você não pode me deixar agora.

Eu tinha tanto para lhe contar. Tantas coisas boas que ela havia feito que precisavam ser comemoradas.

— Winslow. — Fechei meus olhos. — Eu te amo. Temos uma vida inteira pela frente. Mas você tem que acordar, meu amor. Você precisa acordar. Encontre o caminho de volta para mim.

Ela não se mexeu.

Minha irmã me trouxe café a manhã inteira.

Covie chegou e se sentou ao meu lado durante a tarde.

A enfermeira me trouxe um cobertor novo à meia-noite.

Winn não se mexeu.

Até o sol começar a aparecer no horizonte.

Aqueles lindos olhos azuis se abriram. Finalmente.

E ela encontrou o caminho de volta.

CAPÍTULO VINTE E QUATRO

WINSLOW

— Pronta? — perguntou Griff quando estávamos em pé, ao lado da caminhonete.

Segurei a mão dele.

— Pronta.

Andamos, lado a lado, até a porta de Melina Green. Meu passo era lento e estranho. Tudo nas duas últimas semanas havia sido lento e estranho. Mas aquilo me deu tempo para analisar o jardim dela enquanto caminhávamos.

O canteiro de flores estava cheio de botões roxos. A grama havia sido cortada recentemente e o cheiro preencheu meu nariz. Rouxinóis cantavam em um galho do carvalho que fazia sombra sobre a casa. Era uma bela manhã.

Era um novo dia.

Antes do Griff bater, a porta abriu e Melina saiu da casa. O rosto dela estava iluminado de gratidão.

— Oi. — Sorri.

— Oi. — Os olhos dela ficaram marejados e logo ela estava me abraçando forte.

Doeu. Meu ombro tinha sido deslocado e apenas no dia anterior eu tivera permissão para deixar de usar a tipoia. Mas eu não me atrevi a estremecer. Simplesmente apertei a mão do Griffin porque ele estava me ajudando a lidar com a dor nas últimas semanas.

Melina me segurou por um instante, até Griffin perceber que eu estava com dor, porque ele colocou a mão no ombro dela.

— Que tal entrarmos?

— Claro. — Ela me soltou, enxugou as lágrimas e fez sinal para a acompanharmos.

A luz do sol entrava pela janela da sala de estar. Me sentei com Griffin no sofá de couro, o braço dele passando por trás dos meus ombros para me apoiar.

Meu corpo estava se curando, mas não tão rápido quanto eu gostaria. Ele havia tentado me convencer a adiar aquela visita para a próxima semana e passar mais dias em casa, descansando. Mas estava na hora de retomar a vida.

Viver era algo precioso. Todo momento. Se a noite em Indigo Ridge tinha me ensinado algo, era que eu precisava aproveitar minha vida ao máximo.

E visitar Melina era o melhor jeito de começar.

— Como está se sentindo? — perguntou ela, se sentando na cadeira em frente ao sofá. — Posso te oferecer algo?

— Não, obrigada. E eu estou bem. Esse cara está cuidando muito bem de mim.

Griffin se aproximou e beijou meu cabelo.

— Quando ela me escuta. Ela não é a melhor paciente.

Dei uma cotovelada nas costelas dele. O movimento rápido me causou uma dor e eu gemi.

— Viu só? — provocou ele.

— Obrigada por vir aqui. — Melina olhou para a lareira, cheia de fotos da filha. — E por tudo que fez pela Lily.

— Só estava fazendo o meu trabalho.

— Não. — Ela me deu um sorriso triste. — Você fez muito mais do que isso.

Nas duas semanas anteriores, vários casos de suicídio tinham sido reabertos e suas pastas foram recheadas com novas informações. Frank fora preso na noite em que Rain tentara me matar e sua confissão chocara a comunidade inteira.

Quatro dos sete suicídios na última década não tinham sido suicídios. Ele estava tendo um caso com cada uma daquelas jovens e todas foram assassinadas pela esposa dele.

Frank dominara a arte das mentiras e das manipulações, convencendo as mulheres a manterem seus encontros um segredo. Ele era um homem carismático. Bonito. Eu não culpava aquelas meninas por caírem no papo dele. Eu só queria que alguma delas tivesse deixado qualquer pista que fosse. Ou que o chefe de polícia anterior tivesse se esforçado mais para encontrar algo.

Sabendo onde procurar, as evidências brotavam.

Frank encontrava as meninas em hotéis nas cidades vizinhas. As faturas dos cartões de crédito mostravam que ele pagava pelas noites que passavam juntos. Eles se comunicavam por bilhetes, nunca assinados, mas a letra dele tinha sido fácil de identificar. Lily Green tinha guardado alguns deles. Melina os encontrara quando finalmente tomara coragem para limpar o quarto da filha. Os bilhetes estavam escondidos embaixo do colchão de Lily.

Se eu a tivesse estimulado a fazer aquilo antes, talvez tivesse reconhecido a letra do Frank.

Ele deixava os bilhetes para Lily quando ia ao banco. Harmony Hardt trabalhava no restaurante da cidade, e ele admitira que deixava mensagens nos recibos.

Havia mais a descobrir, mas a cidade inteira estava falando sobre o assunto. Frank escondia seus casos, enganando todo mundo, menos Rain. E, quando ela finalmente surtava, alguém morria.

A primeira vítima de Rain tinha morrido de overdose. Ela morava sozinha e a suspeita era de que Rain invadira a casa e a forçara a tomar os comprimidos — Frank não sabia dos detalhes e Rain não estava viva para contar. Aparentemente, a overdose não tinha sido punição o suficiente para Frank, então Rain mudara de tática.

— Ainda não consigo acreditar. — Melina balançou a cabeça. — Rain costumava se voluntariar na casa de repouso. Ela dava aula de pintura para os residentes. Sempre pareceu ser uma mulher tão doce.

— Você não foi a única que ela enganou.

Ela me enganara a vida inteira. E enganara o vô também.

Aquilo estava sendo muito difícil para ele. O vô amava Frank e Rain. De verdade. Ele os considerava membros da família, e aquela traição fora tão dura que ele decidira se mudar.

Depois de décadas morando na casa que tinha sido da vó, que tinha sido do pai, o vô se mudara. Ele não conseguia mais morar ao lado da casa dos Nigel.

Então ele fora morar na minha.

Griffin tinha ido lá no dia anterior para buscar o restante das minhas coisas. A maioria dos móveis que eu comprara iria para a caridade. Havia algumas famílias da região que estavam passando por um período difícil e, se meus móveis pudessem ajudá-las, eu ficava feliz em me desfazer deles. Não era como se eu fosse precisar deles na casa do Griffin — ou melhor, na nossa casa.

A mandíbula da Melina travou.

— O que vai acontecer com o Frank?

— Ele está sendo acusado de ser cúmplice de homicídio. O advogado dele deve convencê-lo a se declarar inocente, mas ele vai para a cadeia.

Sua confissão seria usada contra ele. Frank provavelmente iria dizer que fora coagido ou que tinha sido forçado a confessar. Não havia nada a fazer além de esperar e deixar o julgamento acontecer. Mas eu confiava nos meus policiais.

Fora Mitch o policial que respondera ao chamado naquela noite. O vô ficara com Frank para se certificar de que o babaca não tentaria fugir. Enquanto isso, Griffin dera um tiro no escuro e correra para Indigo Ridge, ligando para Briggs no caminho.

Se não fosse por eles, eu teria sofrido o mesmo destino da Rain.

— Acho que odeio ele mais do que odeio ela — disse Melina. — Talvez seja um jeito estranho de analisar a situação. Mas ele sabia. Ele continuou tendo amantes, mesmo sabendo que Rain as matava.

— Não tem nada de estranho. — Porque eu também me sentia assim.

— Fico feliz que ela esteja morta. — Melina arregalou os olhos quando se tocou do que havia dito. — Desculpa.

— Não precisa se desculpar — disse Griffin. — Você não é a única.

Griffin não falara muito sobre Rain desde aquela noite. Dissera que o corpo dela havia sido encontrado ao lado da montanha, o pescoço quebrado pela queda. Fora isso, estava quieto.

Quieto demais.

Havia uma fúria em seu olhar. Uma chama que queimava no mesmo tom daqueles lindos olhos azuis. A raiva havia aparecido algumas vezes nas últimas duas semanas, geralmente quando eu sentia dor.

Ele ficava com a mandíbula tensa. Cerrava os punhos. Se controlava até eu me sentir melhor. Depois, ligava para a mãe ou uma das irmãs para ficarem comigo enquanto ele ia dar uma volta com Júpiter.

Graças a Deus por aquele cavalo. Ele ajudara Griff a superar as últimas duas semanas. Mais cedo ou mais tarde, porém, teríamos que conversar sobre o que tinha acontecido.

— Você já falou com os outros pais? — perguntou Melina.

— Ainda não. Você é minha primeira visita.

Os outros eu veria depois que voltasse a trabalhar na delegacia, mas eu ainda tinha mais duas semanas de repouso. A cirurgia para reparar as facadas havia sido bem-sucedida, mas, somada à concussão, meu corpo tinha que lidar com muita coisa.

Os médicos tiveram que reiniciar meu coração na mesa de cirurgia.

— Não consigo imaginar como estão se sentindo. — Melina deixou os olhos caírem no colo. — Pensar por tantos anos que suas filhas... Fico feliz de saber a verdade.

— Sinto muito pela sua perda.

— Eu também. — Os olhos dela brilharam com lágrimas que não caíram.

Mesmo com o tempo, algumas feridas jamais se curariam.

Então uma lágrima rolou pela bochecha de Melina. Depois outra. Ela olhou mais uma vez para as fotos da sua linda filha.

— Vamos te deixar em paz. — Griffin se levantou primeiro, estendendo a mão para me ajudar a levantar.

Nos despedimos de Melina, deixando-a sozinha para encontrar a paz que fosse possível, e entramos na caminhonete de Griffin.

Assim que a porta fechou, soltei o ar que estava segurando.

— Tudo bem? — perguntou ele, se sentando na frente do volante.

— Só estou cansada.

— É o bastante por hoje.

— Eu queria visitar o vô. Ver como está a mudança.

— Está indo bem. Ele sabe onde nos encontrar. Você vai tirar um cochilo.

Franzi o cenho, mas tinha aprendido nas últimas duas semanas que não adiantava discutir. Então relaxei no meu assento enquanto Griffin nos levava para casa.

— Estou orgulhoso de você. — Ele pegou minha mão no meu colo e a levou aos lábios. — Você nunca desistiu. Mesmo quando todo mundo disse para deixar de lado. Talvez, se eu não tivesse...

— Não foi culpa sua.

Ele me fitou, e a dor nos seus olhos atingiu meu coração.

— Achei que tinha te perdido.

— Não perdeu.

— Mas...

Ele engoliu em seco, o que fez seu pomo de adão se mexer. Depois, dirigiu em silêncio. Chegando em casa, havia três carros ao lado do meu Durango. Um pertencia ao Harrison. O outro ao vô. O terceiro era de Briggs.

— O cochilo já era.

— Eles têm dez minutos — disse Griffin. — Depois vou expulsar todo mundo.

— Não, deixe eles ficarem. — Aquecia meu coração ver quantas pessoas se preocupavam comigo. Com a gente.

Griff encarou, imóvel, a traseira da caminhonete do Briggs.

— O que foi? — perguntei.

— Por um segundo, fiquei preocupado que fosse ele. Que ele tivesse feito algo e se esquecido.

Briggs tinha nos visitado todos os dias desde que eu fora liberada do hospital, sempre com um buquê de flores. Eu seria eternamente grata por ele ter chegado à trilha no escuro.

— Ele salvou a minha vida.

— Salvou mesmo.

— Se a demência dele piorar, se ele precisar de ajuda, vai vir morar aqui.

— Sim. Na casa dos meus pais. — Griffin assentiu. — Eles conversaram sobre isso. Vão começar a receber ele mais vezes. Checar como ele está. Quando chegar a hora, vão levá-lo para a casa deles.

— Temos espaço aqui.

— Eles também. E eu quero você só para mim por um tempo.

— Ok — sussurrei.

Os ombros dele caíram. Seus olhos continuaram colados no para-brisa enquanto o ar-condicionado soprava pela cabine.

Apoiei minha cabeça no banco, esticando minha mão para segurar a dele.

— Ei. Estou bem, Griff.

— Eu sei. — Ele limpou a garganta, depois começou a se mover, desligando o motor e saindo para dar a volta no carro e abrir minha porta.

O que quer que ele estivesse sentindo estava guardado, pois tínhamos companhia e não era a hora.

Os homens estavam todos lá dentro quando passamos pela porta. O vô me abraçou de leve antes de me guiar até a sala de estar para nos sentarmos. Briggs havia trazido mais um buquê de flores; daquela vez, eram margaridas. Harrison trouxera uma das tortas de cereja da Anne. Graças à Anne, Knox e Lyla, nossa geladeira tinha comida suficiente para alimentar toda a família Eden por uma semana.

Nossos familiares ficaram por uma hora, conversando com Griffin sobre os assuntos do rancho e sobre o que estava acontecendo na cidade. Depois do almoço, quando minhas pálpebras começaram a cair, Griffin os expulsou, mas não antes de me ajudarem a fazer um estrago no estoque de comida e na torta.

Bocejei duas vezes antes de Griff me carregar do sofá para a cama.

— Eu posso andar.

— Eu posso carregar você.

— Tudo bem. — Me encostei em seu ombro, respirando seu aroma antes de ele me deixar na cama e puxar as cobertas sobre meu corpo.

Minha cabeça estava no travesseiro quando ele se abaixou para beijar meu cabelo.

— Vou sair para dar uma volta.

— Não vai, não. — Eu segurei o pulso dele antes de ele sair. — Você vai ficar na cama também.

— Você vai descansar melhor se eu não estiver aqui.

— Não é verdade e você sabe disso. Deita comigo. Por favor.

Ele soltou um suspiro frustrado, mas não se recusou. Tirou as botas, depois o cinto, para não machucar minhas costas. Depois, se deitou no colchão, deslizando um braço por baixo do meu travesseiro, se aproximando até seu peito colar nas minhas costas.

Mas não me abraçou. Ele não me abraçava desde meu retorno do hospital.

— Me abraça.

— Eu não quero te machucar.

— Eu estou bem, Griff.

— Eu não...

— Eu estou bem. Por favor, não se afasta de mim. Vou te arrastar de volta, se precisar, mas vai doer.

Ele suspirou e enfiou o rosto no meu cabelo. Depois, lentamente, seu braço envolveu minha cintura, repousando onde antes estavam os curativos, e naquele momento havia pontos.

— Viu? — Me virei, e o movimento me causou um pouco de dor, mas suportei calada. — Não lide com isso sozinho. Não me afaste.

O corpo dele se apoiou no meu.

— Isso tudo mexeu comigo.

— Comigo também.

— A ideia de você voltar ao trabalho, eu só... Eu me preocupo. Nunca senti esse tipo de medo antes. Está me deixando instável.

— Então podemos nos apoiar um no outro. Nos preocupamos um pelo outro. Mas não podemos deixar isso arruinar nossas vidas. Estou bem.

— Você está bem. — Ele respirou e me puxou para perto.

— Isso. — Me aninhei em seus braços. — Agora me beija.

Ele mal tocou no canto da minha boca.

— Um beijo de verdade.

— Winn...

— Me beija, Griffin.

Ele franziu o cenho, mas obedeceu, seus lábios se demorando nos meus.

— Teimoso — murmurei antes de passar minha língua pelo lábio inferior dele até ele finalmente me beijar como eu queria ser beijada, se afastando apenas quando estávamos ambos sem fôlego. — Eu te amo.

Ele tocou as sardas no meu nariz.

— Eu te amo.

— Depois do nosso cochilo, podemos ir fazer uma coisa?

— Depende. O que você quer fazer?

Eu sorri.

— Você me deve um primeiro encontro.

EPÍLOGO

WINSLOW

Um ano depois...

— Oi, amor — respondeu Griffin. — Está se divertindo?

— Nem começa — murmurei. — Você sabe que eu odeio fiscalizar o trânsito.

Ele riu.

— Você se voluntariou.

— Porque eu estava tentando ser uma boa chefe.

— Uma chefe de polícia não precisa ficar monitorando os radares de velocidade.

— Não temos radares de velocidade, Griffin.

— Claro — falou. — Então você não está estacionada atrás do arbusto, na rodovia perto da concessionária de John Deere.

Não mais. Olhei para o arbusto e a concessionária no meu retrovisor.

— O que vocês estão fazendo? — perguntei.

— Nos preparando para dar uma volta no rancho.

— Quando você diz dar uma volta, espero que seja de carro e não no Júpiter.

Griff fizera um comentário naquela manhã sobre Hudson estar grande o bastante para começar a andar com ele a cavalo. Eu achei que estava brincando. Era melhor ele estar brincando. Meu bebê não ia andar a cavalo. Não ainda.

— Uma hora ele vai ter que aprender.

— Griffin — alertei. — Ele tem dois meses de idade.

Meu marido riu.

— Sim, vamos passear de carro.

— Que bom. Divirtam-se.

— Vou passar na casa dos meus pais. Dar um oi. Ver se o Briggs está bem instalado no loft do celeiro.

— Dá um abraço neles por mim. Talvez dois no Briggs.

Briggs tinha se mudado na semana anterior. Fora ideia do Mateo ter o Briggs mais perto do Harrison e da Anne, mas, como o Briggs não queria deixar a cabana vazia, eles trocaram de casa. Mateo estava nas montanhas e Briggs estava mais perto da família.

No ano anterior, Briggs começara a tomar um medicamento que parecia ajudar, mas às vezes ele tinha um episódio em que a mente falhava e ele esquecia a data ou onde estava. O pior incidente acontecera no mês anterior e fora o que instigara essa mudança. Briggs tinha ido fazer uma trilha e se perdera. Quando Griffin e Harrison saíram para encontrá-lo, ele fora combativo com os dois, pois não fazia ideia de quem eram.

Quando, mais tarde, Harrison contou ao Briggs o que tinha acontecido, ele nos fizera prometer que, se agisse assim de novo, eles o levariam para uma casa de repouso. Mateo sugerira o loft do celeiro como alternativa. Ele achava que o fato de o Briggs morar mais perto do lugar onde cresceu daria uma base melhor para o tio.

Nenhum de nós sabia o que iria acontecer, mas valia a pena tentar.

— Pode levar o prato de torta da sua mãe quando for? — perguntei.

— Já está no carro.

Ao fundo, meu filho choramingou.

— Como está o Hudson?

— Está pronto para tirar uma soneca. Vamos dirigir por aí um pouco. Vou deixar ele apagar na cadeirinha. Depois vamos na minha mãe.

— Eu tenho... — olhei para o relógio no painel da viatura — ... mais quatro horas aqui. Depois vou para casa.

— Estaremos te esperando. Te amo.

— Também te amo.

Encerrei a ligação e continuei dirigindo pela Main Street.

Tecnicamente, eu ainda estava de licença-maternidade. Faltavam três semanas para acabar. Mas estávamos com a equipe reduzida nos últimos meses depois que eu demitira Tom Smith — a gravidez encurtara a minha paciência. Mesmo que eu devesse estar em casa, estava pegando alguns turnos para aliviar o volume de trabalho da delegacia até conseguirmos contratar outro policial.

O trânsito de turistas diminuíra consideravelmente na última semana, com o início do ano letivo. Era bom ver algumas vagas no centro, mas em breve teríamos caçadores e, depois, o público do Natal.

Quincy no fim de ano era pura magia.

Mas eu não era imparcial. Memórias da minha infância passando o Natal ali com o vô e meus pais eram algumas das minhas favoritas. E aquele último ano tinha sido inesquecível.

Griffin e eu nos casamos três dias antes do Natal. A cerimônia tinha sido pequena e íntima, no Eloise Inn. Ele estava deslumbrante no terno preto. Eu usara o vestido de casamento da mãe. Depois que o vô me levara até o altar, eu e Griffin trocamos nossos votos de casamento e abrimos as portas do hotel para uma festa que causou danos na estrutura do prédio.

A maioria dos quartos estivera reservada para a família e, pela primeira vez na vida, eu me hospedara no Eloise. Griffin e eu nos trancamos na melhor suíte por três dias.

O nosso tinha sido o último casamento no Eloise antes de as reformas começarem. Harrison e Anne compraram o prédio ao lado e o anexaram ao hotel para realizar eventos. E o restaurante não parecia mais uma sala de jantar aberta, e sim uma churrascaria refinada.

Quando estava grávida do Hudson, Griff e eu íamos lá três vezes por semana, porque meus desejos alimentares estavam fora de controle. Knox era como um mágico, sempre fazendo exatamente o que eu nem sabia que queria.

Não estava nos nossos planos engravidar tão cedo, mas, depois do incidente em Indigo Ridge, meu anticoncepcional fora interrompido e decidimos nem nos preocupar com aquilo.

A vida era curta. Griffin e eu íamos aproveitá-la ao máximo e aquela família que estávamos criando juntos era a luz da minha vida.

Minha mão foi até a minha barriga. Talvez fôssemos visitar o restaurante daquela vez tanto quanto da primeira. Meus filhos teriam menos de um ano de diferença. Eu esperava que aquilo quisesse dizer que seriam bons amigos, se não quando pequenos, quando fossem maiores.

Cheguei ao final da Main Street e fui em direção à rodovia. O trânsito estava tranquilo e a maioria dos carros pelos quais passei ajustavam a velocidade, os para-choques abaixando quando pisavam no freio. Cerca de quinze quilômetros depois, eu estava prestes a voltar para o centro quando vi no acostamento um sedan cinza com placa de Nova York.

Lentamente, parei e acendi a barra de luz da viatura para os outros carros nos darem um pouco de espaço. Depois, me certifiquei de que estava com a minha arma no quadril antes de sair e me aproximar do veículo.

Griffin insistira para eu usar um colete à prova de balas quando estivesse patrulhando. Era quente usá-lo sobre minha blusa preta, mas meu marido se preocupava. Então eu o usava.

A janela do lado do motorista estava abaixada e o barulho de um bebê chorando foi a primeira coisa que percebi. Aquele som inconfundível apertou meu coração. Assim como o barulho de uma mulher soluçando tanto quanto a criança.

— Olá?

A mulher no volante não pareceu me ouvir.

— Senhora? — chamei.

Ela arfou e praticamente pulou do assento.

— Me desculpa — falei, erguendo as mãos no ar.

— Ah, meu Deus. — Ela levou uma das mãos ao coração enquanto a outra colocava uma mecha de cabelo loiro atrás da orelha. — Me desculpa, policial. Eu vou sair com o carro.

— Sem problemas. — Me aproximei para ver dentro do veículo. — Está tudo bem aí?

Ela assentiu e limpou o rosto rapidamente, tentando secar as lágrimas.

— Foi só um dia ruim. Na verdade, um dia muito ruim. Talvez o quinto pior dia da minha vida. Sexto. Não, quinto. Estamos no carro há dias e meu filho não para de chorar. Estou com fome. Precisamos dormir e tomar um banho, mas estou perdida. Estou dirigindo há meia hora tentando encontrar o lugar para onde deveríamos ir.

— Para onde vão? — perguntei, olhando para o banco detrás.

O bebê continuou a chorar, seu rosto vermelho e seus pequenos punhos fechados.

Ela pegou um papel e o mostrou para mim.

— Juniper Hill — falou.

— Juniper Hill? — Só uma pessoa morava naquela estrada de terra.

— Sim. Você sabe onde é? — Ela gesticulou para o para-brisa. — Minhas instruções me trouxeram até aqui, mas não tem uma estrada marcada como Juniper Hill. Ou qualquer placa que seja.

— As ruas de terra de Montana raramente são marcadas. Mas posso te mostrar onde é.

— Sério? — A esperança nos olhos tristes dela partiram meu coração. Era como se aquela mulher não tivesse recebido ajuda por muito, muito tempo.

— Claro. — Estiquei minha mão. — Meu nome é Winslow.

— Memphis.

O nome não me surpreendeu. Eloise estava falando daquilo havia semanas. Knox estivera resmungando pelo mesmo tempo.

— Bem-vinda a Quincy, Memphis.

— Obrigada. — Ela respirou e uma nova leva de lágrimas escorreu pelo seu rosto.

Corri para minha viatura e depois a guiei até Juniper Hill.

Quatro horas depois, troquei minha viatura pelo Durango e fui para casa.

Griffin estava ninando Hudson na varanda, oferecendo uma mamadeira.

— Ei. Como foi?

— Tudo bem.

Sentei na cadeira ao lado dele e gesticulei para que ele me entregasse o menino. Quando o bebê estava aninhado na dobra do meu braço, respirei fundo.

Hudson tinha os meus olhos azul-escuros, mas, fora isso, eu torcia para que ele lembrasse o Griffin. Ele já tinha o cabelo castanho e volumoso do pai. E, mesmo com apenas dois meses, ele tinha a natureza estável do Griffin. Raramente gritava, diferente do filho da Memphis, Drake.

— Se lembra daquela garota que a Eloise contratou para trabalhar no hotel? Memphis Ward? A que estava se mudando de Nova York?

— Sim.

— Eu a conheci hoje. Ela se perdeu procurando a casa do Knox. O filho dela tem mais ou menos a mesma idade do Hudson. Mas não é tão fofo quanto ele.

— Nenhuma criança é tão fofa quanto o Hudson.

— Exato. — Eu tirei a mamadeira vazia da boca do meu filho e o levantei até o ombro, beijando sua bochecha enquanto batia nas suas costas. — Ela parecia legal. Um pouco nervosa, mas acho que todo mundo fica assim em dias ruins.

Griffin balançou a cabeça e riu.

— Eu ainda não acredito que a Eloise conseguiu convencer o Knox a deixar uma estranha morar em cima da garagem dele. Ele vai pirar. A ideia de ele construir aquela casa em uma estrada vazia era evitar pessoas.

Eloise estivera com dificuldade para encontrar pessoas responsáveis para trabalhar no hotel e, quando Memphis se candidatara, ela era muito mais qualificada do que a vaga, por isso Eloise pensara que fosse brincadeira. Mas, após a entrevista on-line, Memphis tinha aceitado o trabalho, então Eloise estava entusiasmada.

Uma semana depois, após tentar sem sucesso encontrar um lugar para morar em Quincy, Memphis ligara para Eloise a fim de recusar a oferta. Mas minha cunhada não era do tipo que desistia ao encontrar um desafio. Ela convencera Knox a deixar Memphis ficar na casa dele por alguns meses até aparecer algum lugar na cidade.

Memphis ia alugar o estúdio que Knox construíra em cima de sua garagem. O apartamento era para receber visitas porque, ao contrário do que ele e os irmãos faziam quando vinham nos visitar, ele não queria que as pessoas ficassem nos quartos de hóspedes dele.

— Sua irmã deveria ser a próxima prefeita.

Griffin riu.

— Por falar em prefeitos...

Um Bronco azul familiar subiu a estrada com o vô atrás do volante. Desde que tinha se aposentado no começo do ano, ele fazia questão de visitar algumas vezes por semana e mimar o bisneto.

— Ele vai te roubar de mim — falei para Hudson. — E eu acabei de chegar em casa.

— Ele não está sozinho. — Griffin apontou para a estrada de novo e, sim, havia uma fileira de carros se aproximando. — Pelo visto vamos ter um jantar aqui.

Horas mais tarde, depois que Anne e Lyla cozinharam para todos, a casa estava cheia de risadas. O vô e Harrison estavam assistindo a uma partida de futebol americano. Talia, Mateo e Eloise estavam no deque. Knox não viera, provavelmente porque estava em casa resmungando por ter uma vizinha temporária.

Griffin e eu estávamos no sofá, abraçados, enquanto nosso filho dormia em seus braços.

— Devemos contar para eles? — perguntou ele.

Eu olhei para aqueles olhos azuis brilhantes e assenti.

— Venham todos aqui — chamou ele. Quando a sala de estar estava cheia de membros da família, ele sorriu. — Anúncio de família.

Família. Dele. Minha.

Nossa.

E, oito meses depois, nossa filha, Emma Eden, se juntou ao grupo.

EPÍLOGO BÔNUS

GRIFFIN

— Pronto, amigão?

Hudson segurou firme a corda do trenó.

— Pronto, papai.

Ergui meus pés da neve e plantei a mão no chão, nos empurrando colina abaixo.

A risada do meu filho de três anos era música para os meus ouvidos enquanto descíamos a colina, flocos de neve brilhando em nossos rostos.

Winn estava segurando Emma apoiada no quadril ao pé da colina, a câmera do seu celular nos seguindo para capturar cada momento até pararmos.

— De novo!

Hudson tinha dificuldade para sair do trenó com toda aquela roupa de neve. Como a irmã, ele usava um macacão e um enorme casaco. Sua touca tinha descido demais na sua testa e ele tinha que erguer o queixo para conseguir enxergar.

— Vamos arrumar essa touca. — Eu tirei minhas luvas, dobrei a barra da sua touca e meu filho e eu fizemos um "toca aqui".

— Eu, eu, eu.

Emma se contorceu para Winn colocá-la no chão. Quando suas botas atingiram a neve, ela correu aos tropeços na minha direção e se chocou contra minhas pernas.

Eu a levantei e depois me abaixei para pegar o trenó.

— Mais uma?

Winn assentiu.

— Sim, mas depois temos que ir. O vô vai chegar em uma hora e eu preciso preparar o jantar.

— Ok, amor. — Dei um beijo rápido nos lábios da minha esposa, depois levei minha filha colina acima.

Uma volta se tornou duas. O bico do Hudson me desarmou e, apesar do pôr do sol, eu levei ele e a irmã colina acima para nossa última descida de trenó antes de os colocar na caminhonete para voltarmos para casa.

— Foi divertido. — Winn se virou e sorriu para as crianças no banco detrás. — A gente devia ir de novo amanhã.

— Com certeza. — Se descer de trenó fazia minha esposa e filhos felizes, eu os levaria todos os dias. Encontraríamos tempo para aquilo.

Nossas crianças nos mantinham ocupados do nascer ao pôr do sol e mais algumas horas depois. O rancho estava prosperando. Winn era amada pela comunidade como chefe de polícia local. A vida era incrível. Aquele era um nível de felicidade que eu nem sabia que era possível.

Tudo graças à mulher que conheci no Willie's. A mulher que me seduzira no banco detrás da minha caminhonete. Estava mais que na hora de trocar de carro, mas não conseguia me desfazer dela.

Pelo visto, eu era um pouco apegado a coisas que tinham a ver com a minha esposa.

— Vamos cuidar do banho antes do jantar — disse ela quando pegamos as crianças na caminhonete e começamos a tirar suas roupas de inverno. — Depois, se o vô ficar até tarde, podemos colocar as crianças para dormir.

— Deixa comigo.

— Obrigada, amor. — Ela me deu um beijo, depois foi para a cozinha, seu lindo rosto corado pelo frio.

Eu faria outras coisas naquela noite que deixariam suas bochechas rosadas assim. Iria usar minha língua.

As crianças estavam embrulhadas em toalhas com capuz quando ouvi a voz do Covie no corredor. As crianças ouviram também.

— Biso! — Hudson tomou a frente, a toalha voando como uma capa quando ele saiu correndo porta afora.

Emma estava logo atrás do irmão, correndo na direção dos braços abertos de Covie.

Nenhum dos dois reparou que Janice estava ao lado, observando.

— Oi, Covie. — Estiquei a mão para cumprimentá-lo, depois acenei para Janice. — Oi, Janice.

— Oi, Griff.

— Bem-vindos. — Fiz um gesto para os dois entrarem na casa, me perguntando por que a assistente da Winn estava ali.

E por que Covie estava de mãos dadas com ela ao entrarem na sala.

Winn apareceu no corredor que levava ao quarto depois de trocar de roupa. Uma olhada para as mãos dadas de Covie e Janice e ela parou no mesmo lugar.

— O-oi.

— Oi, querida. — Covie puxou Janice para o sofá, se sentando a poucos centímetros de distância.

— Você disse que contou para eles que eu viria. — Janice lançou um olhar para Covie por trás dos óculos vermelhos.

— Eu decidi que uma pequena surpresa era o melhor jeito de falar sobre isso.

— Falar sobre o que, exatamente? — Winn entrou na sala de estar. Emma se aproximou, ainda enrolada em sua toalha de unicórnio.

— Que tal colocarmos algumas roupas nessas crianças antes de conversar? — sugeri.

Winn pegou Emma no colo enquanto eu perseguia Hudson pelo corredor para seus respectivos quartos. Depois que estavam vestidos com seus pijamas, voltamos para a sala e encontramos Janice e Covie ainda juntos no sofá.

Liguei um desenho animado para as crianças e me sentei na cadeira em frente ao novo casal, esperando a Winn se sentar no braço.

— Então vocês dois estão... namorando?

— Noivos — corrigiu Covie, mostrando a mão esquerda de Janice. Lá estava um anel de diamante brilhando em seu dedo.

O queixo de Winn caiu.

— Você está noivo?

Janice estremeceu e deu uma cotovelada nas costelas de Covie.

— Em minha defesa, eu nunca gostei de manter nosso relacionamento em segredo. Mas *alguém* estava preocupado que isso pudesse causar problemas lá na delegacia.

— O quê? Como? Quando? — A cada pergunta, a voz de Winn ficava mais alta.

Coloquei a mão no joelho dela.

— Vamos começar com "parabéns".

A boca de Winn se fechou e abriu de novo. Nenhum som saiu dali.

— Me desculpa por guardar segredo de você, Winnie — disse Covie com um sorriso no rosto. — Mas foi até divertido sairmos escondidos, como se fôssemos jovens. Eu e uma mulher mais nova.

— Meu Deus — resmungou Janice. — Você está piorando a situação.

Eu ri.

— Há quanto tempo vocês estão juntos? — perguntei.

— Cinco meses — respondeu Covie. — Eu a pedi em casamento hoje de manhã.

— Cinco meses? — Winn se levantou de repente da cadeira.

— Sinto muito. — Janice se levantou também. — Começou como algo casual e depois se tornou algo maior. Você sabe como são essas coisas. Mas o velho aqui e eu nos divertimos muito juntos. Agora que vou me aposentar mês que vem e estamos noivos, eu gostaria muito que você nos desse a sua benção.

— É claro que ela nos dá. — Covie se levantou e foi até Winn, colocando as mãos em seus ombros. — Ela me faz feliz. Ela faz eu me sentir jovem. Eu a amo demais.

Winn o encarou por um segundo, e então o choque desapareceu. Porque eu conhecia a minha esposa. E ela amava tanto o avô que nunca iria negar a ele um segundo de felicidade. Um sorriso gentil brotou em seus lábios.

Ela ficou na ponta dos pés para beijar a bochecha de Covie, depois passou por ele e puxou Janice para um abraço.

— Parabéns. E bem-vinda à família.

Minha garota. Sorri.

O resto da noite foi uma enxurrada de perguntas. Eu amava aquilo na minha esposa. Sua mente curiosa. Sua sede por entender tudo.

Emma e Hudson tinham aquele traço também. A maioria das crianças com dois a três anos era curiosa, mas eu via nos olhos deles o mesmo brilho que eu via nos da mãe, e que eu amava.

Quando Covie e Janice foram embora, as crianças já estavam em suas camas. As estrelas estavam brilhando no céu de inverno e a lua cheia iluminava o campo e as árvores cobertas de neve.

Winn e eu ficamos em pé diante da janela, observando as luzes do Bronco se afastarem.

— Eu meio que amei os dois juntos — disse ela.

— Eu meio que amei os dois juntos também.

Ela apoiou a cabeça no meu ombro.

— Eu te amo.

— Eu te amo. — Me virei para olhar para Winn, segurando seu rosto nas minhas mãos. — O rubor saiu do seu rosto.

— Que rubor?

— Que apareceu lá no trenó.

— Ah. — Ela riu. — É porque não estou mais congelando de frio.

Aproximei minha boca da dela.

— Eu gosto do seu rosto corado.

— Ah, é?

Eu a levantei em um movimento rápido, jogando-a sobre meu ombro. Depois, dei um tapa na sua bunda e ela riu enquanto íamos para o quarto.

Onde eu consegui fazê-la corar de novo.

AGRADECIMENTOS

Obrigada por ler *Aconteceu em Indigo Ridge*! Agradeço especialmente à minha equipe de edição e revisão: Elizabeth Nover, Julie Deaton, Karen Lawson e Judy Zweifel. Obrigada a Sarah Hansen pela linda capa da edição original. Obrigada a todos os membros do grupo Perry & Nash por serem os melhores fãs que eu poderia querer. Agradeço imensamente aos blogueiros incríveis que leram e divulgaram meus livros. E obrigada aos meus amigos e à minha família maravilhosa pelo amor e apoio incondicionais.

Impressão e Acabamento:
BMF GRÁFICA E EDITORA